# Für Sascha

Ein besonderer Dank gilt meiner Lektorin, die mir stets mit Zuckerbrot und Peitsche zur Seite steht.

Hailey J. Romance

# Rock Pray Love
## Mitten ins Herz

Hailey J. Romance

# Rock Pray Love
## Mitten ins Herz

Roman

© 2017 Hailey J. Romance

Hailey J. Romance
c/o Papyrus Autoren-Club,
R.O.M. Logicware GmbH
Pettenkoferstr. 16-18
10247 Berlin
Email: hailey-romance@web.de
Hailey J. Romance @ Facebook
HaileyRomance @ Twitter
www.hailey-j-romance.de

Umschlag, Illustration: © NaWillArt-CoverDesign
Motive: © depositphotos.com - kiuikson
© depositphotos.com - osipovev
© lily - stock.adobe.com

Published and printed by:
Independently published
E-Book-Version by Kindle


All rights reserved.
Das Werk, einschließlich seiner Teile, ist urheberrechtlich geschützt. Jede Verwertung ist ohne Zustimmung des Autors unzulässig. Dies gilt insbesondere für die elektronische oder sonstige Vervielfältigung, Übersetzung, Verbreitung und öffentliche Zugänglichmachung.

Alle in diesem Buch geschilderten Handlungen und Personen sind frei erfunden. Ähnlichkeiten mit lebenden oder verstorbenen Personen wären zufällig und nicht beabsichtigt.

# Eins

„Virginia, bist du hier?", vernehme ich die helle, hallende Stimme meiner kleinen Schwester. „War mir ja so was von klar, dass du hier rumkriechst", merkt sie leicht zynisch an und stolziert mit einem breiten Grinsen auf mich zu.

„Und wieso drückst du dich vor der Arbeit?", will ich von ihr wissen.

Sie bleibt vor den drei Stufen stehen, die zum Altar führen, und zuckt die Schultern. „Du bist doch jetzt wieder da."

Seit zwei Semestern studiere ich am College von Idaho Philosophie und Religionswissenschaften, da ich irgendwann einmal in die Fußstapfen meines Vaters treten möchte. Er ist der Pastor der evangelischen Kirchengemeinde in Preston, einem kleinen, schnuckeligen, verschlafenen Städtchen, in dem ich aufwuchs und bis vor Kurzem mit meinen Eltern und meiner jüngeren Schwester Zoey lebte.

Der Umzug ans College fiel mir nicht leicht, doch die Entfernung ließ es nicht anders zu. Seit gestern bin ich wieder zu Hause und genieße meine Semesterferien. Gott, wie habe ich das alles hier vermisst!

Morgen ist Sonntag, und es war schon immer unsere Aufgabe, den Altar zu schmücken sowie die Gesangsbücher und die Bibeln auf den Sitzbänken zu verteilen.

Meiner Schwester machte das Ganze noch nie auch nur halb so viel Spaß wie mir. Sie ist im Allgemeinen ein komplett anderer Typ als ich und hat mit ihren 15 Jahren so viele Flausen im Kopf wie ich noch nie in meinem ganzen Leben. Doch als ich auf den Campus zog, versprach sie mir, unserem Vater mehr unter die Arme zu greifen.

„Hast du dich an unsere Abmachung gehalten oder musste Dad alles alleine machen?", frage ich und musterte sie scharf.

„Natürlich", kreischt sie entrüstet.

Ich streiche die weiße Decke glatt, die über dem Gottestisch hängt, und schiebe die Kerzen in die richtige Position. „Dann ist ja gut."

Zoey stellt sich neben mich und beäugt mich mit ihren rehbraunen Augen. „Kommst du nachher mit zu Ashley?"

„Du gehst zu Ashley? Seit wann das denn?" Jetzt bin ich aber wirklich überrascht!

Ashley leitet seit etwa drei Jahren das sogenannte *Jesus House*. Junge Christen treffen sich Samstagabend bei ihr zu Hause und verbringen einen lockeren Abend zusammen. Früher gab es keinen Abend ohne mich, doch meine Schwester weigerte sich stets strikt, mich zu begleiten.

Sie verzieht ihren kleinen, schmalen Mund. „Keine Ahnung, ich war schon einige Male dort."

Ist sie vielleicht doch gar nicht mehr so pubertär und wild wie ich dachte? Als ich gestern Nacht hier ankam, schlief sie bereits, und als ich heute Morgen aufstand, war gerade noch so viel Zeit, um sich zu begrüßen, ehe sie das Haus verließ.

„Dir gefällt es also bei Ashley?", hake ich neugierig nach.

Zoey bläst die Wangen auf und nickt verhalten. Bereits bei dieser Reaktion wird mir klar, dass hier irgendetwas nicht stimmt.

„Also, was ist nun?", fragt sie und hibbelt nervös von einem aufs andere Bein.

„Hast du dort etwa einen Freund?"

Sie reißt die Augen weit auf. „Was? Spinnst du?"

„Du verhältst dich merkwürdig", kommentiere ich ihre Reaktion leise.

Zoey schüttelt den Kopf. „Keine Ahnung, was dir auf dem College nicht guttut ..." Sie verschränkt die Arme vor der Brust und zieht die angemalten Augenbrauen nach oben. „Kommst du nun mit oder nicht?"

„Natürlich komme ich mit."

Sie wendet sich von mir ab und rennt in Richtung Ausgang. „Dann sieh zu, dass du hier fertig wirst."

Ich erledige noch die letzten Handgriffe und mache mich dann auf den Heimweg.

Unser Elternhaus liegt nur wenige Gehminuten von der Kirche entfernt. Ich atme die laue sommerliche Abendluft tief in die Lungen und schlendere über den Gehsteig. Als ich in die Zielstraße einbiege, entdecke ich Jutta, die - in ein Buch vertieft - in einem Schaukelstuhl auf ihrer Veranda sitzt. Sie und ihr Mann Heinz-Jörg wanderten vor über zwanzig Jahren von Deutschland nach Preston aus. Sie sind gute Freunde meiner Eltern und wohnen uns direkt gegenüber. Jutta ist wie eine zweite Mutter für mich. Dass ich sie heute noch nicht besuchte, nimmt sie mir hoffentlich nicht übel. Doch mich an ihr vorbei zu schleichen, ist nicht meine Art.

„Hallo Jutta", rufe ich ihr deshalb von der anderen Straßenseite aus laut zu.

Sie hebt den Kopf, entdeckt mich, und sofort legt sich ein Lächeln auf ihre Lippen. „Virginia, Schätzchen. Du bist ja wieder da", freut sie sich.

Ich bleibe stehen und winke ihr zu. „Schon seit gestern Nacht. Entschuldige, dass ich heute noch nicht bei euch war. Ich komme morgen vorbei. Mum und Dad warten sicher schon mit dem Essen, und gleich gehe ich noch mit Zoey zu Ashley."

„Immer noch die Alte", lacht sie.

„Du aber auch. Was liest du denn da?" Jutta ist eine absolute Leseratte und verschlingt Bücher so schnell wie andere ihr Mittagessen.

Sie winkt ab. „Nichts für dich. Nur eine Liebesschnulze."

Pah! Nichts für mich. Sie immer mit ihren zweideutigen Anspielungen. Liebesromane sind zwar wirklich nicht meine Lieblingslektüre, aber ich habe sogar schon mal einen gelesen. Oder waren es sogar zwei? Und dass Liebe mich nicht interessiert, stimmt so auch wieder nicht. Natürlich habe ich vor, später einmal zu heiraten und eine Familie zu gründen, doch im Moment liegt mir dieser Gedanke noch komplett fern. Erstens fühle ich mich noch zu jung dafür, zweitens will ich mein Studium in Ruhe und ohne Ablenkung absolvieren und drittens liebe ich ja auch schon jemanden ... Gott! Ich weiß also, wie sich so etwas anfühlt.

„Alles klar", gebe ich knapp zurück und werfe ihr eine Kusshand zu. „Bis morgen."

Jutta winkt mir zu und vertieft sich sofort wieder in ihr Buch.

„Da bist du ja endlich. Wir warten schon", ruft meine Mutter mich herbei, als ich das Haus betrete.

„Bin gleich da, nur noch schnell Hände waschen", teile ich ihr mit und sehe zu, dass ich so schnell wie möglich den Tisch erreiche, denn wenn meine Mum eins hasst, dann ist es kaltes Essen.

Schnurstracks setze ich mich an meinen mir zugedachten Platz und falte die Hände, während mein Vater mir einen Teller voll mit Gemüseauflauf vor die Nase schiebt.

„Willst du das Tischgebet sprechen?", fragt er mich.

„Sehr gern", antworte ich und warte, bis sich auch endlich meine Schwester dazu bequemt, ihre Hände zu falten.

„Segne, Vater, diese Speise, uns zur Kraft und dir zum Preise. Wir bitten, Herr, sei unserm Haus ein steter Gast, tagein, tagaus, und hilf, dass wir der Gaben wert, die deine Güte uns beschert. Amen."

„Guten Appetit, lasst es euch schmecken", erteilt meine Mutter uns das Kommando.

Zoey, die rechts neben mir sitzt, stochert mit der Gabel in ihrem Auflauf herum. Sie hasst Gemüse und gehört eher zur Fast Food-Fraktion. Blöd nur, dass es das bei uns nicht gibt.

Als sie noch kleiner war, baute sie in unserem Vorgarten einen Limonaden-Stand auf, nur um sich dann von dem Geld, das sie damit einnahm, einen fettigen Burger im einzigen Diner zu kaufen, das wir in Preston haben. Ja, meine kleine Schwester war schon immer erfinderisch, das muss man ihr lassen. Ihr Gesichtsausdruck, als sie damals nach Hause kam und unseren Eltern erklären musste, warum sie keinen Hunger mehr hatte, war einfach nur zum Schießen. Immer wenn sie etwas verbockt, setzt sie ihren Welpenblick auf und sieht unsere Eltern damit an, die auf der Stelle dahin schmelzen und ihr nicht mehr böse sein können.

Glücklicherweise muss ich so etwas nicht können, ich stelle ja nichts an. Wenn ich intensiver darüber nachdenke, bin ich das personifizierte gute Kind. Meine Eltern hatten niemals Ärger mit mir, konnten sich immer auf mich verlassen, und ich machte ihnen durchweg Freude.

Mit Zoey haben sie es da schon um einiges schwerer, doch ihre Liebe zu uns ist unerschütterlich. Sie sind wunderbare Eltern und die geradlinigsten Menschen, die mir jemals über den Weg liefen.

„Virginia und ich gehen heute noch zu Ashley", murmelt meine kleine Schwester plötzlich kaum hörbar neben mir.

Mein Vater legt seine Gabel beiseite, stützt die Ellenbogen auf den Tisch, faltet die Hände und lächelt mich an. „Du hast sie also dazu gebracht, mit dir mitzugehen. Wie hast du das nur geschafft?"

Im ersten Moment bin ich so perplex, dass ich ihn nur mit offenem Mund anstarre. Als ich dann auch noch den neugierigen Blick meiner Mutter auf mir spüre, bildet sich Schweiß auf meiner Stirn. Sie hat also gelogen. Zoey war noch nie dort. Was soll das alles?

Mit einem Mal tritt meine Schwester mir mit voller Wucht gegen das Schienbein. Ein ziehender Schmerz jagt mir bis in die Zehenspitze. Mit schmerzverzerrtem Gesicht schiebe ich den Stuhl nach hinten. „Ich muss schnell ... entschuldigt mich kurz."

„Schatz, ist alles okay?", ruft meine Mutter mir hinterher, als ich aus dem Esszimmer flüchte.

Wie kann sie mich nur in so eine Situation bringen? Ich kann meine Eltern nicht anlügen, doch Zoey verraten will ich auch nicht. Vor allem wenn ich noch nicht einmal weiß, worum es hier geht.

In meinem alten Kinderzimmer sinke ich aufs Bett und reibe mir über die schmerzende Stelle. Die spinnt doch!

Ohne anzuklopfen, betritt der kleine Pinocchio mit einem Mal den Raum.

„Du hast wohl das fünfte Gebot vergessen", schnaube ich wütend.

Zoey bricht in schallendes Gelächter aus. „Ich wollte dich nicht töten. Nun übertreib es nicht. Ich wollte nur, dass du deinen Mund hältst."

„Gut, dann eben das achte Gebot. Falsch Zeugnis reden. Ist dir das ein Begriff? Wie kommst du nur dazu, mich bei Mum und Dad so vors Loch zu schieben und mich vorhin noch dazu so dreist anzulügen?"

Mein Vater betritt mit einem besorgten Gesichtsausdruck das Zimmer. „Alles okay?"

Ich greife mir an die Wade. „Ja, ich hab nur ..."

„Sie hatte einen Krampf, vermutlich von der langen Fahrt gestern. Ich hol dir mal ein wenig Magnesium", fällt Zoey mir ins Wort, zwinkert mir zu und rauscht davon.

Sie ist wirklich unglaublich. Wie kann man nur so eiskalt lügen? Von wem sie das wohl geerbt hat? Weder Mum noch Dad sind so. Nicht, dass man sie im Krankenhaus verwechselte.

„Wenn es dir nicht gut geht, kann auch ich Zoey gleich zu Ashley fahren. Wenn sie schon mal dahin will, dann sollten wir ihr das jetzt nicht verbieten." Mein Vater lehnt am weißen Türstock und sieht mich fragend an.

„Ach, Quatsch, so schlimm ist es nicht. Es geht sicher gleich wieder."

Zoey kehrt mit einem Glas Wasser und einer sich darin auflösenden Tablette zurück und setzt sich neben mich aufs Bett. „Hier, trink das, dann dürfte es gleich wieder gehen."

„Wenn es deiner Schwester nicht gut geht, dann fahre ich dich nachher zu Ashley", teilt mein Vater ihr mit, und ich kann dabei zusehen, wie Zoey sämtliche Gesichtszüge entgleisen.

Sie drückt mir das Wasserglas in die Hand und legt ihren Arm um mich. „Nicht nötig, Dad, Virginia ist in wenigen Minuten wieder ganz fit", sagt sie und grinst dabei breit.

Mir wird die ganze Sache immer unverständlicher. Was soll dieses ganze Theater? Wenn sie nicht vorhat, zu Ashley zu gehen, sondern sich heimlich mit Freunden treffen will, wozu braucht sie mich dann so unbedingt? Soll ich etwa ihr Alibi sein? Nein, das kann sie vergessen! Aber wenn ich sie allein gehen lasse, wer weiß, was sie dann anstellt. In einem Zug leere ich das Glas und hoffe, davon morgen keinen Durchfall zu bekommen, schließlich habe ich keinen Magnesiummangel.

Mein Vater nimmt mir das Glas ab. „Bist du dir sicher, dass es geht?"

„Dad, es tut schon überhaupt nicht mehr weh, alles gut", beruhige ich ihn.

Er nickt. „Also gut, aber wenn irgendwas ist, rufst du mich an."

„Das mache ich", verspreche ich ihm.

„Gut, dann viel Spaß euch beiden. Ich werde mich wieder an meine Predigt für morgen setzen."

„Sag mal, was ist hier los?", wende ich mich an meine Schwester, sobald er außer Hörweite ist.

Zoey zupft an meiner dunkelblauen Strickjacke. „Du solltest dir noch was anderes anziehen."

„Kannst du mir mal lieber meine Frage beantworten?", fordere ich sie streng auf.

Zoey springt vom Bett auf und fährt sich durchs blonde, lange Haar. „Keine Zeit, ich muss mich noch hübsch machen", erklärt sie und lässt mich völlig verdattert allein zurück.

So habe ich mir mein Heimkommen nicht vorgestellt. Kopfschüttelnd stelle ich mich vor den Spiegel, der neben meinem Bett angebracht ist, und begutachte mich von Kopf bis Fuß. Die weiße Bluse, die Strickjacke und dazu der farblich passende, knielange Rock. Sieht doch gut aus. Diese Art von Kleidung trage ich immer, wenn ich in der Kirche arbeite, zum Gottesdienst und auch wenn ich zu

Ashley gehe. Ich weiß also nicht, was sie daran auszusetzen hat. Ich gefalle mir so. Punkt, Ende, aus.

Meine blonden, langen Haare binde ich zu einem strengen Dutt, versprühe um mich herum ein wenig Deodorant und creme mir das Gesicht ein. Fertig ist die Virginia, die ich liebe. Auf dem Campus trage ich Jeans und Shirts und ab und zu tusche ich mir ein wenig die Wimpern und ziehe unter meine blauen Augen sogar einen Kajalstrich, doch hier in Preston fühle ich mich so am wohlsten.

Ich nehme meine Handtasche, die am Bettende hängt, und gehe dann nach unten. Bereits auf der vorletzten Treppenstufe ernte ich Zoeys mürrische Blicke. Ihr gefällt mein Aussehen ganz offensichtlich nicht. Mir ist das aber herzlich egal. Ohne ihr Beachtung zu schenken, gehe ich auf unsere Mutter zu, die vor der Tür steht, und drücke sie fest. „Du musst nicht auf uns warten."

Sie haucht mir ein Küsschen auf die Wange. „Und pass gut auf deine Schwester auf", flüstert sie mir mit einem leicht ermahnenden Unterton ins Ohr.

Morgen muss ich dringend mit ihr über Zoey sprechen. Keine Ahnung, was hier in letzter Zeit los war, aber für mich hört es sich so an, als ob man meine Schwester nicht mehr aus den Augen lassen kann.

„Mach ich, Mum, keine Sorge."

Zoey rauscht ohne sich von ihr zu verabschieden aus dem Haus.

„Sie ist eben in der Pubertät", entschuldigt sich unsere Mum sofort für dieses Verhalten.

Ich löse mich aus unserer Umarmung. Mum sieht bedrückt aus, woraufhin ich ihr über die Wange streiche. „Darüber reden wir morgen in Ruhe, okay?"

Sie nickt und geht zurück ins Haus.

Zoey sitzt bereits im Familienwagen, der in der Einfahrt steht, auf dem Beifahrersitz und winkt mich herbei. Ich steige ein, starte den schwarzen Pick-up und lege den Rückwärtsgang ein.

„Du wirst deine Klamotten heute noch bereuen", knurrt sie mich leise von der Seite an.

Ich antworte ihr nicht, sondern lenke den Wagen auf die Straße und biege nach links ab.

„Kannst du mir jetzt endlich erklären, was das alles soll", bitte ich sie nach wenigen Metern.

Mit einem Mal kreischt sie ohrenbetäubend drauf los und kramt in ihrer Handtasche. „Weißt du, wohin wir beide jetzt fahren?", jubelt sie.

„Ja, zu Ashley."

„Ooohhh, nein!"

„Ohhhh, doch!"

Zoey legt ihre Hand auf meinen Unterarm. Sie zittert. „Weißt du, was gestern mit der Post kam? Zwei Karten für *Evil and the virtual Parents* und deshalb fährst du jetzt auch an Ashleys Haus vorbei und direkt zu Jackson's Bar."

Ich glaube, jetzt dreht sie völlig durch. „Das kannst du aber mal so was von vergessen!"

„Weißt du überhaupt, wer das ist? Das ist DIE Band. DIE Band, verstehst du nicht?", kreischt sie wütend.

„Und wenn das der Papst höchstpersönlich wäre, ist mir egal. Du glaubst doch nicht ernsthaft, dass ich deinetwegen Mum und Dad anlüge und anstatt zu Ashley mit dir auf ein Rockkonzert gehe."

„Du kennst sie also doch. Dann weißt du, wie unglaublich das ist, dass sie hier in Preston spielen und dass wir Karten haben", mosert sie beleidigt.

Zoey will ... nein, sie muss mich auf den Arm nehmen. Natürlich kenne ich die besagte Band, denn schließlich ist sie in aller Munde. Eine Horde verrückter, junger Kerle, die einen völlig absurden Bandnamen haben, spielen in den größten Hallen der USA und sicher nicht in Preston. Und mal abgesehen davon, dass das schon mehr als völlig unvorstellbar ist, finde ich die Musik einfach nur grottig. Und wer bitte würde ihr dazu auch noch Karten schicken?

Ich greife meiner Schwester an die Stirn. „Hast du Fieber, oder so?"

Sie schlägt meine Hand weg. „Nein, hier guck doch, ich habe wirklich zwei Karten bekommen, und sie waren direkt an mich adressiert." Zoey verdeckt mir mit einem Briefumschlag die Sicht auf die Straße.

„Tu das vor meinen Augen weg, oder willst du, dass wir einen Unfall bauen?", schimpfe ich. Jetzt reicht es aber langsam!

Ohne mich weiter von ihr beirren zu lassen, fahre ich zu Ashleys Haus und parke den Wagen am Seitenstreifen.

„Jetzt sieh es dir wenigstens an." Erneut hält Zoey mir den Brief hin.

„Also gut, gib schon her." Ich öffne ihn und ziehe zwei Karten heraus. Tatsächlich sind sie hier in Preston. Naserümpfend suche ich nach einem Absender. „Das muss ein dummer Scherz sein. Wer bitte sollte dir solche Karten schicken und warum? Und wieso sollten sie bei Jackson's auftreten?" Ich sehe die verzweifelt wirkende Zoey fragend an.

„Das ist doch egal. Sie sind hier!"

Seufzend reiche ich ihr den Umschlag. „Da wollte sich sicher einer nur einen dummen Scherz mit dir erlauben."

„Nein! Niemals!", protestiert sie.

„Können wir jetzt bitte reingehen?" Ich öffne die Fahrertür, ziehe den Schlüssel ab und steige aus.

Zoey zieht einen Schmollmund und wühlt in ihrer Handtasche. „Ich komm gleich nach."

„Also gut, aber beeil dich", stimme ich zu, knalle die Autotür zu und entferne mich vom Wagen.

Noch während ich die ersten Schritte in Richtung Ashleys Haus mache, überkommt mich ein ungutes Gefühl. Dieser Abend wird noch böse enden! Ich darf Zoey keine Minute aus den Augen lassen. Denn dass meine Schwester so urplötzlich einfach nachgibt, sieht ihr nicht ähnlich. Wenn sie sich etwas in den Kopf gesetzt hat, dann bekommt sie es auch. Koste es, was es wolle!

## Zwei

Das Geräusch der Klingel ähnelt dem Klang einer Orgel. Früher drückten Ashley und ich sehr oft auf den Knopf, nur, um die tolle Melodie zu hören. Ihre Mutter wurde deswegen fast wahnsinnig.

„Virginia, schön, dass du da bist", empfängt meine Freundin aus Kindertagen mich herzlich und schließt mich in die Arme.

„Ich freu mich auch, endlich wieder einmal dabei zu sein."

Früher nannte ich sie oft kleine, rote Zora. Heute ist sie eine wunderschöne, mir über den Kopf gewachsene, junge Frau mit Modelmaßen.

„Lass uns reingehen, die anderen warten schon sehnsüchtig auf dich. Vor allem Trevor", flüstert sie mir ins Ohr und kichert dabei.

Als ich Ashley noch vom Campus aus anrief, um ihr mitzuteilen, dass ich in den Semesterferien nach Preston kommen und natürlich keinen Samstagabend bei ihr verpassen würde, hätte ich mir denken können, dass sie ihm umgehend Bescheid geben würde. Trevor ist ein netter, junger, höflicher, gut gekleideter Mann mit Manieren. Das Einzige, was mich an ihm stört, sind seine Avancen, die er mir seit der siebten Klasse macht. Er ist zwar in keiner Weise aufdringlich, und dennoch haben unsere Aufeinandertreffen stets einen faden Beigeschmack, da ich ihm jedes Mal aufs Neue erklären muss, dass ich maximal freundschaftliches Interesse an ihm hege.

„Hättest du mir nicht wenigstens einen Abend ohne ihn gönnen können?", murmele ich leicht verlegen.

Ashley lässt von mir ab und sieht mich ernst an. „Also, sag mal, das ist aber nicht nett."

Nicht nett! Bei diesem Stichwort fällt mir meine Schwester wieder ein. Ich werfe einen Blick über die Schulter. Da es bereits dunkel ist, kann ich nichts erkennen.

„Suchst du was?", fragt Ashley und folgt meinem Blick.

„Zoey", antworte ich knapp.

„Deine Schwester ist hier?"

„Sie sitzt noch im Wagen." *Hoffe ich*, füge ich gedanklich an.

„Das ist ja mal eine richtige Überraschung." Ashley klopft mir auf die Schulter. „Dass du sie jemals dazu würdest bewegen können, mit hierherzukommen, hätte ich nicht gedacht."

Ich presse die Lippen aufeinander und seufze leise.

Mit einem Mal hält ein roter Wagen direkt vor dem Pick-up. Zoey steigt aus dem Auto und geht auf den anderen Wagen zu. Will sie etwa …? Nein, das lasse ich nicht zu!

„Geh doch schon mal rein. Wir kommen sofort nach", bitte ich Ashley und renne auf meine Schwester zu, die gerade im Begriff ist, in den mir fremden Wagen zu steigen.

„Zoey! Wage es ja nicht!", schreie ich, doch es ist zu spät.

Ohne mich auch nur eines Blickes zu würdigen, platziert sie sich auf dem Rücksitz.

Gerade als sie die Wagentür schließen will, bekomme ich Zoey zu fassen. „Du steigst sofort wieder aus!", befehle ich ihr.

Wie ein trotziges Kind hebt sie das Kinn an und schnaubt wütend.

„Können wir jetzt endlich fahren?", fragt der Fahrer leicht genervt und lässt den Wagen losrollen.

Ich versuche, nach Zoey zu greifen, doch sie rutscht so weit in die andere Ecke, dass ich nicht an sie herankomme.

Was mache ich nur? Für lange Überlegungen bleibt mir keine Zeit, also steige ich ein, ehe sie ohne mich davonfahren.

Sofort gibt der Fahrer Gas.

Mein Herz rast. Ich schnappe nach Luft, drehe mich um und kann aus dem Augenwinkel noch eine verdutzt dreinblickende Ashley erkennen. Na, wunderbar! Was sie jetzt wohl von mir denken mag? Am liebsten würde ich meine kleine Schwester ohrfeigen.

„Du bist wohl nun von allen guten Geistern verlassen! Und wer ist das überhaupt?" Das Gefühl, wie sich Wut in mir aufbaut, ist mir neu und jagt mir einen kalten Schauer über den Rücken.

„Ich bin Joe", stellt sich der noch ziemlich jung aussehende Fahrer bei mir vor.

„Wir kennen uns aus der High School, und du wolltest mich nicht fahren, also hab ich ihn angerufen", teilt Zoey mir so trocken mit, als sei ihr Verhalten selbstverständlich.

„Ich habe dir gesagt, dass wir dort nicht hingehen werden, und was machst du?"

Zoey sieht aus dem Seitenfenster und würdigt mich keines Blickes mehr.

„Joe, du bringst uns jetzt sofort nach Hause, und zwar auf der Stelle!"

Er grinst mich hämisch durch den Rückspiegel an. „Ich lass mir doch von dir nichts sagen."

Was ist nur mit dieser Jugend los?

Schneller als mir lieb ist, kommen wir bei Jackson's Bar an. Noch ehe der Pkw richtig steht, wirft meine Schwester mir eine der Karten auf den Schoß und sprintet mit den Worten: „Ich geh dann schon mal vor", aus dem Wagen.

Joe dreht sich nach mir um. „Was ist? Willst du hier Wurzeln schlagen?"

Kopfschüttelnd steige ich aus und sehe mich um. Direkt neben dem Gebäude parkt ein großer, schwarzer Bus mit dem Logo der Band. Sie sind also wirklich hier - hier in Preston. Nur wieso? Soweit ich ihre Geschichte zwangsweise über die Medien verfolgte, sind sie der neue Stern am Rockhimmel und füllen ganze Stadien. Was wollen sie dann in dieser verlumpten Kaschemme? Oder ist das eine Art Mediengag? Kamerateams sehe ich jedoch keine.

Völlig planlos drehe ich mich mehrmals um mich selbst und suche nach einer Lösung. Wenn ich jetzt Dad anrufe, wird er sicher verdammt sauer, Zoey spricht kein Wort mehr mit mir und der Familiensegen im Hause Olden hängt ab sofort komplett schief. Und das alles, weil ich nicht richtig auf sie aufgepasst und von Anfang an ihr blödes Spiel mitgespielt habe.

Himmel! Schlagartig wird mir bewusst, dass ich an allem Schuld bin. Wenn ich in wenigen Wochen Preston wieder verlasse und hier noch immer alles in Trümmern liegt, könnte ich mir das nie verzeihen. Ich muss das also möglichst eigenständig regeln, ohne dass einer von uns Schaden nimmt. Es ist besser, wenn ich Dad erst einmal außen vor lasse. Zoey war schon immer ein schwieriger Fall, und wie es sich mir jetzt offenbart, ist sie gerade in der Hochphase ihrer Rebellion gegen alles.

Die Tür der Bar schließt sich, und es erklingen erste leise Gitarrenklänge. Was mache ich nur? Kleine Schweißperlen rinnen mir den Nacken hinunter. Es ist wohl am besten, wenn ich zu Zoey gehe, sie im Auge behalte, sie dieses Konzert ansehen lasse und sie danach verpflichte, mit zu Ashley zu kommen.

Vielleicht bekomme ich so ein wenig mehr Zugang zu ihr und gelange in der Zeit, in der ich hier bin, an einen Punkt, an dem ich offen und ehrlich mit ihr über alles sprechen kann. Was sie bedrückt. Was sie sich wünscht und welchen Grund sie hat, sich so zu verhalten. Alles in allem könnte ich dann womöglich sogar einige Probleme aus der Welt schaffen. Mein Plan steht. Ich atme noch einmal tief durch und gehe dann hinein.

Mit offenem Mund begutachte ich das Lokal. Es ist doch viel größer, als ich es mir vorstellte. Rechts an der Wand stehen kleine Tische mit Holzstühlen. Gegenüber ist ein langgezogener Tresen, hinter dem Jackson steht, der Besitzer. Er ist ein kleiner, dicklicher, alter Mann, der dem Alkohol zugeneigt ist. Mein Vater versuchte schon des Öfteren, ihn davon zu überzeugen unserer Kirchengemeinde beizutreten, doch er lehnte stets dankend ab. Dad meinte, es sei schade um ihn, denn eigentlich sei er ein feiner Kerl und das Teufelszeug aus der Flasche mache ihn kaputt.

Geradeaus ist eine kleine Erhöhung, eine Bühne, wenn man das so nennen kann. Auf ihr sind ein Schlagzeug und zwei Mikrofonständer aufgebaut. Viele junge Menschen stehen direkt davor. Einige kenne ich noch aus der High School. Wenn ich schätzen müsste, würde ich sagen, es sind ungefähr 70 Zuschauer hier. Vielleicht ist es doch eine Art Geheimkonzert. Doch wer hat Zoey die Karten geschickt? Das alles erschließt sich mir noch nicht ganz. Am ehesten wird es wohl so sein, dass es eine weitere Lüge meiner kleinen Schwester ist. Bestimmt besorgte sie sich die Karten selbst. Aber warum dann zwei? Und wo ist sie überhaupt?

Nach wenigen Augenblicken entdecke ich sie in der rechten Ecke des Raums direkt vor der Bühne. Soll ich zu ihr gehen oder sie lieber aus sicherer Entfernung beobachten? Ich entscheide mich für Letzteres und bleibe direkt neben der Tür stehen.

Die Band betritt die Bühne, und sofort tobt die Meute. Zoey springt wie ein kleines Äffchen auf und ab. Ich lehne mich mit dem Rücken gegen die Wand, verschränke die Arme vor der Brust und begutachte die Bandmitglieder.

Der Drummer ist so dünn und klein, dass man ihm, nachdem er sich setzte, kaum mehr sieht. Zudem wirkt er wahnsinnig jung und mit seiner Brille auf der Nase wie ein Student.

Der Bassist hingegen ist ein Strichmännchen vor dem Herrn, und es wundert mich, dass er unter der Last seines Musikinstruments nicht zusammenbricht. Er ist um einiges älter als die anderen Bandmitglieder. Ich würde mal so um die 60 schätzen. Mit seinen engen Röhrenjeans, dem bedruckten, schwarzen Shirt und der Glatze wirkt er wie ein Althippie.

Der Gitarrist hat schwarzes, etwa schulterlanges Haar, trägt eine dunkle Jeans und ein schwarzes Shirt mit Bandlogo. Ihn würde ich auf etwa Mitte zwanzig schätzen.

Der Sänger hingegen wirkt schon wieder etwas älter, hat blonde, kurze Haare und ist sonnengebräunt. Er ist wohl der Schlüpfermagnet der Band. So nennen ihn zumindest die Medien. Hoffentlich hängt nicht auch Zoeys Höschen an ihm. Gott bewahre!

Als er nach dem Mikrofon greift und mir derbe Klänge um die Ohren schallen, kneife ich für einen kurzen Moment die Augen zu. Wie kann man nur auf solch eine Musik abfahren? Das Trommeln des Schlagzeugs breitet sich in meinem gesamten Körper aus. Das Geräusch der Gitarre summt in meinem Gehörgang und die dunkle, rauchige Stimme des Sängers zieht mir bis ins Mark. Also, bei mir tut sich nichts im Schlüpfer. Mir rollt es dabei maximal die Zehennägel auf. Aber jeder steht eben auf eine andere Art von Musik.

Nach dem ersten Song bricht tosender Applaus los. Diese Band mit ihrem bizarren Namen und ihrer, für meinen Geschmack, noch merkwürdigeren Zusammenstellung polarisiert, ohne Zweifel. Die haben sie sehr geschickt zusammengestellt.

Ich werfe wieder einen prüfenden Blick auf meine kleine Schwester, die zu meiner Freude noch immer an ihrem Platz steht und nichts anderes tut, als mit der Musik mitzuschwingen. Ja, ich traf vorhin wohl doch die richtige Entscheidung, auch wenn das schlechte Gewissen an mir nagt. Trotz des leicht unguten Gefühls, meine Eltern in Unwissenheit zu lassen, wo wir uns gerade befinden, entspannen sich meine verkrampften Muskeln ganz langsam zumindest ein wenig.

Es vergeht eine halbe Stunde, in der ich mir mehrere Male die Ohren zuhalte, mir Gedanken über Jackson mache, wie man ihm helfen könnte, und immer wieder zu meiner Schwester luge, ob sie noch an Ort und Stelle steht und sich benimmt.

Wann dieser Krach wohl ein Ende hat? Hoffentlich bald, denn es macht mich ziemlich träge, mir die ganze Zeit die Beine in den Bauch zu stehen. Ich lehne den Kopf gegen die Wand, schließe ein weiteres Mal die Augen und falte die Hände. „Bitte, lieber Gott, sei mir nicht böse für das, was ich heute getan habe ...", bete ich und werde prompt von einem dumpfen Geräusch in die Realität zurückgerissen. Ich sehe die Eingangstür auf mich zu schnellen und mache noch im letzten Moment einen Satz zur Seite.

Mein Herz scheint für einen Augenblick auszusetzen. Meine Knie werden weich, und ich spüre, wie mir die Schamesröte ins Gesicht steigt, als ich alle verfügbaren Polizisten von Preston neben mir stehen sehe. Polizeichef Harper sieht sich in der Bar um, und ich hoffe, dass er mich nicht entdeckt, denn mich plagt auf der Stelle das schlechte Gewissen so sehr, dass ich am liebsten vor Scham im Boden versinken möchte. Er deutet durch den Raum und weist seine vier Kollegen mit Blicken an. Was ist denn hier nur los?

Als er sich in meine Richtung dreht und mich entdeckt, muss ich mir das Angstpipi zurückhalten. Er kommt auf mich zu und packt sich einen Kerl, der direkt neben mir steht, den ich aber erst jetzt bemerke. Er drückt ihn an die Wand und durchsucht seine Hosentaschen. Als er eine kleine Tüte mit weißem Pulver herauszieht, schüttelt er den Kopf, legt dem Kerl Handschellen an und dreht ihn dann wieder zu sich. „Wo hast du das her?", will er von dem Kerl wissen.

Der Verhaftete nickt in Richtung Bühne. „Na, von der Band."

Ich sehe nach vorne und bemerke erst jetzt, dass die nicht mehr spielt. Mir bleibt die Spucke weg. Alle vier Bandmitglieder werden in Handschellen abgeführt.

„Dann war der Tipp, den wir vorhin bekommen haben, also doch heiß", höre ich Polizeichef Harper neben mir murmeln.

Ich muss Zoey finden. Sofort! Meine Beine fühlen sich wie Gummibänder an. Gerade als ich den ersten vorsichtigen Schritt wagen will, hält Harper mich auf. „Virginia Olden. Was hast du auf dieser Drogenparty zu suchen?", knurrt er.

Drogen… was? „Ich weiß nichts von einer Drogenparty. Es ist doch ein Konzert", stammele ich verlegen.

Mr. Harper übergibt den verhafteten Kerl einem seiner Kollegen, der geradewegs auf uns zukommt, und verschließt die Tür der Bar mit einem gekonnten Tritt, da die ersten Konzertbesucher den Weg nach draußen suchen. „Keiner verlässt den Raum, ehe er nicht von mir höchstpersönlich kontrolliert wurde. Ich dulde es nicht, dass in Preston Drogen im Umlauf sind!", schreit er.

Plötzlich kommt eine völlig verängstigte Zoey auf mich zu gerannt und fällt mir schluchzend in die Arme. „Damian nimmt keine Drogen, keiner der Jungs nimmt Drogen!"

Ich streiche ihr beruhigend über den Rücken. „Das wird sich sicher alles klären, und wir machen jetzt, dass wir hier wegkommen."

Ich nehme das kleine, verstörte Wesen an die Hand und reihe mich mit ihr in die Menschenschlange ein.

Es dauert etwa zehn Minuten, bis wir an der Reihe sind. Als Polizeichef Harper Zoey entdeckt, schüttelt er den Kopf, verengt die Augen zu Schlitzen und sieht uns beide väterlich besorgt abwechselnd an. „Ihr beide stellt euch dort rüber", sagt er und deutet in eine leere Ecke der Bar.

„Was … wieso …?"

„Aber wir haben doch gar nichts getan, wir wollen einfach nur nach Hause", schluchzt Zoey laut.

Mr. Harper räuspert sich. „Und genau da werde ich euch nachher höchstpersönlich hinbringen."

„Danke, aber das ist nicht nötig, wir haben das Auto und …", versuche ich, das Ganze abzuwenden.

Er atmet hörbar aus. „Euer Vater würde es mir nie verzeihen, wenn er erfährt, dass ich euch alleine losgeschickt habe, nachdem was hier eben los war."

Meiner Schwester rutscht ein leises „Scheiße" heraus.

„Schscht … Zoey", zische ich und ziehe sie mit mir.

Nachdem wir einige Meter von ihm entfernt sind, sieht sie mich erschrocken an. „Was ... was machen wir denn jetzt?"

„Das, was ich schon die ganze Zeit hätte tun sollen: die Wahrheit sagen."

„Aber Dad wird mich umbringen", jammert sie.

„Falsch, er wird mich umbringen."

„Und wenn Mum davon erfährt ..." Sie rauft sich die Haare.

„Jetzt komm mal wieder runter. So schlimm sind sie nun auch wieder nicht."

„Oh doch, du kennst sie nicht", protestiert sie.

„Länger als du", schmunzele ich.

Zoey senkt den Kopf. „Du weißt gar nicht, wie streng sie sind. Ich darf einfach überhaupt nichts", schmollt sie.

„Was verbieten sie dir denn?", will ich wissen.

Sie seufzt theatralisch. „Alles!"

Ich verziehe das Gesicht. „Ach, komm!"

„Du brauchst gar nicht so doof zu gucken. Es stimmt. Nur, weil ich anders bin als ihr."

„Anders? Wie meinst du das?"

Sie wedelt mit den Armen. „Na, so ... religiös. Mich interessiert Gott nicht, und ich liebe ihn auch nicht und ich ...."

Ich halte ihr den Mund zu. „Zoey, es reicht." Als ich Polizeichef Harper im Augenwinkel entdecke, lasse ich von ihr ab. „Und du bist jetzt still und redest nicht mehr so einen Blödsinn."

„Das ist kein Blödsinn, das ist die Wahrheit. Sie verbieten mir, ein normaler Mensch zu sein. Ich will auf Partys gehen und mich frei fühlen und nicht am Samstagabend zu der dummen Ashley mit ihrer Sektengruppe gehen. Ich bin nicht so wie ihr, versteht ihr das denn nicht?", tobt sie.

Das Wort „Sektengruppe" wölbt sich wie eine schmerzende Brandblase auf meiner Seele. Jetzt bekomme ich langsam einen Einblick, was hier wirklich los ist. Ich empfand meine Eltern nie als extrem streng, doch ich war auch so, wie sie es gern wollten. Aber wie sie mit einem Familienmitglied umgehen, das sich völlig ungläubig gibt, kann ich nicht einschätzen.

Polizeichef Harpers dunkle Stimme reißt mich aus den Gedanken. „Mädchen, wir fahren."

Auf dem Weg zum Polizeiwagen wird mir leicht übel. Wie soll ich ihnen das alles nur erklären? Was, wenn sie Zoey den Glauben aufzwingen? Nein! Ich kann und will es mir nicht vorstellen. Sicher wollen unsere Eltern nur verhindern, dass sie komplett vom Weg abkommt, und setzen ihr deshalb Grenzen.

Die kurze Fahrt verbringen wir schweigend auf der Rückbank. Ehe Mr. Harper in unsere Einfahrt einbiegt, löscht er die Scheinwerfer und lässt den Wagen ausrollen. Er stellt den Motor ab und dreht sich zu uns um. „Eure Mutter schläft sicher schon, also wollen wir sie nicht aufwecken." Polizeichef Harper greift nach einem Handy, das neben ihm auf dem Beifahrersitz liegt, und wählt eine Nummer. „Hallo Charles, ich bin es. Kannst du bitte kurz rauskommen? Ich habe deine Mädchen im Wagen."

Ich höre nicht, was mein Vater zu ihm sagt. Meine Schwester neben mir wird immer kleiner.

Er legt auf und sieht uns durch den Rückspiegel an. „Aussteigen."

Schlotternd stehe ich der Einfahrt unseres Hauses und harre der Dinge, die da kommen.

Im Eiltempo rennt mein Vater auf mich zu und nimmt mich in den Arm. „Was ist denn passiert?"

Ehe ich ihm selbst antworten kann, klärt Mr. Harper ihn auf: „Ich habe die beiden in Jackson's Bar aufgegabelt. Dort war ein Konzert dieser komischen Rockband, die jetzt in aller Munde ist. Ich habe mich schon gewundert, warum sie überhaupt bei uns in Preston spielen wollen, aber als wir heute Abend von einem Anrufer den Tipp bekommen haben, dass die Kerle hier Drogen verteilen wollen, wurde es mir klar. Das sind allesamt Drogenkuriere." Polizeichef Harper kennt die Band? Nun gut, vermutlich kennt sie jeder. Ob die Anschuldigungen des Anrufers stimmen?

Mein Vater lässt umgehend von mir ab und sieht mich erschrocken an. „Ihr wart wo?"

„Du wusstest also gar nichts davon? Das dachte ich mir schon, deshalb habe ich die beiden auch nach Hause gebracht und nicht geklingelt. Ich wollte Christel nicht aufwecken."

Kann er nicht endlich still sein? Ich hab auch einen Mund und würde meinem Vater das gern selbst erklären.

Mr. Harper öffnet die Wagentüre und winkt Zoey heraus.

„Danke, Bill", wendet mein Vater sich an den Polizeichef.

Der klopft ihm auf die Schulter. „Schon gut, du hättest es nicht anders gemacht."

„Sehen wir uns morgen zum Gottesdienst?"

Harper zieht am Schirm seiner Polizeimütze. „Natürlich, Charles, wie jeden Sonntag."

Nachdem er davonfuhr, sieht Dad uns an. „Ich denke, wir haben eine lange Nacht vor uns."

Aussprache, ich komme!

# Drei

## 5 Tage später ...

„Ich geh rüber zu den Lips", verkünde ich.
Meine Mutter, die gerade in ihrem Gemüsebeet kniet, gibt nur ein grummeliges „Hmmmm" von sich.

Als sie letzten Sonntag nach der Kirche von unserem Ausflug erfuhr, war sie außer sich. Seitdem spricht sie mit Zoey überhaupt nicht mehr und mit mir nur noch das Nötigste. Mein Vater hingegen übergoss uns mit Kirchenarbeit. Meiner kleinen Schwester schmeckt das überhaupt nicht. Das weiß er und das gefällt ihm. Ein klein wenig sadistisch finde ich das Ganze schon. Gut, er tut ihr damit nicht weh, aber sie muss sich mit etwas beschäftigen, gegen das sie sich mit Händen und Füßen wehrt. Den Glauben! In dieser Beziehung Druck auszuüben kann nur nach hinten losgehen.

Gestern wollte ich schon mit ihm darüber sprechen, doch auch zu mir ist er verständlicherweise leicht unterkühlt. Die Arbeit in der Kirche macht mir wahnsinnigen Spaß, das weiß er natürlich. Ich warte jeden Tag darauf, dass er mich stattdessen zum Hausputz verdonnert. Dass meine Semesterferien derart in die Hose gehen, konnte ich nicht ahnen. Das Schlimmste aber ist die Erkenntnis, meine Eltern enttäuscht zu haben.

„Zum Abendessen bist du wieder da, wir bekommen Besuch", höre ich meine Mutter mir noch nachrufen.

„Das wurde aber auch langsam Zeit", kommentiert Jutta mein Ankommen grinsend. Sie schließt mich in die Arme und drückt mich fest an sich. „Wollen wir uns nach hinten setzen?"

Die Häuser der Siedlung sind allesamt in etwa gleich gebaut. Das Haus der Lips ist jedoch spiegelverkehrt zu unserem, da es auf der anderen Straßenseite liegt, was mich bereits als Kind verwirrte.

Jutta belächelt meine abwartende Haltung, da sie genau weiß, warum ich steif wie ein Stock auf ihrer Veranda stehe und warte, bis sie vorausgeht. Früher scherzten sie oft, mit mir würde etwas nicht stimmen, denn ich lief stets auf die falsche Seite des Hauses zu und suchte dort vergeblich nach dem Gartentor. Meine Vermutung ist, dass in dieser Beziehung etwas mit meinen Synapsen nicht stimmt. Dieses dreidimensionale Denken ist nichts für mich. Man muss eben wissen, wo seine Schwächen liegen, um sie ... zu umgehen. Ja, das ist meine Devise. Wer braucht so was auch schon? Architekten vielleicht, aber ich doch nicht. Ich kann also mit meiner Einschränkung gut leben.

Als wir durch das Gartentor treten, entdecke ich Heinz-Jörg, der gerade dabei ist, die Hecke mit einer großen Schere zu stutzen.

„Guck mal, Hase, wir haben Besuch", teilt seine Frau ihm lautstark mit.

Er wirft einen kurzen Blick über die Schulter. „Virginia, Schätzchen, willkommen im Hause Lips", begrüßt er mich, nickt mir zu und wendet sich wieder dem wuchernden Gewächs zu.

„Ich habe gerade Zitronenlimonade gemacht, komm her", weist seine Frau mich an, mich zu ihr zu setzen.

Nach dem ersten Schluck des wohlschmeckenden Getränks bricht mein Ungehorsam aus mir heraus. „Weißt du, welchen Mist ich gebaut habe?"

Jutta lehnt sich im schwarzen Plastikstuhl zurück, überkreuzt die Beine und legt die Hände in den Schoß. „Du hast Mist gebaut? Das kann ich mir nicht vorstellen."

Ich atme schwerfällig aus und lasse die Schultern hängen. „Letzten Samstag wollte ich mit Zoey zu Ashley, doch es war alles nur ein Vorwand von ihr, und ich landete mit ihr in Jackson's Bar auf einem Konzert und dann ..." Ich schlage die Hände vors Gesicht. „Dann stürmte Polizeichef Harper mit seiner Mannschaft das Gebäude, und wir befanden uns inmitten einer Drogenrazzia und ..."

Jutta runzelt die Stirn und hebt wissend die Hand. „Ich kenn die Geschichte schon."

Das war klar! Sicher lief meine Mutter sofort zu ihr, nachdem sie davon erfuhr, und heulte sich bei ihr über ihre missratenen Kinder aus.

„Mum hat es dir also erzählt?"

Sie nickt in Richtung Heinz-Jörg. „Charles war bei ihm und hat ihm davon erzählt."

Ich haue mir mit der flachen Hand gegen die Stirn. „Wie konnte ich nur so dumm sein?"

Jutta sieht mich verständnisvoll an. „Das haben wir doch alle schon mal gemacht."

„Was meinst du?"

Sie nimmt einen Schluck Limonade und verzieht dabei das Gesicht. „Ich war auch mal jung und habe meine Eltern angelogen, nur um auf ein Rockkonzert gehen zu können ... Die Jungs sind aber auch wirklich heiß", sagt sie und stellt das Glas ab.

„Du kennst diese Band?"

Sie streckt den Rücken, klappt die Schultern nach hinten und hebt das Kinn an. „Also, hör mal, so alt bin ich nun auch noch nicht, und sie machen tolle Musik."

„Findest du? Ich weiß ja nicht."

„War doch alles halb so schlimm. Euch ist nichts geschehen, und wäre diese dumme Sache mit der Razzia nicht passiert, hätten deine Eltern nie davon erfahren", gibt sie mir unbeeindruckt zu verstehen.

„Mir kommt das Ganze immer noch spanisch vor. Wieso war diese bekannte Band überhaupt in Preston und wer schickt meiner kleinen Schwester auch noch zwei Karten dafür?"

Jutta kratzt sich an der Stirn. „Ich nehme mal an, dass das eine Art Geheim-Gig oder so was sein sollte, oder ..." Sie nimmt einen weiteren Schluck Limonade zu sich. „Nein, keine Ahnung, ist aber doch auch egal. Sie waren hier, und ihr habt sie gesehen. Und wer Zoey die Karten geschenkt hat, kann ich nur vermuten, aber ich tippe mal auf Joe."

Der Fahrer! „Ist das etwa ihr Freund?" Mir klappt der Kiefer nach unten.

Jutta arbeitet in der örtlichen High School als Mensaleitung und hat so einen guten Blick auf meine kleine Schwester. Sie kennt ihre Pappenheimer alle und weiß stets, wer mit wem gerade ausgeht.

Sie fährt sich durch ihr kurzes, blondes Haar. „Das kann ich dir nicht sagen."

„Kannst du nicht oder willst du nicht?"

„Ich kann es nicht, weil ich es nicht weiß. Ich sehe nur, wie dieser Junge um deine Schwester wirbt, und ich finde das wirklich süß", gibt sie zu.

„Sie ist 15!", schreie ich entrüstet.

„Wer ist 15?", ruft Heinz-Jörg ohne sich nach uns umzudrehen.

„Zoey", klärt seine Frau ihn darüber auf, über wen wir gerade sprechen, ehe sie sich wieder an mich wendet. „Deine Schwester ist ein liebes Mädchen, du musst dir keine Sorgen um sie machen. Sie ist einfach nur ganz normal pubertär und dass sie im Moment Probleme hat, zum Glauben zu finden, ist, denke ich, Teil ihrer Rebellion. Das kommt schon noch."

Jutta ist ein absoluter Familienmensch und harmoniesüchtig. Sie legt ihre Hände wie eine schützende Blase über ihre Lieblinge und schafft es so, eine Bilderbuchehe zu führen und Bilderbuchkinder und mittlerweile sogar Enkelkinder um sich zu scharen. Bisher dachte ich immer, bei uns läuft das ähnlich, doch mittlerweile bin ich mir da nicht mehr so sicher, auch wenn sie mir gerade weismachen will, dass Zoeys Verhalten normal ist.

„Ich sehe es dir an, dass du das nicht nachvollziehen kannst", erkennt sie meine Skepsis.

„Na ja, also, ich …"

„Nicht stottern, sondern glauben, und nun lass uns dieses Thema beenden. Alles ist völlig im Rahmen im Hause Olden. Ihr hattet euren Spaß, ihr wurdet dafür bestraft und gut ist." Sie lehnt sich wieder nach hinten und legt die Arme auf die Stuhllehnen. Das ist ihre Haltung kurz bevor sie stur wird. Dann sollte man nicht mehr mit ihr diskutieren, und vermutlich hat sie recht und ich übertreibe einfach nur maßlos.

„Das Studium ist toll und das Wohnheim ist auch okay", lenke ich das Thema somit in eine andere Richtung.

Sie entspannt sich wieder und legt ihre Hand auf meine. „Das freut mich für dich. Ich bin mir sicher, du wirst deinen Weg gehen, auch wenn du einmal gesündigt hast", schmunzelt sie. Ihre grün-blauen Augen funkeln im Sonnenlicht.

Sie kann es einfach nicht lassen, mich aufziehen. Als ich ihr damals erzählte, dass ich in die Fußstapfen meines Vaters treten und Pastorin werden will, fand sie das super. Doch mein mir selbst auferlegtes Keuschheitsgelübde belächelte sie nur amüsiert. Sie sagte, ich würde etwas verpassen, die schönste Zeit, die Jugend, in der man sich zum ersten Mal verliebt, zum ersten Mal knutschend in der Wiese liegt und die bisher unbekannten Gefühle einen völlig gefangen nehmen, all das ließe ich mir entgehen.

Ich allerdings sehe das gänzlich anders. Mein Vater schloss auch zuerst sein Theologiestudium ab, lernte kurz darauf meine Mutter kennen und sie heirateten nur wenige Monate später. Er hob sich für sie auf und bereute es nie. Niemals! Und wie man sieht, sie sind heute noch glücklich. Sie sind nun 26 Jahre verheiratet, das sagt meiner Meinung nach alles. Das Glück meiner Eltern nahm ich mir zum Vorbild. Ich habe also noch mehr als genug Zeit, mich zu verlieben.

„Wie lange bleibst du denn?", will Jutta wissen.

Ich komme nicht mehr zum Antworten, denn das Läuten ihres Telefons unterbricht unser Gespräch. Sie nimmt ab, sagt zweimal ja und legt dann auf.

„Du sollst rüber kommen, euer Besuch ist da", erklärt sie mir.

Ich werfe einen Blick auf meine Armbanduhr. „Jetzt schon?"

Meine Eltern laden gern Leute aus der Kirchengemeinde zum Essen ein. Normalerweise weiß ich, wer uns beehrt, aber heute machten sie ein großes Geheimnis um unsere Gäste.

„Dann müssen wir wohl ein anderes Mal weiterreden."

„Unsere Tür ist immer für dich offen." Jutta erhebt sich und bringt mich noch bis zum Gartentor. „Nicht, dass du dich noch verläufst", witzelt sie.

Ich drücke sie fest an mich und hauche ihr ein Küsschen auf die Wange. „Bis bald. Und bis bald, Heinz-Jörg", verabschiede ich mich von ihrem schwer schuftendem Gatten.

Als ich mein Elternhaus betrete und mir eine bekannt vorkommende Stimme entgegen hallt, rutscht mir auf der Stelle das Herz ins Höschen. Ich ziehe die Schuhe aus, hänge meine weiße Strickjacke an den Kleiderhaken und gehe ins Esszimmer.

Zu meiner Verwunderung erblicke ich nicht nur Polizeichef Harper am Tisch, sondern auch Ashleys Vater, Richter Franklin. Meine kleine Schwester sitzt in geduckter Haltung auf ihrem Stuhl und ist mucksmäuschenstill. Es scheint mir fast so, als fühle sie sich in der Gegenwart der beiden Männer genauso schuldig wie ich.

„Hallo Virginia, wie schön, dich zu sehen", begrüßt Richter Franklin mich freundlich.

„Ich freu mich auch", erwidere ich leise und setze mich zu ihnen.

Meine Mutter tischt einen Braten auf, was ziemlich ungewöhnlich für einen Wochentag ist. Dieses Essen ist also kein normales, belangloses Treffen, sondern muss einen besonderen Hintergrund haben. Danach zu fragen, traue ich mich jedoch nicht. Viel zu peinlich ist mir die letzte Begegnung mit Mr. Harper. Ebenso wie Zoey lenke ich meinen Blick also ausschließlich auf das Geschirr vor mir.

Meine Eltern unterhalten sich mit unseren Gästen über die Kirchengemeinde, während meine Schwester und ich uns in Schweigen hüllen. Nie im Leben hätte ich gedacht, einmal in eine solch unangenehme Lage zu kommen. Angespannt stochere ich mit der Gabel zwischen den grünen Bohnen auf meinem Teller herum und versuche, zu eruieren, was diese Kombination aus Polizeichef und Richter wohl zu bedeuten hat. Entweder bestellte meine Mutter sie ein, um uns noch einmal an unser Vergehen zu erinnern, oder aber sie sind von sich aus gekommen, um ...

Nein, ich komme nicht dahinter. Weder Zoey noch ich hatten Drogen welcher Art auch immer dabei. Wir tranken keinen Alkohol, benahmen uns nicht daneben. Das Einzige, was man uns vorwerfen kann, ist die Lügerei. Die bestrafte mein Vater aber schon ausreichend. Oder ist er da vielleicht anderer Meinung?

Langsam, aber sicher habe ich das Gefühl, meine Schwester könnte mit ihrer Aussage recht haben. Sind unsere Eltern wirklich zu streng? Wenn das eine Art von Psychospielchen sein soll, dann wäre ich entrüstet. Niemals hätte ich ihnen zugetraut, so zu handeln. Nein! Das kann es auch nicht sein.

Für einen kurzen Augenblick sehne ich mich in mein Studentenzimmer zurück. Seitdem ich wieder hier in Preston bin, geht alles schief, und meine Vorahnung, dass das noch nicht die Spitze des Eisberges ist, lässt mich erschaudern.

„Ist dir kalt, Kind?" Die Stimme meiner Mutter entreißt mich meiner Gedankenwelt.

„Ich ... ähm ... ich glaube, ich fühle mich nicht so gut."

„Nicht, dass du uns noch krank wirst. Du solltest dich besser hinlegen. Deine Schwester hilft mir beim Abräumen und bringt dir gleich noch eine Tasse Tee."

Mit einem zustimmenden Gesichtsausdruck erhebe ich mich.

Mein Vater tut es mir gleich. „Und wir sollten jetzt in meinem Büro weitersprechen", wendet er sich an unsere Gäste.

Sie haben also doch etwas zu bereden. Nur was?

Ich verabschiede mich von den beiden Herren und gehe in mein Zimmer.

Die Eiseskälte, die mir über den gesamten Körper jagt, zwingt mich dazu, mir die dicke Patchwork-Decke, die meine Großmutter mir einst nähte, bis über die Nasenspitze zu ziehen. Ich rolle mich vollständig darin ein und drehe mich auf die Seite, schließe die Augen und schweife ab.

Morgen Abend trifft sich wieder der Kirchenchor. Mein Gesangstalent hält sich zwar in Grenzen, aber für ein wenig im Hintergrund mit trällern reicht es allemal. Ich sollte dorthin gehen. Eventuell bringt mich das auf andere Gedanken. Durch meinen Gehörgang ziehen die lieblichen Stimmen der begabten Frauen. Die Melodie trägt mich davon ... in eine Zeit, in der noch alles in Ordnung war.

Das dumpfe Geräusch der auffliegenden Zimmertür entreißt mich meiner Tagträumerei.

„Virginia, bist du wach?" Zoey rüttelt wie wild an mir herum.

Grummelnd setze ich mich auf und sehe in ein völlig verstörtes Gesicht. „Was ist denn los?", frage ich.

Sie stellt die Tasse Tee, die mir versprochen wurde, auf den weißen Nachttisch und setzt sich neben mich. „Ich habe Dad belauscht, und ..."

„Du hast was? Das tut man nicht", unterbreche ich sie.

Sie presst die Lippen aufeinander und fährt sich durchs Haar. „Kam dir unser Besuch nicht auch komisch vor?", versucht sie, ihr Verhalten zu entschuldigen.

„Ein wenig schon", gebe ich zu.

Sie reißt die Augen weit auf. „Weißt du auch, warum? Weil uns unser Instinkt nicht getrogen hat."

Keine Ahnung, was sie da schon wieder von sich gibt! „Ehrlich gesagt, will ich es nicht wissen."

Zoey steht auf und läuft unruhig im Zimmer auf und ab. „Bist du dir sicher? Denn es ging um dich."

Um mich? Gluthitze überkommt mich. So muss sich das Höllenfeuer anfühlen. Ich werfe die Decke beiseite und sehe sie abwartend an. „Nun erzähl schon."

Sie bleibt direkt vor mir stehen und steckt die Hände in die Hosentasche ihrer hellblauen, engen Stonewashed-Jeans. „Ich habe auch nur Brocken verstanden ..." Sie hält inne und sieht nachdenklich in die Luft.

Will sie mich damit ärgern? „Und was waren das für Brocken?"

Zoeys braune Augen beginnen zu leuchten. „*Evil and the virtual Parents*, Drogen, Verhaftung ..." Sie holt tief Luft. „Scheinbar haben sie doch etwas bei ihnen gefunden und, ach, keine Ahnung, ich kann mir das immer noch nicht vorstellen. Die sind wirklich nicht so", verteidigt sie die Band.

Ich rolle die Augen und lasse mich nach hinten fallen. „Das weiß ich doch schon alles."

„Hast du mitbekommen, dass ihr Management heute bekannt gegeben hat, dass sich die Band für die nächsten Wochen im Urlaub befindet?"

„Nein, hab ich nicht, und du schweifst vom Thema ab. Was hat das alles mit mir zu tun?"

Zoey legt sich neben mich und dreht den Kopf in meine Richtung. „Weißt du, was komisch ist? Sie haben die Band am Flughafen gefilmt, aber einer hat gefehlt."

Warum kann sie nicht endlich aufhören, über diese Drogenheinis nachzudenken? Sie hat es doch selbst mitbekommen, dass wohl zumindest einer der vier schuldig ist. Es wird also mit großer Sicherheit auch derjenige sein, der nicht mit am Flughafen war. Ehe sie mich aber noch weiter in ein Gespräch über diese kuriose Band verwickelt, behalte ich meine Vermutungen für mich.

„Der war bestimmt nur auf dem Klo. Können wir jetzt bitte wieder zu mir zurückkommen? Was hast du denn nun gehört?"

Zoey streicht mir über die Wange. „Sie haben irgendetwas von Sozialstunden gesagt."

Wie ein Klappmesser schnelle ich in Sitzposition. „Wie bitte?"

„Ja, wirklich! Ich lüge dich nicht an. Sie haben deinen Namen gesagt, dann habe ich sie nicht mehr richtig verstanden, weil Mum nach mir gerufen hat, und zum Schluss noch das Wort Virginia."

Dieser Satz kommt ihr so glaubhaft über die Lippen, dass ich keinerlei Zweifel an der Richtigkeit hege. „Aber das können sie doch nicht machen. Ich habe doch nichts getan", stoße ich verständnislos hervor.

Zoey richtet sich auf und legt die Hand auf meine Schulter. „Siehst du, ich hab doch gesagt, sie sind viel zu streng."

„Da musst du was falsch verstanden haben. Ich kann mir das wirklich nicht vorstellen."

Sie hebt die rechte Hand und legt die linke auf ihre Brust. „Ich schwöre auf Gott."

„Es ist besser, wenn du den da raus lässt", knurre ich.

„Du musst nicht gleich beleidigt sein, nur weil ich ihn erwähne", blafft sie mich schnippisch an.

„Du gibst gar nichts auf ihn und willst dann, dass ich es dir abnehme, wenn du auf ihn schwörst?"

Zoey springt vom Bett auf und dreht mir beleidigt den Rücken zu. „Ich wollte dich nur vorwarnen. Dad will morgen mit dir reden. Glaub mir oder nicht."

„Dann hast du also doch noch mehr gehört."

„Nein, hab ich nicht. Mum hat mir das gesagt, als sie mich vorhin beim Lauschen erwischt hat."

„Na, wunderbar", stöhne ich.

„Mehr weiß ich wirklich nicht. Sie sagte nur, dass mich das alles nichts anginge und Dad würde mit der betreffenden Person morgen sprechen."

Betreffende Person, wie sich das anhört. Wenn ich nur wüsste, was er damit meint. Die Ungewissheit lässt mich erzittern. Ich greife wieder nach der Decke und rolle mich darin ein.

„Trink deinen Tee und versuche, zu schlafen." Zoey verlässt den Raum und wirft mir noch einen mitleidigen Blick zu, ehe sie die Tür hinter sich schließt.

Ruhige Nacht, ade!

## Vier

Die Schlaflosigkeit steckt mir in den Knochen. Ich fühle mich so ausgepowert wie noch nie zuvor. Die Ungewissheit, was gleich auf mich zukommen wird, nagt an meinem Herz, das wie wild in meiner Brust pocht. Die ganze Nacht lag ich wach und versuchte, zu ergründen, welche Bewandtnis das Gespräch haben mag, das Dad mit mir heute führen will. Will er mich tatsächlich zu Sozialstunden verdonnern? Nein, das kann ich mir nicht vorstellen. Und selbst wenn es so wäre, müsste er wissen, dass ich damit keinerlei Probleme hätte. Also, mit der Sache an sich. Ich helfe gern in der Gemeinde, wenn Not am Mann ist.

Wie ein begossener Pudel stehe ich vor dem Büro meines Vaters und warte darauf, dass er mich hereinbittet.

Als sich die Tür öffnet, schießt ein Schwall Adrenalin durch meine Adern. Meine Haut kribbelt und meine Lider zucken.

„Virginia, komm rein und setz dich." Die mir sonst so angenehme Stimme meines Vaters erscheint mir zum allerersten Mal streng und angespannt.

Ich nicke, folge mit gesenktem Blick seiner Anweisung und nehme auf einem der beiden Holzstühle Platz, die vor seinem dunkelbraunen Schreibtisch stehen.

Dad macht es sich auf seinem Ledersessel gemütlich, der farblich zum Tisch passt, und räuspert sich.

Es vergeht eine Minute, in der keiner etwas sagt. Die Stille, die den Raum durchzieht, macht mich noch nervöser. Wenn er mir nicht gleich erklärt, um was es geht, kippe ich vom Stuhl. Ich streife meinen dunkelblauen Rock glatt und lege die Hände in den Schoß.

„Hast du schlecht geschlafen, Engel? Du siehst müde aus."

Er nennt mich wieder Engel. Heißt das, er ist nicht mehr böse auf mich? Ich reibe mir die brennenden Augen. „Ja, sehr schlecht, aber kannst du mir jetzt bitte sagen, um was es geht, Dad? Ich bin total k.o., und diese Ungewissheit frisst mich auf."

Er lehnt sich nach vorne, legt die Arme auf den Tisch und mustert mich. „Du hast immer noch ein schlechtes Gewissen, oder?"

Ach, wie kommt er nur darauf? „Natürlich habe ich das. Kannst du mich bitte einfach nur bestrafen, damit ich meine Schuld angemessen begleichen kann?", flehe ich ihn an.

Er schüttelt den Kopf. „Schon letzte Woche habe ich dir und deiner Schwester in unserem Gespräch erklärt, dass ich nur eines in diesem Hause nicht dulde: Lügen. Ich war von dir wirklich sehr enttäuscht."

„Das habe ich doch schon lange verstanden. Es tut mir so unendlich leid, und ich schäme mich dafür, reicht das denn nicht?" Meiner Meinung nach schon!

Er steht auf, kommt auf mich zu, legt beide Hände auf meine Schultern und küsst mein Haar. „Doch, Engel. Du bist nicht hier, weil ich dich bestrafen will, du bist hier, weil ich deine Hilfe brauche."

Jetzt verstehe ich gar nichts mehr! Ich lege den Kopf in den Nacken und sehe zu ihm hoch. „Wobei denn?"

Er atmet tief durch. „Richter Franklin und Polizeichef Harper kamen gestern mit einer großen Bitte auf mich zu. Ich habe lange hin und her überlegt und dem Ganzen aber letztendlich zugestimmt."

„Und was?"

Er geht wieder zurück auf seinen Platz und sieht mich ernst an. „Wir werden ein verirrtes Schäfchen in unserer Mitte aufnehmen, und ich möchte, dass du dich um es kümmerst."

Schäfchen? „Ich verstehe nicht ganz."

„Bill hat bei der Band tatsächlich Drogen gefunden. Zumindest bei einem der Mitglieder. Die anderen durften das Polizeirevier wieder verlassen, nachdem sie ihre Aussagen gemacht hatten. Ashleys Vater bekam den Fall dann als Kautionsanhörung am Montag auf den Tisch. Leider ist die Sachlage wohl etwas schwierig, da man dem Bandmitglied keinen direkten Kontakt mit dem gefundenen Kokain nachweisen kann. Sein Management wollte aber eines auf jeden Fall vermeiden: einen Prozess, denn der wäre absolut rufschädigend. Sie kamen mit den hochkarätigsten Anwälten und ..." Er winkt ab. „Ach, was erzähl ich dir das alles, das ist für uns auch total uninteressant. Für uns ist nur die Quintessenz wichtig."

„Und die wäre?" Bereits als mir diese Frage über die Lippen kommt, schwant mir Böses.

„Richter Franklin verdonnerte den Jungen zu Sozialstunden."

„Und die soll er gerade bei uns ableisten?"

Mein Vater presst die Lippen aufeinander und nickt. „Deshalb habe ich ja so lange mit mir gehadert, ob die Idee so gut ist, aber letztendlich bin ich zu dem Entschluss gekommen, dass es nicht richtig wäre, diesen armen, verirrten, jungen Mann abzulehnen."

„Und wie lange soll das gehen und was soll er hier tun, warum gerade ich und ..." Mir schießen tausende Fragen gleichzeitig durch den Kopf. Das, was er mir damit antut, ist wirklich die Höchststrafe.

„Es ist unsere Pflicht, zu helfen."

„Ja, schon, aber ...", versuche ich, mich zur Wehr zu setzen.

„Nichts aber", unterbricht er mich. „Es gibt kein Aber. Der junge Mann kommt heute Nachmittag an, er wird bei uns wohnen und gemeinnützige Arbeit leisten, und zwar für sechs Wochen."

Wie bitte? Hab ich das gerade richtig verstanden? Sechs Wochen? Damit sind fast meine kompletten Semesterferien ruiniert. Ich weiß, ich dürfte nicht so denken und es ist normalerweise nicht meine Art, voreingenommen auf Menschen zuzugehen, doch bei dieser Sachlage kann ich einfach nicht anders. Der Typ - welcher von denen es auch immer ist - wird mit Sicherheit eine Stinkwut im Bauch haben, und ich bekomme alles ab.

„Kannst du dich nicht um ihn kümmern? Mir ist das wirklich unangenehm", murmele ich.

„Ich denke, du bist genau die Richtige für diesen Job", gibt er mir zu verstehen.

Wie er darauf kommt, erspare ich mir zu fragen. Ich bin mir ziemlich sicher, dass er weiß, welche Strafe es für mich sein wird. „Und was ist mit Zoey?", hinterfrage ich dieses anstehende Spektakel aus einem ganz anderen Blickwinkel.

„Wieso? Was soll mit ihr sein? Sie hat damit nichts zu tun."

„Zoey fährt total auf diese Band ab. Ihretwegen waren wir auf diesem Konzert, und jetzt holst du auch noch ein Mitglied, das womöglich mit Drogen gedealt hat, zu uns ins Haus. Ich weiß nicht, ob das so eine gute Idee ist."

Mein Vater öffnet den ersten Knopf seines weißen Hemdes. Ihm scheint es die Luft abzuschnüren. Soll das bedeuten, er hat darüber noch gar nicht nachgedacht? Nein, so blauäugig ist er nicht. Oder doch? Ihm rinnen kleine Schweißperlen über die Stirn.

„Deine Schwester wird nicht viel mit ihm zu tun haben, und sie bekommt strikte Anweisungen von mir, wie sie sich ihm gegenüber zu verhalten hat. Außerdem werden wir über die ganze Sache Stillschweigen bewahren. Keiner soll erfahren, dass er hier ist."

Diese ganz offensichtlich nicht durchdachte Aussage bringt mich zum Schmunzeln. „Dad, tut mir leid, aber das ist wirklich lächerlich. Diese Band ist bekannter als ein bunter Hund. Selbst wenn Zoey ihren Mund hält, was ich mir schwer vorstellen kann, reicht es schon, wenn die Nachbarn ihn erkennen. Weißt du, was dann hier los ist?"

„Das wird nicht passieren. Gott wird es richten." Das ist Dads Standardaussage, wenn er keinen Plan hat.

„Ich habe absolut keine Lust, womöglich noch in irgendeiner Klatschpresse neben diesem vergammelten Rockstar zu landen", protestiere ich.

Der erschrockene Blick meines Vaters sagt mir, dass er sich darüber tatsächlich noch keine Gedanken gemacht hat. Für ihn gilt es nur, den Menschen zu helfen, ohne dabei an die Folgen zu denken. Prima! Ich bin begeistert.

„Ich werde über solche Eventualitäten noch mit dem Manager sprechen."

Die Gefahr, seine eigene Tochter womöglich der Klatschpresse zum Fraß vorzuwerfen, nennt er Eventualität!

„Du solltest das Ganze abblasen."

„Nein, das werde ich nicht tun. Ich habe versprochen, zu helfen, und das werde ich auch tun."

Ich tippe mir gegen die Brust. „Du meinst, das werde ich tun."

„Wir werden diese Aufgabe gemeinsam stemmen, und Gott wird uns seine helfende Hand reichen."

Zum ersten Mal in meinem Leben gehen mir die Worte meines Vaters ein wenig auf die Nerven. Gegen diese Aasgeier von Schreiberlingen kann selbst Gott nichts tun. „Und was, wenn nicht?"

„Es ist unser Glaube, der uns stark macht."

Okay, ich sehe es ein, es ist hoffnungslos, weiter mit ihm darüber zu diskutieren. „Wann kommt er an, was soll ich dann tun und wer ist es überhaupt?", will ich wissen.

Mein Vater sieht auf seine Armbanduhr. „In gut zwei Stunden. Wir werden ihn begrüßen und dann wirst du ihm zuerst die Kirche zeigen. Deine Mutter bereitet ihm das Gästezimmer vor und nach dem Abendessen werde ich mit ihm ein Gespräch führen."

Beim ersten Punkt tue ich mir selbst leid, beim zweiten der Typ. Der wird sich umschauen! „Dann werde ich jetzt versuchen, noch eine Stunde Schlaf zu finden", sage ich und stehe auf.

Mein Vater nickt. „Ist gut, mein Engel, ruh dich noch ein wenig aus."

Verwunderlicher Weise treffe ich nach dem Verlassen des Büros nicht auf meine kleine Schwester. Ich hätte wetten können, dass sie das Gespräch belauscht.

Als ich die Tür zu meinem Zimmer öffne und sie abwartend auf dem Bett sitzen sehe, hebe ich sofort abwehrend die Hand. „Ich will nicht reden."

Zoey zieht einen Schmollmund. „Du bist mir eine Antwort schuldig, ich habe dich gestern auch nicht in Unwissenheit gelassen", beschwert sie sich.

Ich lege mich aufs Bett, verschränke die Arme hinter dem Kopf und starre an die Decke. „Heute Nachmittag kommt dieser Drogenheini zu uns und wird bei uns für die nächsten Wochen wohnen. Er wird bei uns in der Kirche seine Sozialstunden ableisten und ich muss mich um ihn kümmern. So, jetzt weißt du es. Kann ich jetzt bitte noch für ein paar Minuten meine Ruhe haben, ehe diese Brut des Teufels über mich herfällt?"

Meine Schwester schweigt ... und schweigt und ... urplötzlich gibt sie einen so grellen, pfeifenden Ton von sich, dass ich mir die Ohren zuhalten muss. „Das ... was ... nein, ist nicht wahr! Ich fasse es nicht! Wie geil ist das denn? Wer denn?" Wie von der Tarantel gestochen springt sie auf und hüpft wie ein Flummi durchs ganze Zimmer.

Stimmt, wer denn? Davon erzählte Dad mir gar nichts.

Mit einem Mal versteinert sie zu einer Salzsäule, legt die Stirn in Falten und tippt sich mit dem Zeigefinger gegen die Lippen. „Hmmmm, ganz klar, es kann nur Ian sein, die anderen sind ja im Urlaub. Ich hab doch gesagt, dass einer fehlt." Sie klatscht in die Hände. „Ha, siehst du, ich wusste es!"

Als Zoey ihren Freudentanz wieder aufnimmt, schließe ich die Augen. Wer ist noch mal Ian? Ich bin definitiv zu müde, um darüber nachzudenken. „Kannst du mich bitte in einer Stunde wecken?", frage ich meine summende Schwester.

„Juuuuhhhuuuppp", singt sie und verlässt den Raum.

Diese Reaktion war zu erwarten. Das hat Dad eindeutig nicht mit eingerechnet. Aber gut, ändern kann ich es nun auch nicht mehr. Ich muss mich wohl in mein mir zugedachtes Schicksal fügen.

Wie ein Empfangskomitee stehen wir alle vier in Reih und Glied in der Einfahrt unseres Hauses und warten auf unseren Gast. Meine Mutter wirkt offenherzig, mein Vater ist verstummt. Zoey hibbelt nervös von einem Bein auf das andere, was unser Dad mit mürrischen Blicken kommentiert, da ihm wohl in diesem Moment klar wird, dass es allein schon ihretwegen ein großer Fehler war, diesen Kerl zu uns einzuladen, und ich fühle mich mehr als nur unwohl in meiner Haut. Der Saum meines Rocks, die weiße Halbarm-Bluse, die ich trage, alles juckt, als wären tausende Ameisen in den Stoff eingenäht.

Als ein silberfarbener, alter, klappriger Ford in die Einfahrt biegt, beginnt meine Halsschlagader zu pulsieren.

Ein großer, dunkelhaariger Mann im schwarzen Anzug entsteigt dem Wagen und kommt auf uns zu. Er reicht zuerst meinen Eltern die Hand, dann mir und zum Schluss Zoey. „Ich freue mich sehr, dass Sie sich darauf eingelassen haben, Pastor Olden", bedankt er sich bei meinem Vater.

Zoey neben mir wird immer hektischer. Sie knabbert an ihren Fingernägeln und sieht sehnsüchtig zum Auto, versucht wohl, einen Blick auf den Inhalt zu erhaschen.

„Er will wohl nicht aussteigen", kommentiere ich das unhöfliche Verhalten des Rockstars, der mit dunkler Sonnenbrille und Basecap auf dem Beifahrersitz verharrt und nicht daran denkt, den Wagen zu verlassen.

„Er ist nicht gerade erfreut über diese Entwicklung, wenn Sie verstehen, was ich meine", nimmt sein Manager ihn sofort in Schutz.

„Ich auch nicht", nuschele ich leise vor mich hin.

„Wissen Sie, er war es wirklich nicht", wendet der Manager sich an meinen Vater.

„Wir richten nicht. Wir wollen nur helfen", wehrt mein Dad diesen Gesprächspunkt sofort ab.

„Ja, ich verstehe", gibt sich der Anzugträger kleinlaut. „Ich kümmere mich um die Dinge, die wir vorhin am Telefon besprochen haben, und werde Sie einmal am Tag anrufen, um mich zu erkundigen, wie es meinem Schützling geht. Sollte etwas sein, bin ich auch sonst Tag und Nacht für sie erreichbar", teilt er ihm mit.

Mein Vater reicht ihm die Hand. „Wir bekommen das schon auf die Reihe, keine Sorge", gibt er sich zuversichtlich.

Der Manager nickt und setzt einen zufriedenen Gesichtsausdruck auf. „Dann werde ich ihn jetzt mal aus dem Auto zerren." Er holt eine große, schwarze Sporttasche aus dem Kofferraum, stellt sie auf den Boden und öffnet die Beifahrertür. „Wir hatten doch alles besprochen, Ian. Du musst da jetzt durch. Es sind doch nur sechs Wochen", redet er auf den Typ ein, der nicht bereit zu sein scheint, sich auch nur einen Millimeter zu bewegen. „Oder willst du es lieber auf eine Verhandlung hinauslaufen lassen? Dann ist nicht nur dein Ruf ruiniert, sondern im schlimmsten Fall der der ganzen Band."

Mit hängenden Mundwinkeln bequemt er sich nun doch aus dem Auto. „So ist das also, ich muss diesen Mist hier für alle ausbaden. Du weißt genau, dass das nicht mein Zeug war. Keine Ahnung, wer mir den Dreck untergejubelt hat. Aber anstatt das herausfinden, um meine Unschuld zu beweisen, steckst du mich zu ..." Er hält kurz inne und sieht zu uns hinüber. „Zu dieser Pfaffen-heile-Welt-Familie."

Das haben wir wohl ein ganz nettes Exemplar erwischt. Zoey neben mir senkt verschämt den Blick. Meine Mutter bewahrt Haltung und lächelt weiter. Mein Vater geht auf die beiden Männer zu.

„Herzlich willkommen im Hause Olden. Ich bin Charles."

Der Manager schubst seinen Schützling leicht, woraufhin der mit einem widerwilligen Gesichtsausdruck meinem Vater die Hand hinhält. „Hey, ich bin Ian."

„Komm, ich stell dir meine Familie vor." Mein Vater legt den Arm um seine Schultern und führt ihn zu uns. „Das ist meine Frau Christel."

Ian reicht meiner Mutter die Hand und lächelt sie freundlich an. „Hallo Mrs. Olden."

Dann deutet mein Vater auf Zoey. „Und das ist meine jüngste Tochter Zoey."

Ian zieht die Mundwinkel leicht schief und nickt ihr zu, was die Wangen meiner Schwester zum Glühen bringt.

Zuletzt zeigt mein Vater auf mich. „Und das ist Virginia, meine große Tochter. Sie wird sich in der Zeit, in der du bei uns bist, hauptsächlich um dich kümmern."

Ian nimmt die Brille ab und begutachtet mich mit strenger Miene vom Scheitel bis zur Sohle. Seine meerblauen Augen funkeln, was mir augenblicklich die Kehle abschnürt, besonders, als sie auf meine treffen. „Virginia ... wie passend", nuschelt er.

Den dummen Kommentar überhöre ich und zwinge mir stattdessen ein breites Lächeln auf die Lippen. „Dann werde ich dir doch am besten gleich mal die Kirche zeigen."

Ian dreht sich zu seinem Manager um und wirft ihm einen todbringenden Blick zu. „Wenn ich dieses Gotteshaus betrete und auf der Schwelle in Flammen aufgehe, bist du daran schuld."

Was ist er, der Fürst der Hölle? Der hat einen totalen Knall, der Typ. Christ ist er also schon mal nicht. Schön, dass wir das gleich geklärt haben. Meine Befürchtungen, die ich bis hierhin bereits hatte, verstärken sich noch um ein Tausendfaches. Es wird nicht nur schrecklich mit ihm werden, nein, ich habe die Erwartung, das Ganze nicht zu überleben. So wie er mich gerade ansieht, versucht er bereits, mich umzubringen. Oder zu mindestens denkt er über einen Plan nach, mich loszuwerden.

Mir liegt es auf der Zunge, ihm an den Kopf zu werfen, dass ich ebenso wenig von ihm halte und seine Anwesenheit absolut nicht schätze. Leider verbietet es mir mein Anstand.

„Wehe, du benimmst dich nicht!", droht der Anzugtyp ihm. „Du lässt dir jetzt von dieser bezaubernden, jungen Dame alles zeigen."

Ian mustert mich erneut. Er will etwas sagen, doch ehe er dazu kommt, gibt sein Manager ihm einen Klaps auf den Hinterkopf. „Alles klar, mein Junge, du schaffst das schon." Er klopft ihm auf die Schulter und drückt ihm die Sporttasche in die Hand. „Wir hören uns morgen früh, Pastor Olden." Er geht zu dem klapprigen Ford, der mit Sicherheit als eine Art Tarnung fungiert, und steigt ein. Während er das Auto aus der Einfahrt lenkt, frage ich mich, wo er die Karre auftrieb.

„Meine Frau zeigt dir zuerst dein Zimmer, wo du deine Sachen ablegen kannst, und Virginia bringt dich danach zur Kirche."

Ian, der sich zumindest meinen Eltern gegenüber recht freundlich verhält, nickt und folgt ihnen wortlos ins Haus.

„Darf ich mitkommen?" Zoey zupft mir am Blusenärmel.

„Glaubst du wirklich, Dad lässt dich mitgehen?"

Zoey zuckt die Schultern und sieht unschuldig drein. „Wieso nicht?"

Genervt von ihrer Naivität rolle ich die Augen. „Du glaubst doch nicht, dass er dich für dein Vergehen auch noch belohnt."

„Aber dich, oder wie?", zischt sie zickig.

„Als ob der Typ eine Belohnung für mich wäre."

Genau in diesem Moment steht Ian unverhofft neben uns. „Du bist für mich auch keine, und das ist so sicher wie das Amen in deiner Kirche", bemerkt er trocken. Wo kommt der denn so schnell wieder her?

„Zoey, du kommst bitte ins Haus", ruft mein Vater sie herbei.

Meine kleine Schwester lässt die Schultern hängen und zieht mit beleidigtem Gesichtsausdruck von dannen.

„Können wir gehen?", frage ich und gehe voraus.

Ian folgt mir im Schneckentempo.

Nach wenigen Metern drehe ich mich zu ihm um. „Geht's auch etwas schneller?"

„Welcher Drillsergeant hat dich denn ausgebildet?"

Er will mich reizen. Das wird er aber nicht schaffen.

„Mein Vater", antworte ich.

„Reicht es nicht, wenn du mir diese dumme Kirche morgen zeigst? Ich bin echt k.o. von der Fahrt."

Ich bleibe stehen und wende mich ihm zu. „Versuchst du es jetzt mit jammern? Wie wäre es, wenn du deine Strafe hinnimmst wie ein Mann und nicht wie ein ..." Den Rest des Satzes schlucke ich hinunter. Fast hätte er mich dazu gebracht, ihm bösartige Sachen an den Kopf zu werfen. Der Kerl hat bereits jetzt negativ auf mich abgefärbt. Ganz prima!

Ian, der noch immer das Basecap und die Brille trägt, deutet auf meine Beine. „Fehlt nur noch die blickdichte Strumpfhose, dann ist dein Nonnenoutfit komplett."

„Du bist wohl ein ganz Witziger", kommentiere ich diesen Angriff leise seufzend und gehe weiter.

„Sag mal, darf ich dich Virgin nennen?", feixt er hinter mir.

Wie alt ist er? Zehn?

Als ich nicht darauf reagiere, legt er noch einmal nach. „Du bist doch eine, oder nicht?"

Ich glaube, mein Schwein pfeift! Jetzt nennt er mich auch noch Jungfrau. Erst jetzt fällt mir auf, dass man das tatsächlich von meinem Namen ableiten kann und es ihm sozusagen eine Steilvorlage bot. Kann es denn noch schlimmer kommen?

## Fünf

Nachdem Ian sich gestern alles von mir zeigen ließ, verzog er sich sofort auf sein Zimmer. Meine Mutter konnte ihn nicht einmal zum Abendessen bewegen. Ob er nur stur ist, ob es seine Starallüren sind, oder doch nur das schlechte Gewissen - wer weiß, aber über eins müsste er sich im Klaren sein: Bei uns hat er es um Welten besser als im Knast.

„Nun komm schon, gestern bist du auch nicht verbrannt, als du über die Schwelle getreten bist", stichele ich und winke ihn in die Kirche.

Die Hände in die Hosentaschen seiner dunkelblauen Stonewashed-Jeans gesteckt, schlendert er herbei.

Als er die Tür hinter sich schließt, nimmt er das dunkelblaue Basecap und die Sonnenbrille ab. „Ich hasse diese blöde Verkleidung, ich sehe damit total beschissen aus." Er legt beides beiseite und zieht den Haargummi aus dem Pferdeschwanz. Mit gespreizten Fingern fährt er sich mehrmals durch sein schwarzes, schulterlanges Haar, ehe er es wieder zusammenbindet.

„Dein zweiter Vorname ist wohl eitel", murmele ich und suche nach einem Besen. Ich könnte mir auf der Stelle die Zunge abbeißen. Warum nur kann ich es nicht lassen, ihn aufzuziehen? Normalerweise ist das absolut nicht meine Art.

„Virgin, ich finde die weiße, blickdichte Strumpfhose übrigens extrem sexy", prustet er.

Natürlich habe ich es mir nicht nehmen lassen, heute eine anzuziehen. „Vielen Dank", nehme ich seinen Zynismus entgegen.

„Warst du eigentlich schon immer so ..." Er presst die Lippen aufeinander und runzelt die Stirn. „Mir fehlt das richtige Wort ... Moment ... bieder. Warst du schon immer so bieder?"

„Ich bin nicht bieder, sondern nur passend gekleidet. Wir sind hier in einem Gotteshaus und nicht auf einem deiner Konzerte", bemerke ich trocken und reiche ihm den Besen.

„Dich würde ich ja gern mal auf einem unserer Konzerte sehen", feixt er und blickt zur Empore. „Aber du stehst wohl eher auf Orgelmusik."

„Ich war schon auf einem eurer Konzerte, und zwar auf dem, auf dem sie dich verhaftet haben", teile ich ihm mit.

Ian streicht sich über den Dreitagebart und spannt die Brustmuskeln so sehr an, dass sie unter seinem weißen Shirt sichtbar werden. Was für ein aufgeblasener Gockel! „Du warst dort?"

„Ja, mit Zoey. Sie wollte dort hin, und ich ... Ach, vergiss es", winke ich ab. „Und jetzt lass uns hier saubermachen."

Auf Ians Lippen legt sich ein leichtes Schmunzeln. „Warst du in diesem Aufzug dort?"

„Natürlich. Ich hatte zusätzlich noch geflochtene Zöpfe mit rosa Schleifchen", antworte ich und muss mir das Lachen verkneifen, denn ihm entgleisen auf der Stelle sämtliche Gesichtszüge.

Er rümpft die Nase. „Das ist ja so was von unsexy."

„Du bist auch nicht hier, um irgendjemanden sexy zu finden, sondern um deine Strafe abzuarbeiten. Was habt ihr eigentlich in Preston zu suchen gehabt? Ihr füllt ganze Hallen und dann spielt ihr plötzlich in dieser abgeschrammelten Bar? Erklär´s mir", fordere ich ihn auf.

Ians meerblaue Iris wandelt sich in ein eiskaltes Gletscherblau. „Ich hab selbst keine Ahnung, was dieser Scheiß sollte."

Wie schön, dass nicht mal er es versteht! „Und warum habt ihr eigentlich so einen lächerlichen Bandnamen ... *Evil* ..."

Ian dreht sich von mir weg und beginnt, den Boden zu kehren. „Gehört es auch zu meiner Strafe, mich mit dir unterhalten zu müssen?"

Eingebildeter Idiot! *Evil*, dass ich nicht lache, er ist maximal unverschämt.

*

Der Vormittag in der Kirche verging wie im Flug. Ian sprach kein Wort mit mir und erledigte seine ihm zugedachte Arbeit mit hängenden Mundwinkeln. Unserem gemeinsamen Mittagessen wohnte er nicht bei, verschanzte sich stattdessen in seinem Zimmer. Mein Vater meinte, ich sollte ihm etwas Zeit geben, sich bei uns einzuleben, und so gab er ihm den Nachmittag unter der Voraussetzung frei, sich heute Abend bei uns am Tisch blicken zu lassen. Dem stimmte er zu, und so habe ich wenigstens ein paar Stunden für mich.

Zoey schlich wie eine Katze mehrmals vor dem Gästezimmer auf und ab, wohl in der Hoffnung, Ian zu Gesicht zu bekommen. Meine Mum verließ vor wenigen Minuten das Haus, um die Wochenendeinkäufe zu erledigen. Mein Dad ging in sein Arbeitszimmer, um an der morgigen Predigt zu feilen.

Während ich die Überreste des Mittagessens beseitige, überlege ich mir, was ich mit dem Nachmittag anfangen könnte. Heute Abend ist wieder das Junge-Christen-Treffen bei Ashley. Seit dem Vorfall am letzten Samstag meldete sie sich nicht mehr bei mir. Ob sie enttäuscht von mir ist? Ich fasse den Entschluss, heute Abend zu ihr zu fahren und mit ihr zu sprechen. Das Treffen des Kirchenchors verpasste ich auch. Alle meine Vorhaben lösen sich wegen widriger Umstände in Luft auf, was ich mehr als nur unbefriedigend finde.

Ich räume die Spülmaschine ein, werfe dabei einen Blick aus dem Küchenfenster und bekomme auf der Stelle fast einen Infarkt. Mein Puls schnellt in die Höhe, das Herz rast. Neben dem Gemüsegarten meiner Mutter steht eine kleine Holzbank, auf der Zoey mit Ian sitzt. Sie unterhalten sich angeregt. Meine Schwester kichert, und er grinst über beide Ohren. Dieser Anblick würde meinem Vater definitiv nicht gefallen.

Ian kann also auch lachen. Er wird hoffentlich nicht irgendwelche unchristlichen Interessen an meiner kleinen Schwester hegen. Sie ist viel zu jung für ihn. Wie ich gestern in Erfahrung bringen konnte, ist er zwei Jahre älter als ich. Mit seinen 23 Jahren ist er somit viel zu alt für Zoey. Oder es liegt an seiner mangelnden Reife. Vielleicht ist er mit ihr auf einer Wellenlänge, weil er im Kopf selbst noch ein kleiner Junge ist. Seinem Verhalten nach zu urteilen, könnte das hinkommen.

Als mir bewusst wird, dass ich die Einzige in diesem Haus bin, auf die er nahezu allergisch reagiert, beschließe ich, dem Ganzen nicht länger zuzusehen. Ich stelle den letzten Teller in die Spülmaschine, melde mich bei meinem Dad ab und besuche die Lips.

„Hallo Schätzchen, möchtest du auch einen Kaffee? Ich habe gerade einen frisch aufgebrüht", begrüßt unsere Nachbarin mich freundlich winkend, als ich auf sie zukomme.

Ich drücke sie zur Begrüßung und setze mich in den freien Schaukelstuhl auf ihrer Veranda. „Nein, danke. Mein Adrenalinspiegel ist schon hoch genug. Koffein würde mich womöglich zum Explodieren bringen."

Sie sieht mich fragend an. „Noch immer so schlimm?"

„Schlimmer."

„Sag mal, wer war eigentlich dieser junge Kerl, mit dem du gestern Nachmittag zur Kirche gegangen bist?"

Mir schwebt das Wort *Verschwiegenheit* durch den Kopf. Normalerweise sollen wir mit keiner Menschenseele über unseren Gast reden, aber ich brauche jemanden, mit dem ich mein Leid teilen kann und Jutta ist alles, nur keine Tratschtante.

„Kannst du was für dich behalten?", flüstere ich.

Sie legt den Kopf schief und sieht mich leicht beleidigt an. „Schätzchen, dass du mich so etwas überhaupt fragst."

„Das weiß ich doch, aber wir haben strengste Anweisungen, mit niemandem darüber zu reden, verstehst du?" Ich ziehe den Zeigefinger quer an meiner Gurgel entlang.

Sie lacht leise. „Wen habt ihr denn zu Besuch, den Papst?"

Der wäre mir allerdings um einiges lieber als dieser unfreundliche Vollidiot. „Dieser komische Ian ... schlag mich tot, keine Ahnung, wie der mit Nachnamen heißt, wohnt bei uns."

Jutta schlürft an ihrem Kaffee und blickt verständnislos drein.

„Na, dieser Gitarrist von der Band", füge ich noch erklärend hinzu.

Meine Nachbarin verschluckt sich an ihrem schwarzen Glück und lässt einen leisen Kreischer los. „Ian King? DER Ian King?"

King! Ja, der Name passt zu ihm wie die Faust aufs Auge. Er denkt wirklich, er sei der King.

Ich verziehe das Gesicht. „Ja, leider."

Sie schiebt ihre Tasse beiseite, legt die Unterarme auf den Tisch und sieht mich abwartend an. „Nun erzähl schon. Ich will alles wissen. Wieso, weshalb und warum."

„Er muss wegen dieser Drogengeschichte Sozialstunden bei uns in der Kirchengemeinde ableisten. Richter Franklin hat ihn dazu verdonnert und mein Vater hat sich bereit erklärt, sich um ihn zu kümmern. Besser gesagt hat er mir diesen Typen aufs Auge gedrückt. Meine ganzen Semesterferien sind im Eimer."

„Und was ist mit dem Rest der Band?"

„Keine Ahnung, ich glaube, die sind laut Medien im Urlaub. Ich habe mich ehrlich gesagt, nicht damit beschäftigt und habe auch nicht vor, es zu tun."

Jutta lehnt sich im Stuhl zurück und lässt ihren Blick hinüber zu unserem Haus schweifen. „Wie lange es wohl dauern wird, bis die ersten Paparazzi davon Wind bekommen", murmelt sie gedankenverloren.

„Gott bewahre! Das brauche ich nicht auch noch. Ich hoffe, das Management hat das unter Kontrolle. Versprochen haben sie es zumindest, schließlich liegt es auch in ihrem Interesse, dass er hier nicht gefunden wird. Sie haben dieser Sozialarbeit auch nur so schnell zugestimmt, da sie einen Prozess unbedingt vermeiden wollten. Sonst wäre wohl der Ruf der Band ruiniert."

„Dann konnten sie also nicht eindeutig nachweisen, dass es seine Drogen waren", schlussfolgert Jutta sofort richtig.

„Ian behauptet auch noch immer steif und fest, dass er damit nichts zu tun hatte."

„Was wollten sie denn hier in Preston?" Ihr detektivischer Spürsinn scheint geweckt.

Ich zucke die Schultern. „Hab ich ihn auch schon gefragt, aber angeblich weiß er das selbst nicht."

Jutta trinkt schweigend ihren Kaffee aus. „Wenn du mich fragst, glaube ich auch nicht, dass es seine Drogen waren. Weißt du, was ich mir gut vorstellen könnte ..." Sie kratzt sich an der Schläfe. „Es könnten Jacksons gewesen sein."

„Wie kommst du denn darauf?"

„Na ja, es gibt schon länger die Gerüchte in Preston, dass Jackson in seiner Bar dealt", gibt sie mir zu verstehen.

„Meinst du nicht, dass das nur dummes Gerede ist?"

Sie sieht mich an und hebt die Augenbrauen. „Ich wäre nicht Jutta, würde ich das nicht herausfinden. Dem armen Kerl muss geholfen werden."

Jetzt geht wieder ihr Helfersyndrom mit ihr durch!

Ich schüttele den Kopf. „Was willst du denn tun? Zu Richter Franklin laufen? Dir ist schon klar, dass du offiziell nicht weißt, wer bei uns wohnt, oder? Und arm ist der Typ ganz bestimmt nicht", schnaube ich.

„Mir wird schon was einfallen", sagt sie und verengt die Augen zu Schlitzen. „Hast du etwa Vorurteile? Oder warum kannst du ihn nicht leiden? So etwas sieht dir überhaupt nicht ähnlich."

„Er ist ein arroganter, frecher Star ohne Manieren ... und weißt du, wie er mich nennt? VIRGIN", zische ich und spüre, wie sich dabei mein Gesicht erhitzt.

Jutta versucht im ersten Moment, sich das Lachen zu verkneifen, doch es gelingt ihr nicht, und so prustet sie laut drauf los.

„Das ist nicht witzig", schimpfe ich.

Sie räuspert sich mehrmals, ehe sie sich wieder beruhigt. „Entschuldige, Schätzchen."

„Er ist einfach nur gemein und disst mich, wann es nur geht", beschwere ich mich.

Jutta deutet auf meine Strumpfhose. „Vielleicht solltest du ihm dann keinen Anlass dazu geben."

Jetzt schlägt es 13! „Verteidigst du ihn etwa?", frage ich entrüstet.

Sie schüttelt den Kopf. „Natürlich nicht. Aber versetz dich doch mal in seine Lage. Seine Kollegen liegen vermutlich irgendwo am Strand, und er muss den Mist allein ausbaden. Und das, obwohl er vielleicht wirklich keine Schuld daran trägt. Kein Wunder, dass er sauer ist."

„Und die Wut lässt er nun an mir aus. Vielen Dank. Sehe ich etwa wie ein Prellbock aus?"

Jutta kommt zu mir und nimmt mich in den Arm. „Gib ihm einfach ein wenig Zeit. Er wird sich schon einkriegen, und du solltest vielleicht einfach ein wenig lockerer werden."

„Ich bin locker", erwidere ich.

Sie haucht mir ein Küsschen auf die Stirn. „Fang einfach bei deiner Kleidung an und biete ihm so weniger Angriffsfläche."

Ich atme hörbar aus. Juttas Tipps sind meistens Gold wert. Es wäre also besser, wenn ich mir ihren Ratschlag zu Herzen nehme.

Zum Abendessen zog ich mich um. Mit einer hellblauen Röhrenjeans und einem schwarzen Kurzarmshirt betrete ich das Esszimmer. Ian, meine Schwester und mein Dad sitzen bereits am Tisch. Meine Mutter holt gerade den Auflauf aus dem Ofen, als ich mich setze. Unser Gast betrachtet mich mit offen stehendem Mund.

„Hast du den Kleiderschrank deiner Schwester geplündert?", flüstert er mir zu.

„So etwas würde ich niemals tragen", mischt sich Zoey ein und drückt die Brust raus. Pubertät lässt grüßen!

„Hübsch siehst du aus. Hast du heute noch was vor?", will meine Mum von mir wissen, als sie die Auflaufform in die Mitte des Tisches stellt.

„Ich dachte, ich gehe nachher noch zu Ashley. Es ist doch Samstag."

Mein Vater nimmt eine weiße Serviette vom Tisch und breitet sie auf seinem Schoß aus. „Mach das, Engel."

„Willst du mitkommen?", wende ich mich an meine Schwester.

Die schüttelt zaghaft den Kopf. „Nein, keine Lust."

Gerade als mein Vater die Hände faltet, um das Tischgebet zu sprechen, unterbricht laute Gitarrenmusik die Stille. Ian holt ein Handy aus seiner Hosentasche und sieht aufs Display.

„Telefone sind bei uns am Tisch verboten", teile ich ihm unsere Regel mit.

Er schiebt den Stuhl nach hinten und steht auf. „Ist mir egal. Das ist wichtig", sagt er und verlässt das Zimmer.

Mein Dad legt die Hände flach auf den Tisch. „Dann warten wir eben."

„Er wird schon gleich wieder kommen", stimmt meine Mutter ihm zu.

Als Ian lauthals schreit, sodass seine dunkle Stimme bis ins Esszimmer schallt, zucke ich zusammen.

„Ich gehe nachsehen, was da los ist.", sage ich und stehe auf.

„Soll ich das nicht lieber machen?"

„Nein, Dad, ich mach das schon. Ich soll mich um ihn kümmern, also hole ich ihn jetzt zurück." Dem werd ich schon noch Manieren beibringen. Der spinnt wohl!

Die Tür zum Gästezimmer ist nur angelehnt. Ich luge durch den Spalt und sehe, wie Ian mit hochrotem Kopf hin und her rennt.

„Alter, spinnst du? Du wolltest unbedingt in Preston auftreten, und ich sitz jetzt hier bei dieser Pfaffenfamilie und muss mich von einer Nonne herumkommandieren lassen, während ihr euch die Sonne auf den Bauch scheinen lasst und Weiber abschleppt. - Wie jetzt, du bist nicht mit den anderen geflogen? Was soll das heißen? - Kannst du mir dann wenigstens sagen warum? - Ich will Antworten, und zwar zügig", schreit er.

Mit wem telefoniert er da nur? Ich entschließe mich dazu, die Tür ganz zu öffnen. Als Ian mich entdeckt, atmet er tief aus. „Damian, ich muss Schluss machen, die Nonne beobachtet mich. Meld' dich bei mir, hast du das verstanden?", bellt er ins Telefon und legt auf. „Noch nie was von Privatsphäre gehört?"

„Noch nie was von Anstand gehört? Meine Familie sitzt am Tisch und wartet mit dem Essen auf dich. Telefonieren kannst du auch später. Komm jetzt, es wird kalt."

„Sag deinen Eltern, mir ist der Appetit vergangen."

„Bei uns werden Versprechen eingehalten."

„Und was, wenn nicht?"

Ich ziehe gespielt die Mundwinkel nach oben. „Willst du es herausfinden?"

„Soll das eine Drohung sein?"

„Nein, ein Versprechen."

Ian legt das Handy aufs Bett und folgt mir. Na also, geht doch!

Ehe ich zu Ashley fahre, beschließe ich, noch bei meiner Schwester vorbeizuschauen. Nachdem wir das Essen nahezu schweigend verbrachten und sie sich danach sofort auf ihr Zimmer verzog, will ich von ihr wissen, was mit ihr los ist und vor allem, was sie mit Ian zu schaffen hat.

Ich klopfe an ihre Tür und als ein leises „Herein" erklingt, trete ich ein.

Sie liegt bäuchlings auf dem Bett und schmachtet den Bildschirm ihres Laptops an.

„Was tust du da?", frage ich und setze mich neben sie.

„Ist er nicht süß?", säuselt sie.

Ich sehe mir das Bild an. „Wer ist das?"

Zoey rollt die Augen. „Das ist Cole."

„Und wer ist Cole?"

Sie haut sich mit der flachen Hand gegen die Stirn. „Der Drummer. Meine Güte, du bist heute wieder richtig helle."

„Entschuldige, dass ich mir die Typen noch nie richtig angesehen habe."

Sie stellt den Laptop beiseite und rollt sich auf den Rücken. „Vielleicht kann Ian ihn mir ja mal vorstellen."

Soweit kommt's noch! „Der ist viel zu alt für dich. Außerdem würden Mum und Dad dem nie zustimmen, also vergiss es", nehme ich ihr den Wind aus den Segeln.

„Er ist 18!", mosert sie eingeschnappt.

„Hast du darüber heute mit Ian im Garten gesprochen?"

„Das geht dich überhaupt nichts an. Das ist unsere Sache", sagt sie und streckt mir die Zunge raus. Himmlisch, jetzt fühlt sie sich auch noch super cool!

„Du solltest mehr Abstand von ihm halten. Er ist kein guter Umgang für dich."

„Dass ich nicht lache. Ich lasse mir doch von dir nichts verbieten. Er ist total nett. Kein Wunder, dass er dich nicht leiden kann. Du bist eine total verbohrte Zicke."

„Ich tue nur das, was Dad von mir verlangt. Meinst du, mir macht es Spaß, den Kerl am Hintern kleben zu haben?", wehre ich mich.

„An deinem Hintern wird er mit Sicherheit niemals kleben", feixt sie.

„Willst du nicht doch mit zu Ashley kommen? Es wird bestimmt lustig", wechsele ich das Thema, bevor sie mich noch weiter herabwürdigt.

„Nein, keine Zeit. Ich muss herausfinden, wo die Jungs im Urlaub sind und wann sie wiederkommen.

Ian konnte es mir auch nicht sagen, also werde ich Mister Google befragen. Der weiß alles", verkündet sie entschlossen und greift wieder nach ihrem Laptop.

Wenn das ihre einzige Sorge ist, Prost Mahlzeit! „Sag mal, wer ist noch mal dieser Damian?", erkundige ich mich noch, ehe ich ihr rosa Mädchenzimmer wieder verlasse.

„Der Sänger, wieso?"

Er war es also, der unbedingt hierher nach Preston wollte! „Ach, nur so", lasse ich meine Schwester allein zurück, ohne ihr meine neuen Erkenntnisse mitzuteilen, und mache mich auf den Weg zu Ashley.

# Sechs

Die Kirche ist wie jeden Sonntag gut gefüllt. Mein Vater steht vor dem Altar und hält seine Predigt, während ich Ian aus dem Augenwinkel beobachte. Er sitzt zusammengekauert auf der letzten Bank und ist kurz vorm Einschlafen. Seine Lider klappen immer wieder zu. Wenn das so weiter geht, rutscht er noch von seinem Sitzplatz, fällt zu Boden und beginnt zu schnarchen. So viel geballte Langeweile in einem Menschen sah ich noch nie, vor allem nicht in unserem Gotteshaus.

Meine Schwester, die in der ersten Reihe direkt neben unserer Mum sitzt, lässt den Kopf hängen. Ihren Gesichtsausdruck kann ich nur erahnen, da ich heute auf meinen Stammplatz ganz vorn lieber verzichtete, um näher bei meinem Schützling zu sein. Meinem Schützling, wie sich das anhört. Ob er hier in unserer Gemeinde wirklich Buße tut, weiß ich nicht. Er erledigt widerwillig seine ihm zugedachten Aufgaben, doch ob er sich tatsächlich die Zeit nimmt, um zu ergründen, weshalb er hier ist, wage ich zu bezweifeln. Er sitzt seine Strafe bei uns ab wie ein Verbrecher im Knast. Meistens sind die Leute nach solch einem Aufenthalt leider auch nicht schlauer und werden sofort nach der Entlassung wieder rückfällig.

Ob Ian so etwas schon öfters tat? Wenn ich mir vorstelle, welche großen Konzerte sie geben und wie leicht es für ihn ist, dort potenzielle Kunden zu finden, wäre das sicherlich möglich. Obwohl er seine Unschuld beteuert und auch Zoey und Jutta das alles nicht so recht glauben mögen, bin ich bei der ganzen Sache noch recht unschlüssig.

Mein Vater stellt sich in die Mitte der obersten Stufe und erhebt beide Arme. „Nun lasset uns gemeinsam beten." Seine erhaben klingende Stimme hallt durch den Raum.

Alle Gemeindemitglieder erheben sich gleichzeitig von den Bänken, nur einer nicht. Über die Schulter sehe ich Ian tadelnd an, doch er beachtet mich nicht. Sein Kopf hängt an seinem Hals wie die Blüte einer verwelkenden Rose. Beim nächsten Gottesdienst werde ich mich direkt neben ihn setzen und vorsichtshalber eine Nähnadel meiner Mutter einstecken. Falls er sich dann nicht freiwillig erhebt, landet sie in seinem Allerwertesten.

Gerade als ich mich wieder meinem Vater zuwenden will, springt Ian wie von der Tarantel gestochen auf, kramt in seiner Hosentasche und zieht sein Handy heraus. Nein, das kann er nicht bringen! Mit immer noch gefalteten Händen und offen stehendem Mund beobachte ich ihn, wie er sich das Telefon ans Ohr hält und leise hineinspricht. Zuerst sieht er sehr verbissen drein, dann wandeln sich seine Gesichtszüge in Staunen und zu guter Letzt nickt er verständnisvoll.

Ich würde nur allzu gern wissen, mit wem er spricht. War es sein Manager, der ihm einbläute, er solle sich besser benehmen? Vielleicht rief mein Vater ihn an und erzählte ihm von Ians Benehmen bei Tisch. Doch der wäre wohl so schlau, nicht genau am Sonntag um diese Uhrzeit anzurufen. Oder war es wieder dieser Damian? Warum ist Ian so dermaßen sauer auf ihn und wieso ist Damian nicht mit den anderen Bandmitgliedern mit geflogen? Diese Frage beschäftigt mich seit gestern und lässt mir keine Ruhe mehr.

Selbst bei Ashley musste ich die ganze Zeit darüber nachdenken. Sie verzieh mir zum Glück meinen schnellen Abgang letzte Woche, und wir verbrachten einen wirklich netten Abend miteinander. Das Einzige, was mich störte, war, dass Ian in meinen Gedanken herum geisterte. Diese ganzen wirren Geschehnisse wollen einfach nicht zusammenpassen.

„In sechs Wochen ist das alles vorbei", flüstere ich mir selbst zu, in der Hoffnung, danach wieder in mein geregeltes Leben zurückkehren und das alles einfach vergessen zu können.

Der Kirchenchor stimmt ins letzte Lied ein. Mein Dad verlässt mit langsamen Schritten als Erster die Kirche, öffnet die Tür und bleibt dort stehen, um jedem Gemeindemitglied zum Abschied die Hand zu schütteln. Ian denkt nicht daran, aufzustehen. Meine Mum verschwindet durch den Hintereingang, wie sie es immer tut, um das heilige Mahl pünktlich auf den Tisch zu bekommen. Zoey schlendert gelangweilt in Richtung Ausgang.

Ich will mich gerade zu ihr gesellen, da geht Ian auf sie zu und zieht sie zur Seite. Leider kann ich nicht verstehen, was die beiden sprechen. Meine Schwester runzelt die Stirn, während Ian versucht, ihr etwas zu erklären. Seine Hände wedeln nervös durch die Luft. Zoey zuckt die Schultern und schüttelt den Kopf. Als sie beginnt, an ihrem geflochtenen Zopf zu spielen, weiß ich, dass sie sich gerade in einer Situation befindet, die sie beunruhigt. Ian legt die Hand auf ihre Schulter, kommt ihr näher - meiner Meinung nach zu nahe - und flüstert ihr etwas ins Ohr. Mit einem Mal grinst meine Schwester wie ein Honigkuchenpferd. Erneut stecken sie die Köpfe eng zusammen, als würden sie etwas aushecken. Wer weiß, zu was er sie gerade überredet! Von wegen unschuldig. Der Kerl hat es faustdick hinter den Löffeln. Wie kommt er nur dazu, mit meiner kleinen Zoey Heimlichkeiten auszutauschen?

Mir wird flau im Magen. Soll ich meinem Dad davon berichten? Oder spinne ich? Womöglich lästern sie gerade nur über den langweiligen Gottesdienst und ich würde mit meinen Vermutungen bloß einen bösen Streit heraufbeschwören. Nein, das muss nicht sein. Trotzdem beschließe ich, die beiden im Auge zu behalten. Sicher ist sicher!

Beim gemeinsamen Mittagessen verhielt sich Ian heute vorbildlich. Zu vorbildlich, wenn man mich fragt. Er benutzte Messer und Gabel, wie es sich gehört, faltete zum Tischgebet sogar die Hände und bedankte sich bei meiner Mutter überschwänglich für das gute Essen. Mein Vater gab ihm den restlichen Tag frei, schließlich will Gott, dass man an diesem besonderen Tag der Woche nur eins tut: ruhen. Zoey tat es Ian gleich und beschwerte sich weder über das Gemüse auf ihrem Teller, was sie sonst immer tut, noch blickte sie maulig drein. Nein! Sie schien nahezu von etwas beflügelt. Meine erste Vermutung, dass sich ihre Unterhaltung heute in der Kirche nicht um die Predigt meines Vaters drehte, erhärtete sich.

Normalerweise verbringe ich den Sonntagnachmittag lesend auf meinem Zimmer. Es ist der einzige Tag, an dem ich wirklich dazu komme, doch heute kann ich mich nicht konzentrieren. Die beiden rauben mir mit ihrem merkwürdigen Benehmen sogar diese wenigen Stunden der Erholung.

Ich klappe den Roman *Schuld und Sühne* zu und lege das Buch beiseite. In diesem Augenblick überkommt mich das Gefühl, sofort aufstehen und nachsehen zu müssen, was meine Schwester gerade treibt.

Als ich aus meinem Zimmer trete, läuft sie mir im Gang über den Weg. Ihre Augen sind geschminkt, die Lippen rot angemalt. Sie trägt eine enge Röhrenjeans und ein Figur betonendes, hellblaues Spaghettiträger-Top.

„Hast du was vor?", frage ich sie.

Blitzartig dreht sie sich zu mir um. „Nein, wieso?" Sie klimpert mich mit ihren getuschten Wimpern an.

„Wieso bist du dann in diesem Aufzug?", unterbreite ich ihr meine Skepsis.

„Ich ... wollte nur ein wenig ...", sie stockt und runzelt die Stirn, „... spazieren gehen."

Lügen muss sie definitiv noch lernen!

„Gut, das passt perfekt. Ich wollte nämlich auch gerade ein wenig frische Luft schnappen."

Sie lehnt sich leicht nach hinten und kraust die Nase. „Nein, danke ich geh lieber allein."

„Heißt das, ich darf nicht mitkommen?"

„Das heißt, dass ich meine Ruhe haben will." Ihre bestimmende Art lässt mein Lid am rechten Auge zucken. „Wir sehen uns später", sagt sie und rennt im Eiltempo die Treppe hinunter.

Mir bleibt kein großes Zeitfenster, in dem ich Überlegungen anstellen kann, also entschließe ich mich, ihr zu folgen.

Auf der Veranda treffe ich auf Ian, der an mir vorbeigeht, als sei ich Luft. Er würdigt mich keines Blickes, sondern verlässt - ohne sich bei mir abzumelden - mit seiner Tarnkappe und Sonnenbrille das Haus. Die beiden haben etwas vor! Mit langsamen Schritten folge ich ihm und ärgere mich, noch meine Sonntagskirchenkleidung zu tragen. In Jeans und Shirt wäre ich jetzt tatsächlich unauffälliger. Sonst bewegt er sich wie eine Schnecke, heute jedoch rennt er mir fast davon. Ich habe Mühe, ihm zu folgen.

An der Hecke, die die Kirche umschließt, bleibe ich stehen und luge vorsichtig um die Ecke. Vor dem Eingang entdecke ich Zoey. Ian geht geradewegs auf sie zu. Sie treffen sich also heimlich! Ich wusste es. Mein Herz holpert wie wild in meiner Brust, meine Atmung wird schnell. Er wird doch nicht tatsächlich auf meine Schwester abfahren. Mir stößt das Mittagessen auf. Verdammter Mist, was tu ich jetzt nur?

Noch während ich nach einer Lösung suche, setzen sich die beiden in Bewegung. Ich presse mich in die Hecke und hoffe so, unentdeckt zu bleiben. Glücklicherweise sehen sie nicht in meine Richtung, sondern schlendern quer über die Straße. Wo in Gottes Namen gehen sie hin? Ich sprinte in jede Einfahrt, die ich entdecke, warte einige Sekunden und folge ihnen dann weiter. Keiner der beiden dreht sich auch nur einmal um. Sie scheinen nicht einmal ein schlechtes Gewissen zu haben. Wenn ich jemals solche Geheimnisse hätte, bekäme ich auf der Stelle Verfolgungswahn und würde mich sicherlich sekündlich umsehen.

Nach wenigen Minuten nähern sie sich Elisabeth's Diner. Was wollen sie dort? Kaffeetrinken? Die große Fensterfront erlaubt mir freien Blick hinein. Fast alle Tische sind belegt. Betty, die Besitzerin, huscht mit einem Tablett von einem Gast zum anderen. Dabei hat sie stets ein freundliches Lächeln auf den Lippen. Die ältere Dame hat noch Schwung in den Hüften und Pfeffer im Hintern. Wie sie diesen Laden seit mehr als 30 Jahren stemmt, ist faszinierend. Sie liebt ihren Job, ihre Gäste und scheint niemals müde zu werden. Sie fand ihre Bestimmung in diesem Laden und stört sich nicht daran, keinen einzigen Tag in der Woche zu pausieren. Ich ziehe meinen imaginären Hut vor ihr.

Zoey und Ian betreten das Diner und setzen sich an einen Tisch, der direkt am Fenster steht. Vor der Glasfront stehen drei Büsche; ich kauere mich hinter den rechten und komme mir wie eine Agentin in geheimer Mission vor. Nein, eher wie eine überbesorgte Schwester, die nicht mehr alle Tassen im Schrank hat. Es vergehen etliche Minuten, ohne dass etwas Großartiges passiert. Betty bedient die beiden. Zoey schlürft an einer Coke und Ian ... kann das sein? Er trinkt Wasser. Plötzlich stupst mich jemand von hinten an. Ich zucke zusammen und sehe nach oben. Es ist Mrs. Hempton, eine alte Witwe.

„Virginia, Liebes, geht es dir nicht gut?", fragt sie erschrocken.

Erst jetzt fällt mir auf, dass ich mich hinter dem Busch zwar gut vor Ian und Zoey verstecken kann, doch von der Straße aus direkt zu sehen bin.

„Ich ... nein, danke. Ich suche nur ... meinen Ohrring. Der ist mir gerade rausgefallen", lüge ich. Das achte Gebot schwebt über mir. Ich kneife für einen Moment die Augen zusammen. So ein ...! ARG!

„Dann ist ja gut, mein Kind. Einen schönen Sonntag noch und richte deinen Eltern bitte liebe Grüße von mir aus." Sie schenkt mir ein warmherziges Lächeln und geht weiter.

Als ich wieder ins Diner sehe, entdecke ich einen Mann, der ebenso wie Ian ein Basecap und eine Sonnenbrille trägt. Er hält meiner Schwester die

Hand hin. Zoey hüpft von der roten Lederbank auf und begrüßt ihn überschwänglich. Der Kerl klopft Ian auf die Schulter und setzt sich dann neben ihn. Wer zur Hölle ist das? In der Hocke verweilend beobachte ich, wie sie sich angeregt unterhalten und Zoey beide abwechselnd anschmachtet. Das kann nur Damian sein! Oder ist die gesamte Band nicht in den Urlaub geflogen und es ist dieser Drummer? Wie hieß er noch gleich? Nein, die Statur passt nicht. Ich muss da rein! Just in dem Moment, als ich den Entschluss fasse, verlässt der getarnte Kerl das Diner, steigt in einen dunkeln Wagen und fährt davon.

Ich stehe auf, wische mir den Dreck von den Knien und gehe ins Schnellrestaurant. Zoey reißt die Augen weit auf und zeigt auf mich, als sie mich auf sich zukommen sieht.

„Was tust du hier?", wende ich mich ohne zu zögern an meine kleine Schwester, die ertappt dreinblickt.

Ian kramt in seiner Hosentasche, wirft zehn Dollar auf den Tisch und rutscht von der Bank. „Das dürfte reichen", sagt er und verlässt das Diner, ohne mich auch nur einmal direkt anzusehen.

Ich nehme seinen Platz ein und blicke Zoey fragend an. „Erklär´s mir."

Sie lehnt sich zurück und hebt das Kinn an. „Was denn?"

„Wie, was denn? Was tust du hier?"

„Coke trinken, siehst du doch." Sie hält das leere Glas in die Luft.

„Du weißt genau, dass Dad nicht will, dass du mit Ian abhängst."

Zoey entweicht ein kurzes Lachen. „Abhängst, wie sich das anhört."

„Das sagt ihr jungen Leute doch so." Sie treibt mich noch an den Rande des Wahnsinns mit ihrer Dummtuerei.

„Ist dir schon mal aufgefallen, dass du auch noch jung bist?" Sie deutet auf meine Bluse und sieht mich verächtlich an. „Na ja, oder doch nicht."

„Und ist dir schon mal aufgefallen, dass Ian viel zu alt für dich ist?", ermahne ich sie.

Zoey schwingt leger das Handgelenk und rollt dabei die Augen. „Ich will doch nichts von Ian. Der ist gar nicht mein Typ."

„Was hast du dann hier mit ihm gemacht?"

„Wird das ein Verhör?", seufzt sie leise.

„Wir können die Unterhaltung auch gern in Dads Büro weiterführen", stelle ich sie vor die Wahl.

„Meine Güte, du kannst auch nur drohen", beschwert sie sich.

„Was ist nun?", gebe ich mich möglichst unbeeindruckt von meiner wirkungslosen Wenn-dann-Pädagogik.

Sie zieht die Nase hoch. „Also gut, wir haben uns zufällig getroffen und hatten Durst."

Ich muss mich zusammenreißen, um nicht auf den Tisch zu hauen. Meine Lippen vibrieren. Mein Pulsschlag erhöht sich. „So, und jetzt die Wahrheit", fordere ich sie auf und sehe sie zornig an.

Als Zoey merkt, dass ich nicht zu Scherzen aufgelegt bin, redet sie endlich Klartext. „Wir haben uns hier mit Damian getroffen."

„Ich denke, der liegt irgendwo am Strand?", gebe ich mich unwissend.

„Das dachte ich auch, aber Ian hat mich heute in der Kirche angesprochen und gesagt, dass Damian mich unbedingt kennenlernen will."

Wieso? Noch mehr Fragezeichen ploppen in meinem Kopf auf. Die ganze Sache wird immer konfuser. „Und wieso und woher kennt er dich überhaupt und was soll das alles?", blubbert es unaufhaltsam aus meinem Mund.

Meine kleine Schwester sieht für einen Augenblick aus dem Fenster, und es scheint mir fast so, als hätte sie sich diese Fragen selbst noch nicht gestellt. „Du kannst Fragen stellen", murmelt sie.

„Ja, dann bitte beantworte sie mir doch."

„Keine Ahnung, woher soll ich das denn wissen?"

Langsam zweifele ich daran, dass meine Schwester überhaupt einen Verstand hat. Ich verschränke die Arme auf dem Tisch und beuge mich zu ihr. „Merkst du nicht, dass hier irgendwas faul ist?"

„Du leidest unter Verfolgungswahn, hat dir das schon mal jemand gesagt?", knurrt sie mich an.

„Und du leidest unter völliger Naivität, hat dir das schon mal jemand gesagt? Ian bekommt einen Anruf von seinem Bandkollegen, der angeblich irgendwo auf einer Insel weilt und ihm sagt, dass er dich kennenlernen will, und du fragst dich nicht einmal warum?" Ich wusste zwar, dass in der Pubertät das Gehirn noch nicht richtig funktioniert und in dieser besonderen Phase im Oberstübchen einiges durcheinandergerät, aber dass es so schlimm ist, dachte ich dann doch nicht.

„Du siehst Gespenster. Bestimmt hat Ian mit ihm telefoniert und hat Damian von mir vorgeschwärmt", gluckst sie.

Nein! Es ist zwecklos. Ich komme mir vor, als würde ich mit einer Dreijährigen sprechen. Wenn Zoeys Theorie stimmen würde, dann wäre dieser Damian pädophil und Ian würde diese widerlichen Triebe auch noch unterstützen. Es jagt mir einen eiskalter Schauer über den Rücken.

„Und was hat er von dir gewollt? Dir erzählt? Dich gefragt?", versuche ich, wenigstens noch etwas in Erfahrung zu bringen, und lasse die anderen Fragen auf sich beruhen.

„Er hat sich vorgestellt und mir gesagt, dass es ihn freut und ..."

„Und weiter?"

„Nichts weiter. Dann bekam er einen Anruf und verschwand genauso schnell, wie er gekommen ist. Ian wollte eigentlich noch unbedingt etwas mit ihm besprechen und war ganz schön wütend, als Damian so plötzlich abgehauen ist."

Dass sich die beiden Bandkollegen wegen irgendwas nicht ganz grün sind, bekam ich auch schon mit. Zumindest in diesem Punkt lügt Zoey also nicht. Vielleicht muss ich da ansetzen. Nur wie? Ian wird nie und nimmer mit mir reden, wenn ich ihn darauf anspreche. Die Ignoranz, die er mir gegenüber an den Tag legt, ist da mehr als nur hinderlich.

„Wir sollten nach Hause gehen."

„Wirst du Mum und Dad davon erzählen?" Zoey setzt ihren typischen Welpenblick auf.

„Das überlege ich mir noch."

„Bitte nicht. Es ist doch nichts passiert", fleht sie.

„Weißt du, wie ich mich fühle, weil ich sie deinetwegen ständig anlügen muss?"

„Du musst sie doch nicht anlügen, du musst nur nichts sagen."

„Du meinst wie an dem Abend, der uns das Ganze hier eingebrockt hat?"

Auf Zoeys Gesicht legt sich ein verschmitztes Lächeln. „Sie waren doch toll, oder nicht? Sie spielen so großartig und ..."

Ich stehe auf und packe sie an der Hand. „Los, nun komm schon, genug geschwärmt für heute."

„Aua, du tust mir weh", klagt sie lautstark und wirft mir einen wütenden Blick zu.

Ich lasse von ihr ab. „Wenn wir zu spät zum Abendessen kommen, dann kannst du ihnen erklären, wo wir waren, das verspreche ich dir", fauche ich sie an.

„Nichts wird so heiß gegessen, wie es gekocht wird. Wir haben uns einfach nur unterhalten", murmelt sie und trottet hinter mir her.

Ich beschließe, die Sache erst einmal für mich zu behalten und gleich morgen zu Jutta zu gehen, um mir einen Rat von ihr zu holen, denn langsam bin ich mir nicht mehr sicher, wem und vor allem was ich noch glauben soll.

# Sieben

"Guten Morgen, Engel", begrüßt Dad mich, als ich mich an den Frühstückstisch setze. „Ich habe heute eine ganze besondere Aufgabe für euch. Kate und Richard Brown feiern ihre Goldene Hochzeit im Gemeindehaus, und ich habe ihnen zugesagt, dass ihr beim Bewirten helft." Mein Vater sieht abwechselnd zwischen Ian und mir hin und her.

Im Augenwinkel erkenne ich, wie Ian sich am stoppeligen Kinn reibt. „Finden Sie das so klug, Pastor Olden?"

„Ich finde die Idee sogar hervorragend", gibt sich mein Dad zuversichtlich.

„Und was ist, wenn mich jemand erkennt?"

Ich muss mir das Lachen verkneifen. Als ob Kate und Richard diese Art von Musik hören. „Das glaube ich kaum", mische ich mich ein.

„Oh, Miss Neunmalklug meldet sich zu Wort", zischt er mich leise an.

„Wie wäre es, wenn du dich rasierst und dir die Haare schneidest, dann erkennt dich mit Sicherheit keiner."

Zoey beißt sich auf die Unterlippe. „Wie sieht er denn dann aus?"

„Normal würde ich sagen."

Ian legt das Brotmesser beiseite, das er in der Hand hält, und wirft mir einen zynischen Blick zu. „Das würde dir so passen. Soll ich vielleicht auch noch ein Hemd und einen Pullunder anziehen?"

Ich ziehe die Mundwinkel nach oben. „Der Anlass würde es verlangen."

Ian tippt sich mit dem Zeigefinger gegen die Stirn. „Bei dir ist wohl nicht mehr alles in Ordnung im Oberstübchen?"

„In meinem Oberstübchen herrscht die perfekte Ordnung, ganz im Gegensatz zu deinem", murmele ich.

Mein Vater sieht mich erschrocken an. Solche Worte kennt er nicht von mir, und er bemerkt wohl er jetzt erst so richtig, dass Ian und ich uns nicht wirklich ausstehen können.

„Wenn Virginia nicht will, dann kann auch ich mit Ian ins Gemeindehaus gehen", stellt sich meine Schwester zur Verfügung.

Dad lehnt sich zurück und faltet die Hände. Er atmet mehrmals tief durch und begutachtet jeden Einzelnen von uns, ehe er antwortet: „Zoey, du bleibst zu Hause. Virginia und Ian werden bei der Feierlichkeit helfen, so wie es geplant war."

„Dann such schon mal dein Hemd raus", flüstere ich in Ians Richtung.

„Virginia, es reicht", schimpft mein Vater mit einem Mal, was mich erstarren lässt. „Gott liebt alle seine Schäfchen, egal, wie sie sich kleiden. Was ist denn in dich gefahren?"

Mein Tischnachbar grinst sarkastisch.

Was in mich gefahren ist? Ich frage mich, was in alle anderen gefahren ist. Die einzige, die mich mitleidig und zustimmend ansieht, ist meine Mutter.

„Das ist sein schlechter Einfluss", antworte ich und zeige auf Ian.

„Du schiebst also den Knoten in deinem Höschen auf mich?"

Stille durchzieht den Raum. Meine Schwester senkt verschämt den Blick, da sie genau weiß, dass Ian sich mit dieser Aussage eben selbst ins Aus schoss. Meine Mutter schüttelt den Kopf, und ich erwarte nun endlich mal eine Ansage von meinem Vater.

Prompt wendet sich der an unseren Gast. „Ian, du hast dich meiner Tochter gegenüber sehr im Ton vergriffen. So etwas dulde ich in meinem Haus nicht. Ich hoffe, das hast du verstanden?"

Ian schluckt hörbar und presst die Lippen fest aufeinander.

„Gut", kommentiert Dad seine Reaktion. „Und ihr zwei werdet euch ab sofort am Riemen reißen. Ihr benehmt euch wie pubertierende Teenager."

Jetzt vergleicht er mich schon mit Zoey. Das wird ja immer besser!

„Tut mir leid, Dad", entschuldige ich mich, kann jedoch immer noch nicht verstehen, warum er nicht härter auf Ians Aussage reagiert, schließlich hat der bei Tisch mein Höschen erwähnt.

„Ian, du kannst mir heute im Garten helfen", mischt sich meine Mutter ein.

Danke, Herrgott, du hast mich erhört und hältst mir diesen Kerl wenigstens für ein paar Stunden vom Hals.

Mein Vater nickt zustimmend, und Zoey reagiert prompt. „Mum, ich kann dir auch helfen."

Glaubt sie eigentlich, dass unsere Eltern total doof sind?

Mum neigt den Kopf leicht zur Seite und schenkt ihr ein Lächeln. „Fein, dann kümmerst du dich ums Mittagessen."

Meiner Schwester entgleisen sämtliche Gesichtszüge. Ich kann mir ein Schmunzeln nicht verkneifen.

„Lach nicht so blöd", keift sie mich an.

„So, Kinder, es reicht. Das Frühstück ist beendet. Jeder von uns sollte sich ein paar Minuten Zeit nehmen, um allein in sich zu gehen und sein Fehlverhalten zu reflektieren." Mein Vater sieht ermahnend in die Runde, und ich warte nur darauf, dass Ian nach der Bedeutung des Wortes *reflektieren* fragt.

„Das ist eine gute Idee, Pastor Olden, ich werde dazu auf mein Zimmer gehen." Ian schiebt den Stuhl nach hinten und steht auf.

„Ich hol dich dann, wenn es soweit ist", ruft meine Mutter ihm noch hinterher. „Und du hilfst mir jetzt beim Tisch abräumen", sagt sie zu Zoey.

„Ich werde Jutta mal einen Besuch abstatten."
„Sag ihr und Heinz-Jörg liebe Grüße von uns."
„Mach ich, Dad."

Ich verlasse das Esszimmer, drehe mich aber im Türrahmen noch einmal zu ihm um. „Wann geht es denn heute Abend los?"

„Die Feier beginnt um 19 Uhr."

\*

Als ich die Straße überquere, sehe ich Jutta gedankenversunken in ihrem Schaukelstuhl sitzen. Den Blick gesenkt wippt sie leicht vor und zurück.

Ich klopfe an einen der Holzpfosten des Verandageländers. „Huhu, störe ich gerade?"

Sie zuckt zusammen und blickt dann zu mir auf. „Schätzchen, musst du mich so erschrecken?"

Als ich näher trete, sehe ich ihren E-Reader auf dem Schoß liegen. „Liest du gerade einen Thriller oder warum bist so schreckhaft?"

Sie klappt die Hülle zu und legt den Reader auf den Tisch. „Komm her und setz dich zu mir."

„Ist das Buch spannend?", hake ich nach.

Jutta tätschelt meine Hand. „Das ist nichts für dich, Schätzchen."

Ich runzele die Stirn. „Wieso? Denkst du, ich vertrage keine Schauergeschichten?"

„Das ist kein Gruselbuch, sondern ein Liebesroman mit Schuss."

„Mit was?"

„Mit Liebesszenen."

„Sind die in Liebesromanen nicht normal?" Ich verstehe nicht, was sie mir damit sagen will.

„Du stehst wohl heute auf der Leitung. Sexszenen. Ein Liebesroman mit Sexszenen."

Ich schlage mir die Hände vors Gesicht.

„Was ist mit dir?", lacht Jutta.

„Sag doch dieses Wort nicht so laut."

„Welches meinst du? Sex?", stichelt sie.

Ich glaube, Ian hat recht. Ich habe definitiv einen Knoten, aber nicht nur im Höschen, sondern auch in der Zunge. „Und so etwas liest du?"

„Ab und zu. Warum denn nicht?", tut sie das Ganze ab, als sei es normal.

„Tut man das nicht eher?" Kurz nachdem ich ihr die Frage stellte, bereue ich sie bereits wieder.

Jutta bringt den Schaukelstuhl in Schwung, verschränkt die Arme vor der Brust und beäugt mich skeptisch. „Vielleicht solltest du auch mal so ein Buch lesen, dann weißt du wenigstens, um was es geht."

Ich zeige ihr die Zähne. „Nein, lass mal", lehne ich dankend ab.

Sie rollt die Augen. „Ihr Amis seid doch alle ein wenig prüde."

„Ich bin nicht prüde. Ich hab daran einfach nur kein Interesse."

„Wirklich gar keins?"

„Ach, komm schon, du weißt genau, wie ich das meine. Nur noch nicht", murmele ich leicht verlegen und spüre, wie meine Wangen zu glühen beginnen. Wie peinlich!

„Wie geht es eurem Gast?", will sie wissen, und ich bin froh, dass wir das Thema wechselten, und schwöre mir gleichzeitig, sie nie wieder zu fragen, was sie gerade liest.

„Heute Abend feiern die Browns ihre Goldene Hochzeit im Gemeindehaus, und Ian und ich sollen dort bei der Bewirtung helfen", seufze ich.

„Das ist es aber nicht, was dich bedrückt", stellt sie fest. Jutta ist so einfühlsam, dass sie sofort erkennt, wenn einem etwas auf der Seele brennt.

Nickend stimme ich ihrer Vermutung zu. „Gestern bekam er in der Kirche einen Anruf, kurz darauf sprach er mit Zoey, und ich wusste sofort, dass da etwas nicht stimmt. Am späten Nachmittag haben beide das Haus verlassen, ich bin ihnen gefolgt, und weißt du, wohin sie gegangen sind?"

„Du spionierst ihnen hinterher?" Jutta rümpft die Nase.

„Na, hör mal. Zoey ist 15 und er ist ein erwachsener Mann. Natürlich sehe ich da nach, was die beiden so treiben."

„Das Treffen war bestimmt ganz harmlos."

Ich blase die Wangen auf und hebe die Augenbrauen. „Da bin ich mir ehrlich gesagt noch nicht so sicher."

Jutta sieht mich ungeduldig an. „Nun mach es nicht so spannend."

„Ich bin ihnen bis zu Elisabeth's Diner gefolgt und habe mich dann hinter einem der drei Büsche versteckt ..."

Juttas lautes Lachen unterbricht meinen Satz. „Wie versteckt? Bist du auf allen vieren auf dem Boden rumgekrochen und hast die beiden beobachtet, oder wie kann ich mir das vorstellen?", fragt sie, als sie sich wieder beruhigte.

„Ja, so in etwa", gebe ich zu.

Sie schüttelt den Kopf. „Virginia, Schätzchen, du bist unglaublich."

„Sie ist meine kleine Schwester!"

„Sagt dir das Wort Vertrauen eigentlich etwas?"

Wenn ich ihr gleich erzähle, was im Diner passierte, wird sie sich für diese Frage schämen. „Weißt du, mit wem sich die beiden dort getroffen haben? Mit Damian! So, und jetzt kommst du", übergehe ich ihre Frage und berichte, was ich rausgefunden habe.

Jutta wird nachdenklich. „Du meinst doch nicht etwa Damian Hunter, den Sänger der Band?"

„Ja, natürlich den, wen denn sonst?"

Sie fährt sich durchs blonde, kurze Haar. „Schätzchen, ich glaube, du siehst Gespenster. Hast du mir nicht selbst erzählt, dass die anderen Bandmitglieder sich irgendwo im Süden die Sonne auf den Bauch scheinen lassen?"

Dass ich Ian beim Telefonieren belauschte, erzähle ich ihr besser nicht, sonst nennt sie mich ab heute nur noch Spionage-Virginia.

„Das dachte ich auch und, nein, ich spinne mir nichts zusammen. Er war es wirklich. Zoey hat es mir sogar bestätigt."

Jutta sieht für einen kurzen Moment in die Ferne, bevor sie mich erstaunt mustert. „Und was sagt sie?"

„Dass er sie unbedingt kennenlernen wollte und lauter so einen Schwachsinn."

„Junge Mädchen träumen sich schon manchmal etwas zusammen, wenn sie ihren Stars begegnen, deshalb würde ich Zoeys Aussagen nicht zu viel Beachtung schenken." Jutta schiebt mir eine Schale mit Keksen über den Tisch. „Hier nimm, das beruhigt die Nerven."

„Du kannst mir erzählen, was du willst, die ganze Sache stinkt bis zum Himmel", sage ich und greife in die Schale.

„Ein wenig merkwürdig ist das alles schon", stimmt sie mir zu.

Na endlich!

„Eben, sag ich doch."

„Hast du es deinem Vater erzählt?"

„Noch nicht", antworte ich kopfschüttelnd.

„Dann würde ich es auch erst einmal dabei belassen."

Ich falte die Hände im Schoß. „Ich habe kein gutes Gefühl dabei, und es wäre das zweite Mal, dass ich ihm etwas unterschlage."

„Bisher stützt sich alles nur auf Vermutungen. Wenn du jetzt zu Charles gehst, könnte das nicht gut für Zoey ausgehen. Sie ist so ein liebes Mädchen, glaub mir doch endlich mal." Ihr Blick wird streng. „Ihr verkennt sie nur alle."

„Ja, ist ja schon gut. Ich weiß ja, was du meinst. Sie würden Zoey vermutlich überhaupt nicht mehr trauen und das nur, weil sie sich heimlich mit jemandem in einem Diner getroffen hat. Einem öffentlichen Ort und dazu noch mit einem Kerl, den mein Vater selbst zu uns quasi eingeladen hat."

Jutta atmet erleichtert aus und sieht in den wolkenlosen Himmel. „Danke, lieber Gott, sie hat es begriffen."

„Trotzdem finde ich es nicht toll, die eigenen Eltern anzulügen."

„Du sollst ja nicht lügen, du sollst nur nichts sagen."

Jetzt hört sie sich schon an wie meine kleine Schwester.

„Aber was soll ich denn jetzt machen? Ich muss doch herausfinden, was das alles zu bedeuten hat."

Jutta verschränkt die Arme vor der Brust. „Ich an deiner Stelle würde zu Ian gehen und mit ihm sprechen. Immerhin war er dabei."

„Dir ist aber schon klar, dass der Typ kein normales Wort mit mir spricht."

„Dir wird nichts anderes übrig bleiben, wenn du wissen willst, warum sie sich mit Damian in diesem Diner getroffen haben."

„Sieht so aus", erkläre ich mich zähneknirschend mit ihrem Vorschlag einverstanden.

„Hopp, hopp, auf was wartest du dann noch?", scheucht sie mich vom Schaukelstuhl hoch.

„In der Ruhe liegt die Kraft", kommentiere ich ihre Hektik. Zuerst einmal muss ich nach den richtigen Worten suchen!

Die Jubiläumsfeier der Browns ist in vollem Gange und alles läuft gut. Ian schenkt in der kleinen Küche die Getränke aus, während ich die Gäste bewirte. Wir arbeiten Hand in Hand, ohne miteinander zu sprechen. So verstehen wir uns am besten. Seit meinem Gespräch mit Jutta grübele ich allerdings darüber nach, wie ich möglichst höflich auf ihn zugehe, um endlich der Wahrheit ein wenig näher zu kommen.

Nachdem ich den Nachtisch servierte, wage ich einen ersten Vorstoß. „Wieso ist Damian nicht mit den anderen im Urlaub?"

Ian, der dabei ist, eine neue Runde Getränke einzuschenken, dreht den Kopf in meine Richtung. Seine blauen Augen blitzen. „Das wüsste ich auch gern."

„Und was wollte er von Zoey?"

Ian drückt mir ein Tablett mit Sektgläsern in die Hand. „Sie kennenlernen", antwortet er knapp.

Sie sagte also die Wahrheit! Die Sache wird mir langsam unheimlich! „Und woher kennt er meine Schwester?"

Ian steckt die Hände in die Hosentaschen seiner dunkelblauen Jeans und lehnt sich gegen die Küchenfront. „Bin ich Jesus?"

Sein blöder Kommentar bringt mein Blut in Wallung. „Findest du das nicht alles komisch? Erst spielt ihr ausgerechnet hier in Preston, dann kommst du zu uns und dann will dein Bandkollege, der angeblich im Urlaub ist, auch noch meine kleine

Schwester kennenlernen? Ist er ein Pädophiler oder so was?"

„Spinnst du jetzt komplett, oder was?", keift er mich an.

„Vielleicht oder vielleicht auch nicht!"

Ian schart mit der Spitze seines Turnschuhs über den Gummifußboden. „Denkst du nicht, ich finde das alles mindestens genauso komisch?"

Er weiß also auch nichts! Das darf nicht wahr sein.

Ian deutet auf die blubbernden Gläser vor mir. „Willst du nicht langsam mal servieren?"

„Wollen wir nicht zusammen rausfinden, was hier los ist?"

Irritiert sieht er mich an. „Du meinst, du und ich?"

„Siehst du hier sonst noch jemanden?"

Abwehrend lehnt er sich von mir weg. „Vergiss es!"

„Und warum nicht, wenn ich fragen darf?" So leicht lasse ich nicht locker!

„Weil du mir auf den Sack gehst, und zwar erheblich, merkst du das nicht?"

„Du mir auch, keine Sorge, und trotzdem schaffen wir es, hier zusammen den ganzen Abend miteinander zu verbringen. Dann können wir ..."

„Nein!", unterbricht er mich.

„Was in aller Welt habe ich dir eigentlich getan?", knurre ich.

„Ich werde dazu gezwungen, mich den ganzen Tag von dir herumkommandieren zu lassen. Ian, tu dies, Ian, tu das, Ian, rasier dich, Ian, zieh dir ein Hemd an", äfft er mich nach.

„Du machst hier ja auch keinen Urlaub, sondern leistest deine Sozialstunden ab."

Er gibt einen pfeifenden Ton von sich. „Ja, genau. Ich muss für etwas büßen, das ich nicht getan habe. Als ich hierherkam, dachte ich, es wäre das Schlimmste, bei einer Pfaffenfamilie zu wohnen, bis ich dich kennengelernt habe. Du bist die größte Strafe hier", beleidigt er mich.

Ich wusste es doch, dass er mich als Prellbock sieht! „Ich führe nur die Anweisungen meines Vaters aus", wehre ich mich.

Ian stellt sich vor mich und sieht mir tief in die Augen. Er strahlt eine Eiseskälte aus. Auf meinen gesamten Körper legt sich eine Gänsehaut. „Nein, das ist es nicht."

Mir schnürt es die Kehle ab, ich bekomme kaum noch Luft. „Was ... denn dann?", frage ich atemlos.

„Es ist die Art, wie du mich ansiehst. Du hast mir von Anfang an keine Chance gegeben. Du denkst, du wärst die heilige Samariterin? Drauf geschissen, Miss Vorurteil."

„Du nennst mich Virgin, schon vergessen?", gifte ich zurück.

Seine Wangen zittern. Er atmet tief durch die Nase ein. „Bist du doch, oder nicht?"

„Und du bist ein zu Sozialstunden verurteilter Hehler, oder etwa nicht?", kontere ich.

Ian nimmt mir das Tablett ab, stellt es beiseite und tritt noch einen Schritt näher an mich heran, sodass kaum noch ein Blatt Papier zwischen uns passen würde. Sein herber Duft vernebelt mir für eine Sekunde die Sinne.

„Es ist nicht immer so, wonach es aussieht", knurrt er.

Mir fällt eine Haarsträhne ins Gesicht, doch ich fühle mich von seinem Blick wie gelähmt, kann sie mir nicht wegwischen, sondern versuche stattdessen, sie aus meinem Blickfeld zu pusten.

Ians dunkler Gesichtsausdruck verschwindet. Auf seine Lippen wandert ein amüsiertes Lächeln. Er greift nach dem blonden Haarstrang und steckt ihn mir vorsichtig hinters Ohr. Seine Berührung lässt mich erschaudern.

„Aber du bist eindeutig unbeleckt", sagt er und wendet sich von mir ab.

Mir fehlen die Worte! Ich nehme das Tablett und verlasse die Küche.

*

Den restlichen Abend verbrachten wir wieder schweigend. Mit Ian kann ich also nicht rechnen. Zweifel kommen in mir auf, als ich die Haustür hinter mir schließe. Er ging sofort in sein Zimmer, und ich frage mich, ob es nicht doch besser ist, meinem Vater alles zu erzählen.

Just in diesem Moment kommt der aus seinem Arbeitszimmer. „Hallo, mein Engel. Wie war der Abend?"

„War alles okay."

„Du siehst so bedrückt aus. Ist etwas vorgefallen? Hat sich Ian daneben benommen?"

„Nein, Dad. Er hat seine Arbeit gemacht."

„Es ist nicht leicht, einem anderen den richtigen Weg zu weisen", sagt er und sieht mich verständnisvoll an.

„Nein, das ist es wahrlich nicht, aber ..." Meine Kehle wird mit einem Mal staubtrocken, sodass ich nicht mehr weitersprechen kann. Die Stelle hinter meinem rechten Ohr, an der Ian mich berührte, beginnt zu brennen.

Mein Vater kommt auf mich zu und nimmt mich in den Arm. „Was aber ...?"

Ich schmiege den Kopf an seine Brust. „Nichts! Alles in Ordnung. Ich werde mich schon noch daran gewöhnen."

„Diese Erfahrung ist sehr wichtig für dich. Wenn du später einmal deine eigene Kirchengemeinde hast, wirst du sehen, dass du nicht nur von gläubigen, heiligen Schafen umgeben bist."

Das war also seine Intention hinter dem Ganzen? Ich weiß nicht. Für mich gleicht das noch immer eher einer Bestrafung. „Du hast recht."

Er streicht mir übers Haar und drückt mir ein Küsschen auf den Kopf. „Und nun schlaf gut, mein Engel. Es ist schon sehr spät."

„Gute Nacht", verabschiede ich mich von ihm und schlucke meinen Unmut hinunter. Es war nicht der richtige Zeitpunkt, um mit offenen Karten zu spielen.

## Acht

In der letzten Nacht summten mir verschiedenste Stimmen im Ohr. Juttas, Ians, Zoeys sowie die meines Dads. Ich fühle mich absolut nicht mehr wohl in meiner Haut. Solch ein Gefühl war mir bis vor Kurzem völlig unbekannt. Wenn man bedenkt, wie ein kleiner Fehler, ein minimales Fehlverhalten, das eigene Leben völlig durcheinanderwirbeln kann, ist das schon bedenklich. Wird es nur eine Phase sein, die wie ein reifer Apfel vom Baum fällt, sobald die Zeit gekommen ist, damit sich nach einem strengen Winter wieder eine reine, wunderschöne Blüte am Baum bildet, um einen neuen und völlig moralisch einwandfreien Apfel hervorzubringen? Ich hoffe es! Ich wünsche mir nichts sehnlicher, als wieder solch ein unbeflecktes Obst zu werden.

Die erste Woche mit Ian als Gast, nähert sich dem Ende. Das erste Sechstel wäre damit geschafft. Bis auf die Heimlichtuerei mit Zoey lief auch alles ohne größere Vorkommnisse. Dass Ian mich hasst, damit kann ich leben. Mir geht es bei ihm durchaus ähnlich, und nach diesen sechs Wochen werden wir uns nie mehr wieder sehen. Es könnte also alles absolut noch viel schlimmer sein.

Gedankenversunken sitze ich am kleinen Schreibtisch in meinem Zimmer und durchsuche am Laptop das Internet nach den neuesten Promis-News, die *Evil and the virtual Parents* betreffen. Es muss doch etwas zu finden sein, das mir hilft, das alles besser zu verstehen. Den einzigen Beitrag, den ich finde, ist die Flughafen-Aktion, in der die anderen drei Bandmitglieder in den wohlverdienten Urlaub fliegen.

Ein kurzer letzter Satz am Ende weist darauf hin, dass Ian sich in medizinische Behandlung begeben musste und er den anderen bald folgen würde. Von wegen! Medizinische Behandlung, dass ich nicht lache. Und das alles nur, um den schönen Schein zu wahren.

Nach einer halben Stunde beende ich die Suche und lande auf YouTube. Es gibt dutzende kurze Sequenzen der Band. Ich öffne eines der Videos, reduziere sofort den Ton, denn die rockige Gitarrenmusik und Damians Geschrei ziehen mir bis ins Mark. Der Schwenk eines filmenden Zuschauers zeigt eine riesige, volle Halle mit gemischtem Publikum. In der ersten Reihe stehen kreischende, junge Frauen. Sie springen auf und ab und strecken die Arme gen Bühne. Es fliegt sogar ein BH durch die Luft. Der in die Jahre gekommene Bassist hält sich merklich im Hintergrund. Man sieht ihm an, dass es ihm ausschließlich um die Musik geht. Zoeys Schwarm, der hinter dem Schlagzeug sitzt, ist überhaupt nicht zu sehen.

Ian und Damian sind die Rampensäue der Band. Der blonde Sänger, dessen Haare modern gestylt sind, beugt sich immer wieder zum Publikum vor und bezirzt die Damenwelt mit schmachtenden Blicken. Ian steht nahe bei ihm und schrammelt auf seiner Gitarre, neigt sich dabei leicht nach hinten, geht in die Hocke und genießt sichtlich das Gekreische der weiblichen Fans.

Er bewegt den Kopf zum Takt der Musik, die dunklen Haare schwingen wild umher. Ich sehe noch ein wenig genauer hin und versuche, zu eruieren, worauf die Frauenwelt so bei ihm abfährt. Er ist ohne Zweifel ein adretter Kerl. Er macht eine gute Figur in der Jeans, die seine Vorteile eindeutig zur Schau stellt. Ebenso das enganliegende, weiße Shirt, das nassgeschwitzt an seinen Brustmuskeln klebt und den darunterliegenden durchtrainierten Körper erahnen lässt. Ich muss an seine schimmernden, dunklen, blauen Augen denken, die selbst mir für einen Moment den Atem raubten. Ja, damit kann er bei der Frauenwelt punkten. Wenn er sich nun noch rasieren würde und die Haare kürzer hätte, wäre er tatsächlich so etwas wie ein hübscher Kerl.

Ich machte mir bisher noch nie Gedanken, welcher Typ Mann mir gefällt, von der äußerlichen Betrachtungsweise zumindest. Was ein Mann innerlich mit sich tragen muss, ist mir dagegen schon sehr lange bekannt. Er muss loyal, ehrlich, treu, liebevoll sein und sollte die Ehrfurcht vor Gott in sich tragen. Das ist meine Vorstellung von einem Mann, in den ich mich später einmal verlieben könnte. Wie er jedoch aussehen sollte, weiß ich nicht. Es ist mir einerlei.

Genug gesurft! Ich klappe den Laptop zu, stehe auf und überlege, was ich mit dem angebrochenen Tag anfangen könnte. Ian ist heute mit Dad unterwegs, Mum ist bei Jutta beim Kaffeetratsch und Zoey ...? Ja, was tut sie eigentlich? Ich beschließe, mich auf die Suche nach meiner kleinen Schwester zu begeben. Vielleicht können wir etwas zusammen unternehmen und kommen uns dabei ein wenig näher.

Als ich sie in ihrem Zimmer nicht finden kann, durchforste ich systematisch jeden Winkel des Hauses und unterstütze meine Suche mit lauten Rufen. Ohne sich bei mir abzumelden darf sie nicht weggehen. Das war Dads Anweisung. Warum kann sie nicht einmal hören?

Nachdem ich versuchte, sie anzurufen, sie aber nicht abnahm, beschließe ich, einen Spaziergang durch Preston zu machen und nebenbei die typischen Stellen abzuklappern, an denen sie sich normalerweise aufhält.

Noch in der Einfahrt werfe ich einen Blick zu Juttas Haus und bin froh, niemanden auf der Veranda zu entdecken. Was hätte ich auch tun sollen, wenn meine Mum gerufen hätte, wohin ich gehe und wo Zoey ist? Wieder lügen? Das Wort, das früher nie eine Rolle für mich spielte, entwickelt sich langsam, aber sicher zu einer Art Namenszusatz. Virginia-Virgin-Lügennase! Ein kurzer Windstoß weht durch mein offenes Haar und streift meinen Nacken. Ich muss mich schütteln.

Auf dem Weg begegnen mir mehrere Gemeindemitglieder, die ich freundlich begrüße und mit denen ich einen kurzen Plausch halte.

Am Straßenrand, direkt vor der Kirche, entdecke ich plötzlich unseren Familienwagen. Der Muskel in meiner Brust schlägt schneller. Ich will ihnen keinesfalls begegnen. Mit schnellen Schritten überquere ich die Straße und husche um ein mich rettendes Häusereck.

Wenn das alles hier vorbei ist, werde ich in die Nachbargemeinde fahren und bei Pastor Hempton die Beichte ablegen, so viel steht fest. In der Zwischenzeit sammele ich meine Vergehen weiter auf einer schwarzen Liste, die ich tief im Inneren bei mir trage.

Mir kommt ein Gedanke, wo ich Zoey finden könnte. Bei Betty. Das Mittagessen schmeckte ihr heute mal wieder so gar nicht. Bestimmt gönnt sie sich wieder einen fettigen Burger. Ich gehe meiner Vermutung nach und mache mich auf den Weg.

Gerade als ich die Straße überqueren will, die mich noch von Elisabeth's Diner trennt, erstarre ich augenblicklich zu einer Salzsäure. Nicht der schon wieder. Damian! Seine Statur, das Basecap, ja, er muss es sein.

Meine kleine Schwester und er stehen vor dem Eingang und diskutieren heftig. Sie wedelt aufgeregt mit den Armen, tippt erst sich gegen die Stirn, dann schubst sie ihn von sich weg. Mein Puls rast. Wieso trifft er sich mit ihr und warum streiten sie sich? Ich muss so schnell wie möglich zu ihr. Das Ganze gefällt mir überhaupt nicht. Der Verkehr hindert mich jedoch daran, über die Straße zu hechten und ihr zu Hilfe zu eilen.

„Zoey!", rufe ich deshalb mehrmals laut.

Beim vierten oder fünften Mal hört sie mich. Beide drehen sich in meine Richtung. Damian sagt noch etwas zu ihr, was Zoey nickend bestätigt, und begibt sich dann schnellen Schrittes zu einem Auto, steigt ein und fährt davon. Endlich entdecke ich eine Lücke, nutze diese und renne hinüber zu meiner verdattert drein guckenden Schwester.

Völlig außer Atem bleibe ich vor ihr stehen. „Was ... war ... das?"

Zoey antwortet mir nicht, schluckt mehrmals und wischt sich eine Träne von der Wange.

„Hat der Kerl dir etwas getan?" Ich will sie in den Arm nehmen, doch sie bloggt ab.

„Er hat mir nichts getan", schluchzt sie.

„Wieso bist du denn dann so aufgelöst?"

Sie hebt den Kopf und sieht mir direkt in die Augen. Ihre braune Iris funkelt. Ihr Blick wirkt verloren. Ihre Lippen zittern leicht. Es ist, als wolle sie mir etwas sagen, doch sie kann es nicht. Sie schluckt hörbar. „Es ist nichts ... du musst dir keine Sorgen machen."

„Ach nein? Das sieht mir aber nicht danach aus." Ich versuche ein weiteres Mal, sie an mich zu ziehen. Zoey lässt es sich gefallen, legt ihren Kopf an meine Schulter und beginnt bitterlich zu weinen.

Vorsichtig streiche ich ihr über den Rücken. „Schscht ... alles wird wieder gut", flüstere ich ihr zu. Was hat dieser Kerl nur mit ihr angestellt?

„Da bin ich mir nicht so sicher", murmelt sie.

Am liebsten würde ich sie packen und die Antworten auf meine Fragen aus ihr herausschütteln, doch so aufgelöst wie sie ist, kann ich das nicht bringen. Was, wenn sie doch heimlich in ihn verliebt ist und er ihr eben eine Abfuhr erteilte? Dass Liebeskummer höllische Schmerzen verursacht, hörte ich schon öfter. Wenn dem allerdings so sein sollte, dann hat dieser Damian das einzig Richtige getan. Zoey wird darüber hinwegkommen, und ich werde ihr dabei helfen.

Vor der Haustür wischt sich Zoey das Gesicht mit dem Handrücken trocken.

„Soll ich gucken, ob die Luft rein ist?", frage ich mitfühlend.

Sie nickt und schenkt mir einen dankbaren Blick. Eventuell ist das die Situation, auf die ich so lange gewartet habe, um endlich näher an sie heranzukommen. Wenn sie spürt, dass ich sie verstehe, ihr meine Schulter und mein Ohr leihe, offenbart sie sich mir mit etwas Glück irgendwann.

Ich schließe auf und entdecke prompt meine Eltern samt Ian im Hausflur stehen. Mist! Und jetzt? Mir muss schnellstmöglich etwas einfallen. Zoey, die sich hinter mir versteckt, zupft an meinem Shirt.

„Da seid ihr ja. Wir haben uns schon gefragt, was ihr so treibt." Unsere Mum lächelt zufrieden, sicher in der Annahme, dass wir den Nachmittag zusammen verbrachten. Sie liebt Harmonie in der Familie.

„Wir waren spazieren und haben die Sonne genossen", versuche ich, soweit es geht, bei der Wahrheit zu bleiben.

„Wollt ihr mir in der Küche helfen?"

Da ich weiß, dass ihre Frage eher eine Anweisung ist, der man sich nicht widersetzen sollte, warte ich auf einen Geistesblitz.

Zoey kneift mir in den Rücken. Was sie mir damit sagen will, ist klar.

„Ich, ähm …. Mum, ich komme sofort. Ich bringe nur schnell Zoey auf ihr Zimmer … Sie hat total verquollene Augen … die Allergie", lüge ich mit holpriger Stimme. Wieder ein Punkt auf meiner schwarzen Liste.

Mein Dad klopft Ian auf die Schulter. „Danke, dass du mich heute begleitet hast. Du kannst dich nun ein wenig ausruhen. Wir rufen dich, wenn es essen gibt."

Ian, der wohl gemerkt hat, dass ich eben nicht die Wahrheit sagte, bedenkt mich mit einem angespannten Blick, bevor er in sein Zimmer geht.

„Och nein, ich dachte, wir hätten diese blöde Allergie im Griff." Meine Mum sieht zu Dad. „Wir haben keine Medikamente mehr im Haus."

„Ich hole sofort welche, Schatz." Mein Vater streicht Zoey beim Verlassen des Hauses mit mitleidigem Gesichtsausdruck über die Wange.

„Ich schaffe sie ins Bett und bringe ihr einen kalten Waschlappen, dann kann sie die Schwellungen kühlen."

Meine Mutter nickt. „Dann kümmere ich mich allein um das Essen." Sie geht in die Küche und seufzt leise. „Das arme Kind."

Da meine Schwester schon seit frühester Kindheit mit allen möglichen Allergien geplagt ist, fiel mir nur das auf die Schnelle ein. Soweit ich weiß, hat sie die aber mit den nötigen Medikamenten gut im Griff und einen richtigen Allergieschub hatte sie schon lange nicht mehr.

Als wir in ihrem Zimmer sind und ich die Tür hinter mir schließe, fällt Zoey mir um den Hals. „Danke, Schwesterherz."

Es ist das erste Mal, dass sie mich so nennt. Sie muss tatsächlich leiden. Ich packe das Häufchen Elend ins Bett, setze mich zu ihr und streiche ihr über den Rücken. Sie schließt die Augen, und ich sehe, dass kleine Tränen zwischen den geschlossenen Lidern austreten und über die Wangen kullern. Wenn das Liebeskummer ist, dann will ich niemals welchen haben. Ihr leises Schluchzen durchzieht meinen Leib und lässt mich erschaudern.

„Wenn du reden willst, ich bin immer für dich da."

„Du darfst Mum und Dad nichts davon sagen", fleht sie mich weinerlich an, ohne die Augen zu öffnen.

„Das werde ich nicht", verspreche ich ihr.

Sie greift nach meiner Hand und drückt sie fest. „Das ist alles nur ein großes Missverständnis."

„Was meinst du?"

„Nichts, Schwesterherz, du musst dir wirklich keine Sorgen machen."

Missverständnis? Wie meint sie das?

„Ich bin mit einem Mal so müde."

Da sie am ganzen Körper zittert, decke ich sie zu. „Soll ich dir etwas bringen? Einen Tee vielleicht?"

„Kannst du mich beim Abendessen entschuldigen? Mir ist der Appetit vergangen."

Ich streiche ihre einige Haarsträhnen aus dem Gesicht und merke dabei, wie ihre Wange glüht. Die Arme! Sie ist total fertig. „Wenn du mir versprichst, dass du zu mir kommst, wenn du reden willst. Egal zu welcher Uhrzeit. Du kannst mich sogar nachts wecken."

Sie öffnet die Augen und schenkt mir einen dankbaren Blick. „Das mache ich ... versprochen."

Ich hauche ihr ein Küsschen auf die Stirn und lasse sie allein.

Auf dem Weg nach unten treffe ich auf Ian, der gerade aus dem Badezimmer kommt.

„Hast dich wohl wieder am Kleiderschrank deiner Schwester bedient", feixt er.

Seine Sticheleien vertrage ich heute absolut nicht. Juttas Vorschlag, mich modischer zu kleiden, um Ian damit den Wind aus den Segeln zu nehmen, funktioniert nicht. Mein Vater sagt immer, ich sehe in dem knielangen, weißen Sommerkleid, das ich heute trage, wie ein Engel aus. Bei Ian jedoch scheint es eine ganz andere Wirkung zu haben. Er begutachtet mich so durchdringend, dass mich Hitze überkommt.

„Ich habe heute keine Nerven für deine anzüglichen Anspielungen", teile ich ihm mit und wende mich zum Gehen ab.

„Du hast deine Eltern vorhin ganz schön angelogen. Das hätte ich nicht von dir gedacht. Du bist wohl doch nicht so heilig, wie du vorgibst zu sein", ruft er mir hinterher.

Ich mache auf dem Absatz kehrt. So, jetzt reicht es! „Ja, und weißt du auch warum? Wegen deines tollen Freundes", gifte ich ihn an. Von ihm lasse ich mir sicher kein schlechtes Gewissen einreden.

„Welcher Freund?", gibt er sich unwissend.

„Damian!"

„Für dich sind wir wohl jetzt an allem schuld, oder wie?", fragt er abfällig und kommt auf mich zu.

Ich trete soweit es mir möglich ist zurück, bis ich an meine Zimmertür stoße. So nahe wie gestern kommst du mir nicht!

Wenige Zentimeter vor mir bleibt er stehen und verschränkt die Arme vor der Brust. Sein verächtliches Grinsen sagt mir, dass er genau spürt, wie unangenehm es mir ist, wenn er mir so auf die Pelle rückt, und dass er sich dabei auch noch amüsiert.

„Macht es dir Spaß, mich zu verunsichern?"

Ians blaue Iris funkelt. Er zuckt die Schultern. „Wer weiß", antwortet er süffisant.

„Und deinem Freund macht es scheinbar ebenso viel Spaß, meiner kleinen Schwester das Herz zu brechen. Sie liegt jetzt in ihrem Zimmer und heult sich die Seele aus dem Leib. Das kannst du ihm das nächste Mal sagen, wenn du mit ihm sprichst."

Ian runzelt die Stirn. Er scheint nicht zu verstehen.

„Warum musste er sie überhaupt erst kennenlernen, um dann kurze Zeit später wieder hier aufzutauchen und ihr so etwas antun?"

„Damian war hier? Wann?" Ians Gesichtszüge versteinern. Er fährt sich übers Kinn, dann durchs Haar.

„Natürlich war er hier. Vorhin. Ich habe Zoey und ihn vorm Diner gesehen. Sie haben sich gestritten. Als ich ihr zu Hilfe eilen wollte, ist er ins Auto gesprungen und davongerast, während meine kleine Schwester schluchzend am Straßenrand stand. Toller Kerl!" Ich zeige ihm einen Like Daumen und ziehe die Mundwinkel gespielt nach oben.

Ian tritt noch einen Schritt näher. Ich kann seinen warmen Atem spüren. Er greift an mir vorbei, öffnet die Tür und schiebt mich in mein Zimmer.

„Das ist mein Reich. Ich hab dich nicht zu mir eingeladen", schnauze ich ihn an. Bisher hat noch kein Mann mein Zimmer betreten, dass Ian der erste sein würde, dachte ich bei Gott nicht.

Ich versuche, ihn wieder nach draußen zu schieben, doch er packt mich am Handgelenk, knallt die Tür hinter sich zu und zieht mich in die Mitte des Raums.

„Das interessiert mich nicht. Ich will jetzt alles wissen!"

Ich entreiße mich seinem Griff. „Du bist ganz schön übergriffig, weißt du das?"

Ian fühlt sich dadurch scheinbar noch mehr eingeladen, denn er nimmt auf meinem Bett Platz.

„Kannst du bitte dein unreligiöses Hinterteil von meiner Matratze nehmen?"

„Kannst du einfach mal mit deiner blöden Heiligkeit aufhören? Das nervt tierisch. Dein blöder Gott oder Jesus oder was weiß ich ..."

„Du bist so ein blasphemischer Mensch, das gibt es gar nicht", unterbreche ich ihn.

Er lässt sich nach hinten fallen und schiebt sich mein Kopfkissen hinter den Nacken. „Alles, was du willst, Virgin, und nun erzähl mir die ganze Geschichte, oder soll ich mich nackt ausziehen und dann nach deinem Vater rufen?"

„Wie hoch ist dein IQ? Stubenfliege? Mach das doch. Wenn du gern im Knast landen willst", kontere ich.

Er richtet sich wieder auf und sieht mich ernst an. „Du verstehst wohl absolut keinen Spaß, oder?"

„Wenn es um meine Familie geht, ganz sicher nicht!"

„Hör zu, ich wusste wirklich nicht, dass er hier in Preston ist, und schon gar nicht, dass er sich mit deiner Schwester trifft."

„Fein! Dann sind wir ja schon zwei."

„Zoey ist nicht in ihn verliebt. Also stimmt das, was du mir erzählst, nicht."

„Woher willst du das denn wissen?"

Er erhebt sich, steckt die Hände in die Hosentaschen und atmet einmal tief aus. „Weil sie mit mir spricht."

„Ach ja ... wann denn?"

„Immer, wenn sich die Möglichkeit bietet. Sie ist so ein zuckersüßes, nettes Wesen. Ihr verkennt sie alle total und das nur, weil ihr in eurem Glauben so dermaßen verbohrt seid. Lasst sie doch einfach mal ein bisschen jung sein. Nur, weil du so eine zugeknöpfte Person bist, muss deine Schwester doch nicht auch so sein."

Seine Anfeindung gegen meine Eltern und mich übergehe ich, doch was er gerade über Zoey sagte, kann ich nicht unkommentiert lassen. „Zuckersüß im sexuellen Sinne?"

Ian hebt die Augenbrauen und schüttelt den Kopf. „Du bist so widerlich."

„Ich?", frage ich entrüstet.

„Glaubst du im Ernst, ich würde auf kleine Kinder stehen? Ich habe selbst eine Schwester in Zoeys Alter und sie erinnert mich jeden Tag an sie."

Leicht verschämt senke ich den Blick.

„Und Damian steht ebenso wenig auf kleine Kinder. Er ist ein Mann von 30 Jahren. Meine Güte!"

„Was macht dich denn da so sicher? Kennst du ihn etwa so gut, dass du die Hand für ihn ins Feuer legen würdest?" Ihm mag ich ja Glauben schenken, aber nach der Aktion heute halte ich in Bezug auf Damian alles für möglich. Wer weiß schon, was in den Köpfen einiger Männer vor sich geht?

Ian nickt. „Ja, würde ich, und weißt du auch warum? Weil er schwul ist."

Mir fällt die Kinnlade herunter. „Wie bitte?"

„Du weißt schon, was schwul ist, oder? Er steht auf Männer!", tritt Ian noch einmal nach.

„Natürlich weiß ich das. Aber ich habe gesehen, wie er die Frauen bei euren Konzerten anschmachtet."

Er kraust die Nase. „Alles nur Business, und woher weißt du das überhaupt?"

„YouTube", antworte ich knapp.

„Du folgst uns bei YouTube?"

„Das ist doch jetzt völlig egal", winke ich ab. „Was wollte er dann hier? Wenn du so genau weißt, dass Zoey nichts von ihm will und er homosexuell ist ... und warum wollte er sie damals überhaupt kennenlernen?"

Ian wirkt mit einem Mal abwesend. Er läuft mit verbissenem Gesicht im Zimmer auf und ab. „Als er mich anrief und mir sagte, dass er nicht mit den anderen geflogen ist, wollte ich unbedingt wissen warum. Er vertröstete mich und meinte, er käme mich besuchen."

„Und warum ist er nicht mitgeflogen?"

Ian bleibt vor mir stehen. „Das weiß ich bis heute nicht. Vor allem war er derjenige, der unser Management dazu überredete, dass wir hier in diesem Kaff spielen."

„Du wolltest dich also mit ihm treffen und darüber sprechen. Warum hast du dann Zoey mitgenommen?"

„Er fragte mich nach euch aus und wollte wissen, wie ihr so drauf seid. Ich erzählte ihm, dass Zoey mich an meine kleine Schwester erinnert, und da er sie ebenso sehr liebt wie ich, wollte er sie kennenlernen."

„Er hat sich nach uns erkundigt. Wieso?"

„Und deine Schwester hat sich auch gefreut, ein weiteres Bandmitglied kennenzulernen. Ich wusste ja nicht, dass das so hohe Wellen schlägt ", fügt er noch an und übergeht meine Frage.

Es kommt mir tatsächlich so vor, als wäre Ian genauso unwissend wie ich, was hier tatsächlich läuft, und meinte es wohl nur gut, als er Zoey mit zu dem Treffen nahm.

„Ich kann mir nicht helfen, aber das riecht alles faul. Du weißt immer noch nicht, warum er nicht in den Urlaub geflogen ist. Derweilen trifft er sich aber heimlich mit Zoey. Die jetzt in ihrem Zimmer liegt und krank vor Kummer ist und ..."

Er hebt entwaffnet die Hände. „Ist ja schon gut. Ich habe es kapiert."

„Essen ist fertig!", unterbricht die dunkle Stimme meines Vaters unsere Unterhaltung.

„Wir sollten gehen, ehe er uns noch hier drin zusammen sieht", sage ich und wende mich von Ian ab.

Er hält mich an der Hand fest. Die Berührung zieht mir auf der Stelle bis ins Mark. In meinem Nacken bildet sich Gänsehaut. „Ich werde Damian heute noch anrufen und ihn zur Rede stellen, versprochen."

Dass ich das noch erleben darf. Er kann also auch zu mir nett sein, wenn er nur will. Ohne ihn dabei direkt anzusehen, löse ich meine Hand von seiner, bedanke mich und verlasse das Zimmer.

# Neun

Als ich gestern vom Abendessen ins Obergeschoss zurückkehrte und nach Zoey sah, war sie bereits eingeschlafen. Ich jedoch lag fast die ganze Nacht wach und ging im Geiste mehrere Szenarien durch. Auf einen Punkt kam ich nicht. Wie auch? Jeden Tag erfahre ich neue Details, und schon passen meine Vermutungen nicht mehr zusammen.

Ich bin gespannt, ob Ian mir heute etwas zu berichten hat. Ich breite die Tagesdecke über meinem Bett aus und streiche sie glatt. Hier saß er gestern und sprach mit mir, am Ende unserer Unterhaltung sogar einigermaßen normal. Ist er vielleicht doch kein so großer Idiot, wie ich bisher dachte? Wer weiß, das wird sich noch rausstellen und ist mir im Moment auch einerlei. Das Einzige, was mich nicht mehr loslässt ... wenn Damian schwul ist, könnte Ian es theoretisch ebenso sein. Was, wenn die ganze Band schwul ist? Das wäre sicherlich kein Verbrechen und ich würde nie im Leben jemanden für seine Sexualität verurteilen, doch ob ihre weiblichen Fans damit klarkämen?

Einer meiner engsten Vertrauten auf dem Campus ist ein Mann, der andere Männer liebt. Er ist ein toller Kerl, er akzeptiert mich so wie ich bin und ich akzeptiere ihn so wie er ist. Das ist es doch, was wirklich wichtig ist im Leben. Akzeptanz! Meiner Familie erzählte ich allerdings bisher noch nichts von Marcus, da ich nicht weiß, wie sie auf ihn reagieren würden.

Mir fällt auf, dass ich schon länger Dinge vor meiner Familie verheimliche, nicht erst seitdem ich wieder hier in Preston bin. Es liegt also nicht alles an Zoey, sondern hauptsächlich an mir selbst. Der Campus, die große Welt, die sich außerhalb Prestons abspielt, veränderte mich, ohne mich zu fragen, ob ich das will. Meine Ziele sind nach wie vor die gleichen, aber ich bin es nicht mehr. Es ist wohl an der Zeit, mir selbst an die Nase zu fassen. Ich muss Ian akzeptieren. Punkt! Mit dieser Erkenntnis verlasse ich mein Zimmer und gehe ins Bad.

Verträumt betrete ich den Raum und zucke erschrocken zusammen, als ich Zoey dabei erwische, wie sie gerade im Fach unseres Vaters wühlt. Neben dem Waschbecken hängt ein Holzregal, in dem vier weiße Boxen stehen. Die oberste ist die meines Vaters, darunter die meiner Mutter, dann kommt meine und zu guter Letzt die meiner Schwester.

„Was tust du da?"

Sie sieht mich ertappt an. „Ich ... ähm ... aufräumen."

„Seit wann räumst du Dads Box auf?"

Zoey lässt das, was sie in der Hand hält, ich aber nicht sehen kann, wieder hineinfallen und schiebt die Box ins Regal zurück. „Er hat wirklich einen Saustall da drin."

Dass meine Schwester mich ein weiteres Mal anlügt, ist mir klar, doch was soll ich machen? Die Wahrheit aus ihr herausprügeln? Sie muss von selbst erkennen, dass Lügen auf Dauer kurze Beine haben. Ich sehe an mir herunter. Ob ich auch schon schrumpfe?

„Was machst du denn da? Untersuchst du deine Zehen nach Warzen?", kommentiert Zoey meinen ernsten Blick feixend.

Ihren Humor verlor sie also nicht. Sie sieht heute frisch und rosig aus wie eh und je. Man könnte meinen, der gestrige Abend hätte nie stattgefunden.

Wie gern würde ich sie fragen, was zwischen ihr und Damian wirklich geschah, aber ich halte mich zurück, denn es würde nichts bringen. Sie will nicht reden, also akzeptiere ich das und bin stattdessen lieber eine gute Schwester, zu der sie gern aufsieht und an die sie sich wenden kann, wann immer sie will. Ich denke, es ist wirklich an der Zeit, ihr zu zeigen, dass sie in unserer Familie nicht allein dasteht, nur weil sie anders ist. Marcus ist es schließlich auch und den verurteilte ich nie dafür. Jeder soll sein, wie er will und das tun, was er für richtig hält. Ich werde Zoey so gut es geht den Rücken stärken und versuchen, eine gute Balance zwischen ihr und unseren Eltern herzustellen. Seit gestern Abend fühle ich mich dazu berufen.

„Dir geht es also wieder besser. Das freut mich." Ich schenke ihr ein aufrichtiges Lächeln.

Als sie merkt, dass ich weder weiter nachbohre, warum sie in Dads Sachen wühlte, noch warum sie so bitterlich weinte, zeigt sie mir ihre strahlend weißen Zahnreihen. „Alles in bester Ordnung."

„Bist du dann hier fertig? Ich müsste nämlich mal dringend für kleine Engel."

„Alles klar, kleiner Engel, erledige dein Geschäft", grinst sie und verlässt den Raum.

Nach dem Frühstück beschließe ich, den Lips einen Besuch abzustatten.

Jutta kehrt gerade die Veranda, als ich ihr zurufe: „Guten Morgen, hast du Zeit für einen Plausch?"

Sie stellt den Besen beiseite und winkt mich zu sich. „Für dich immer, Schätzchen."

„Wieso steht denn das Auto da? Hat Heinz-Jörg Urlaub?", frage ich und deute auf den Wagen in ihrer Einfahrt, als ich auf der anderen Straßenseite ankomme.

„Verschleppte Nebenhöhlenentzündung, er liegt auf dem Sofa und schläft."

„Oh je. Sag ihm gute Besserung von mir."

„Der wird schon wieder. Wollen wir nach hinten in den Garten gehen?"

„Ja, sehr gern."

Jutta nimmt mich an die Hand und führt mich grinsend nach hinten. Ob ich es jemals lerne, auf welcher Seite des Hauses ihr Gartentor ist?

„Eins muss ich schon sagen: Das Kleid steht dir ausgezeichnet." Sie bleibt stehen, nimmt auch noch meine andere Hand und begutachtet mich vom Scheitel bis zur Sohle. „Ist das neu?"

„Nein, das hab ich schon ewig im Schrank, hatte es nur noch nie an. Irgendwie fand ich es bisher immer zu luftig", gebe ich zu.

Jutta hebt die Augenbrauen. „Zu luftig?"

„Du weißt schon, zu sexy eben."

Sie schüttelt den Kopf und verkneift sich das Lachen. „Du bist mir schon so eine spezielle Marke. Das ist ein wunderschönes Sommerkleid. Es ist knielang und hat sogar ein Blümchenmuster."

„Du weißt ja. Bienen und Blumen", murmele ich.

Jutta lässt von mir ab und bricht in schallendes Gelächter aus. „Du willst mir jetzt nicht ernsthaft erzählen, dass du Angst vor umherfliegenden Willis hast."

Ich rolle die Augen. „Vergiss Biene Maja, wir müssen reden."

„Hast du mit Ian gesprochen?", fragt sie, nachdem sie sich beruhigte.

„Komm, wir setzen uns, dann erzähl ich dir alles. Es wird immer kurioser."

Jutta setzt ihren neugierigen Spürblick auf und folgt mir zur Gartengarnitur.

„Auf der Feier der Browns habe ich versucht, mit Ian zu sprechen, aber er blockte total ab und war echt fies zu mir ..." Ich stocke kurz und erinnere mich an den Moment zurück, als er mir dort zu Leibe rückte und wie sehr mich das verunsicherte. „Jedenfalls bin ich gestern Nachmittag, als Mum bei dir war, spazieren gegangen, und jetzt kommt's ..."

„Nun red doch nicht so um den heißen Brei rum, Kind", quengelt Jutta.

„Ich habe Zoey und Damian vor dem Diner gesehen. Sie haben sich gestritten. Der Kerl rauschte davon und Zoey stand wie ein Häufchen Elend am Straßenrand."

Jutta lehnt sich im Stuhl nach hinten und sieht mich perplex an. „Jetzt verstehe ich überhaupt nichts mehr. Willst du mir damit sagen, dass sich Damian Hunter allein mit deiner Schwester getroffen hat?"

„Oh ja!"

Sie verengt die Augen zu Schlitzen. „Es ist wohl doch besser, wenn du zu Charles gehst. Ich bin mir zwar sicher, dass Zoey maximal für Damian schwärmt, und das meine ich ganz reinlich, nicht im sexuellen Sinne, aber wer weiß, wie dieser Kerl tickt. Nicht, dass er doch ..." Sie unterbricht ihren Satz und schüttelt den Kopf. „Nein, das will ich mir nicht vorstellen."

„Das dachte ich anfangs auch, aber da müssen wir uns keine Gedanken machen, Damian ist schwul", lasse ich die Bombe platzen.

Jutta reißt die Augen weit auf. „Wie bitte?", kreischt sie und hält sich dann den Mund zu.

„Ja, ist so. Er steht auf Männer, also geht in dieser Richtung von ihm keine Gefahr aus."

„Woher weißt du das? Aus dem Internet? Du weißt schon, dass da viel Mist geschrieben wird."

Manchmal glaube ich, sie hält mich für total bescheuert!

„Nein, von Ian."

Jutta steht auf und dreht mehrere Runden wortlos im Garten, ihr Kopf ist gesenkt, die Stirn gerunzelt, die Arme hinter dem Rücken verschränkt. Nach einer Weile stoppt sie direkt vor mir. „Ich dachte, der spricht nicht mit dir. Langsam ist mir das alles zu viel durcheinander."

„Nachdem ich Zoey ins Bett gebracht habe, bin ich Ian oben im Gang begegnet und habe ihn auf seinen pädophilen Kollegen angesprochen. Er hat mich dann in mein Zimmer gedrängt und dort endlich ausgepackt."

Jutta hebt den Kopf. „Du hast ihn in dein Zimmer gelassen? Du?"

„Ich habe doch gesagt, gedrängt. Ist jetzt auch völlig unwichtig. Jedenfalls haben wir gesprochen, und ich musste feststellen, dass er genauso viel weiß wie wir. Nämlich nichts."

Sie setzt sich mir wieder gegenüber. „Im Hause Olden geht's spannender zu als in meinem aktuellen Buch."

„Ich finde das nicht komisch", protestiere ich mit mürrischem Blick.

„Das war kein Witz, sondern mein Ernst."

Ich kenne zwar ihre aktuelle Lektüre nicht, aber womöglich hat sie sogar recht.

„Ian hat mir versprochen, mit Damian zu telefonieren und mir Bescheid zu geben, sobald er etwas weiß."

„Ihr seid jetzt also so was wie Sherlock Holmes und Dr. Watson", fabuliert sie vor sich hin.

„Bei Weitem nicht. Ich bin nur froh, dass er endlich einigermaßen normal mit mir spricht. Und ich glaube ihm sogar, dass er nichts weiß."

„Glaubst du ihm dann auch, dass es nicht seine Drogen waren?"

Darüber dachte ich noch gar nicht nach. „Keine Ahnung, das ist jetzt aber auch völlig unwichtig. Viel wichtiger ist doch die Frage, was Damian von Zoey wollte."

Jutta atmet hörbar aus. „Wenn du mich fragst, hat sich die Kleine doch in ihn verguckt, und er hat ihr eine Abfuhr erteilt. Mehr steckt wohl nicht dahinter."

„Und dafür fährt er extra nach Preston? Einfach so ... und trifft sich mit einem kleinen Teenie? Nein, vergiss es. Das passt alles nicht zusammen. Er war derjenige, der unbedingt in Preston spielen wollte. Er war derjenige, der Zoey kennenlernen wollte, und er hat Ian wohl über unsere Familie ausgefragt."

„Wieso?"

„Keine Ahnung. Der Typ ist mir einfach nur unheimlich."

„Ich habe mich übrigens wegen Jackson ein wenig umgehört. Es könnten durchaus seine Drogen gewesen sein, aber wenn ich mir das alles so zusammenreime, glaube ich langsam, dass es Damians waren."

„Du meinst, er hat sie Ian untergeschoben? Warum sollte er das tun?"

Sie zuckt die Schultern. „Vielleicht ja auch unbewusst. Wer weiß das schon."

Ich seufze leise. „Also ich weiß nicht."

„Wie geht es Zoey denn jetzt?", wechselt sie plötzlich das Thema.

„Heute Morgen bin ich ihr im Bad begegnet und sie wühlte in Dads Box."

„In welcher Box?"

„Du weißt doch, unser Holzregal oben im Bad. Da hat doch jeder ..."

„Ach, jetzt verstehe ich, was du meinst", unterbricht sie mich. „Aber was willst du mir damit sagen?"

„Das hat sie noch nie getan und es ist merkwürdig."

Jutta schüttelt den Kopf. „Ich glaube, du interpretierst da zu viel rein. Nicht alles, was Zoey macht, muss mit dieser komischen Sache, die da gerade bei euch läuft, zu tun haben. Vielleicht wollte sie einfach an der Parfümflasche schnuppern oder sie suchte nach Rasierschaum, um sich die Beine zu enthaaren, oder weiß der Geier."

Möglich wäre es, doch mich lässt das Gefühl nicht los, dass ich recht in der Annahme gehe, dass das alles miteinander verbunden ist. „Das war's dann auch schon mit den Neuigkeiten."

„Hase, haben wir noch Tempos?", tönt Heinz-Jörgs kränklich und leicht leidend klingende Stimme aus dem geöffneten Küchenfenster zu uns nach draußen.

„Komm sofort", ruft seine Frau ihm zu. „Schätzchen, ich muss. Wenn Männer krank sind, ist das kein Spaß." Sie nimmt mich zum Abschied in den Arm. „Und wenn dieser Damian hier noch einmal auftaucht, gehst du besser doch zu deinem Vater."

„Mach ich", verspreche ich ihr.

Mit Juttas mahnenden Worten im Gehörgang begebe ich mich auf den Heimweg.

Als ich zu Hause eintreffe, stehen mein Vater und Ian im Eingangsbereich und unterhalten sich.

„Da bin ich wieder, kann's losgehen?", wende ich mich an Ian, da wir heute noch einiges im Gemeindezentrum zu erledigen haben, wofür mein Vater uns beim Frühstück genaue Anweisungen gab.

„Ian könnte auch bei mir mitfahren, wenn er will. Ich kümmere mich heute um das Essen auf Rädern", wirft mein Dad ein.

Es wunderte mich bereits, dass er ihn schon einmal mitnahm, und wie er da gerade so optimistisch und breit grinsend vor mir steht, kommt es mir so vor, als würde er sich sogar freuen, Ian mitzunehmen.

Versteh ich nicht! Erst befiehlt er mir, dass ich mich um ihn zu kümmern habe und nun das? Was sieht er in ihm? Den Sohn, den er nie hatte? Ich weiß, wie gern mein Dad noch einen Jungen gehabt hätte, doch als meine Mutter ihre Gebärmutter durch Krebs verlor, mussten sie sich von dem Traum, weiteren Nachwuchs zu zeugen, verabschieden. Ich war damals noch jung und kann mich nur noch bruchstückhaft daran erinnern. Seit vielen Jahren geht es ihr gesundheitlich bestens und das ist das Wichtigste.

Plötzlich stellt sich Ian eilig neben mich. „Ich gehe mit Virginia ins Gemeindezentrum."

Mein Vater blickt leicht gekränkt drein. Ian, der bis gestern Abend nicht ein normales Wort mit mir sprach, begleitet lieber mich, und mein Dad … Ich glaube allmählich, dass alle um mich herum verrückt werden. Die einzige, die sich noch normal verhält, ist meine Mutter.

„Gut, dann lass uns gehen." Ich werfe meinem Vater zum Abschied noch eine Kusshand zu und ziehe Ian nach draußen. „Seit wann gibst du dich lieber mit mir ab?"

„Und seit wann fasst du mich an?" Er hebt die rechte Braue und deutet auf meine Hand, die seine fest umschließt. Über seine Lippen huscht ein amüsiertes Lächeln.

Erschrocken ziehe ich sie weg und vernehme ein warmes Kribbeln in der Handinnenfläche. Ich schüttele die Hand aus und grinse verlegen. „Entschuldige bitte, das war nur im Affekt."

„Was machst du denn noch so alles im Affekt?", will er wissen und beugt sich nahe zu mir.

Ich weiche einen Schritt zurück und übergehe seine Anspielung auf was auch immer. „Die Arbeit wartet."

Einige Meter schlendern wir wortlos nebeneinander her, ehe ich es wage, ihn nach Neuigkeiten zu fragen. „Hast du Damian erreicht?"

Ian räuspert sich. „Nö!"

So aufgestachelt wie er gestern war, herauszufinden, was hier läuft, so unpassend finde ich seine knappe Antwort.

„Und wenn du mal mit Zoey sprichst? Vielleicht redet sie ja mit dir und sagt dir, was hier wirklich läuft."

Ian schluckt hörbar. Er spielt an seinem Basecap. Irgendetwas an meiner Aussage macht ihn nervös.

Ich bleibe stehen. „Wieso habe ich das Gefühl, dass du mir nicht die Wahrheit sagst?"

„Und wieso habe ich das Gefühl, dass du schon wieder nahe dran bist, mir auf den Sack zu gehen?", kontert er verbissen.

Wir sind also wieder bei null! „Hast du dir eigentlich mal überlegt, ob es Damian war, der dir die Drogen untergeschoben haben könnte?"

„Wie bitte? Hast du jetzt völlig den Verstand verloren?", schreit er.

„Hey, geht's auch etwas leiser? Wir sind hier mitten auf der Straße!"

„Was? Kann doch jeder hören, dass du nicht mehr alle Tassen im Schrank hast. Ich hätte doch lieber mit deinem Vater fahren sollen. Wie konnte ich nur so dumm sein, zu denken, du bist doch nicht ...", redet er sich in Rage, beendet allerdings seinen Satz vorzeitig. Ian nimmt die Sonnenbrille von der Nase. In seinen Augen zeichnet sich das blanke Entsetzen ab.

„Du hast mir versichert, du warst es nicht, also habe ich mir Gedanken gemacht, und da Damian auch derjenige ist, der unbedingt nach Preston wollte und sich außerdem merkwürdig verhält, habe ich nur kombiniert. Ich wollte keinesfalls jemandem die Schuld in die Schuhe schieben. Es war von mir nur zusammengesponnen", versuche ich, mich zu erklären, in der Hoffnung, seinen neuerlichen Groll gegen mich, der gerade wieder in ihm aufzuflammen scheint, damit zu löschen.

Ohne den Blick von mir zu nehmen, greift Ian in seine Hosentasche und zieht sein Handy heraus. Er drückt zweimal auf das Display und hält sich das Telefon dann ans Ohr. Nach wenigen Sekunden verzieht er das Gesicht. „Scheiß Mailbox", grummelt er vor sich hin. „Alter, wenn du das abhörst, ruf mich umgehend zurück. Entweder du redest endlich Tacheles mit mir oder ich breche diese Sozialstundenscheiße hier ab. Es ist mir dann egal, wie die Band dasteht, hast du mich verstanden?" Die letzten vier Worte schreit er so boshaft in das Smartphone, dass mir die Knie weich werden.

Ian legt auf und steckt es wieder weg. „Und jetzt lass uns weitergehen und nicht mehr darüber sprechen." Seine Stimme klingt barsch und sein Gesichtsausdruck spricht Bände. Wütende Bände!

Ich schlucke den kleinen Kloß, der sich in meinem Hals bildete, hinunter und nicke stumm. Wenn der sauer ist, will man ihm nicht begegnen. Und da mir was an meinem Leben liegt, sollte ich wohl besser für den restlichen Tag den Mund halten.

# Zehn

Der gestrige Nachmittag sowie auch der heutige Tag mit Ian verliefen ruhig, sehr ruhig. Er schwieg sich aus und verrichtete seine ihm aufgetragene Arbeit mit grüblerischem Gesichtsausdruck. Wie gern hätte ich in ihn hineingesehen. Ob er tatsächlich über meine Vermutung nachdachte? Wer weiß, was dieser Damian noch alles auf dem Kerbholz hat. Ian wird mit Sicherheit einiges über ihn wissen und kann sich noch viel mehr als ich die Sachlage zusammensetzen.

Was ich mich immer noch frage: Was hat Damian dem Management erzählt, dass sie zustimmten, hier zu spielen? Wer schickte Zoey die Karten? Und was will er von meiner Schwester? Oder sie von ihm? Meine Gedanken kreisen seit Tagen nur um diesen Kerl, was mich komplett verrückt macht.

Kopfschüttelnd verlasse ich mein Zimmer. Im Flur laufe ich einer freudestrahlenden Zoey über den Weg.

„Guten Abend, Schwesterherz", gluckst sie lieblich.

Von Traurigkeit keine Spur mehr. Ist es möglich, eine verschmähte Liebe so schnell zu überwinden? Gut, sie ist jung, und in dem Alter ist man bestimmt schnelllebiger, aber ich zweifele mittlerweile ernsthaft an dieser Möglichkeit. Sie spielt mir etwas vor. Ihre Mundwinkel sind so starr nach oben gezogen, dass es wirkt, als hätte man sie mit Klebeband auf ihren hohen Wangenknochen fixiert.

„Was hast du den ganzen Tag über Schönes getrieben?", versuche ich, Smalltalk mit ihr zu beginnen, da ich sie ja nicht mehr drängen will.

Zoeys rollt ihre braunen Augen und wischt sich die blonden, langen Haare über die Schultern nach hinten. „Du kannst es nicht lassen, oder?"

„Was meinst du?"

„Nun tu doch nicht so ... mich ausfragen natürlich", seufzt sie.

Warum unterstellt sie mir das? Es wirkt fast so, als würde das schlechte Gewissen an ihr nagen.

„Ich wollte dich nicht ausfragen, sondern nur wissen, wie dein Tag war."

Meine Schwester zupft am Saum ihres hellblauen Sommerkleidchens herum. „Dann ist ja gut."

Ich lege den Arm um ihre Schultern. „Ich muss es nicht wissen."

„Ich habe heute auch nichts Besonderes erlebt. Es war ein öder, langweiliger Tag", murmelt sie.

So, so! Ihr Verhalten erzählt mir zwar eine komplett andere Geschichte, aber ich werde es dabei belassen und nicht nachbohren, auch wenn mir das unheimlich schwerfällt.

„Das Abendessen ist fertig", ruft Mum uns zu Tisch.

„Wir kommen", gibt meine Schwester lautstark zurück. Sie befreit sich aus meiner Umarmung und rauscht die Treppe hinunter. Das war eindeutig eine Flucht!

Als ich ins Esszimmer komme, ist ein Stuhl unbenutzt. „Wo ist denn Ian?", frage ich meinen Vater.

„Er hat sich nicht so wohl gefühlt und wollte frische Luft schnappen", sagt er und breitet nebenbei eine rote Serviette auf seinem Schoß aus.

„Du hast ihn wohl zu hart rangenommen", stichelt Zoey leise in meine Richtung.

Ich lasse ihren Zynismus unkommentiert und wende mich an Dad, der bereits die Hände zum Gebet faltet. „Warten wir denn nicht auf ihn?"

„Deine Mutter hebt ihm etwas auf, falls er später doch noch Hunger hat, und jetzt lasst uns beten."

Mein Vater informierte mich während des Essens über den Ablauf des morgigen Tages. Es wird ein toller Ausflug werden. Ob er Ian gefallen wird, ist allerdings fraglich.

Nachdem ich meiner Mum beim Aufräumen der Küche half, beschließe ich, Jutta zu besuchen und mich nach Heinz-Jörgs Gesundheitszustand zu erkundigen.

Frische, abendliche Sommerluft weht mir um die Nase, als ich auf die Veranda trete. Ich atme mehrmals tief durch und schlendere die Einfahrt entlang, als ich urplötzlich einen wütenden Schrei vernehme. Direkt vor Juttas Haus parkt ein Wagen am Bordstein. Die Fahrertür steht offen. Jemand beugt sich wild gestikulierend ins Innere. Ich blinzele. Das ist doch Ian.

„Du hast sie nicht mehr alle, Alter. - Mich in so eine Situation zu bringen. - Du kannst mich mal!", sind die letzten Worte, die ich höre, ehe er die Tür zuknallt.

Er stampft wütend auf mich zu, während das Auto mit quietschenden Reifen davonbraust.

„Virginia! Was tust du hier?", fragt er erschrocken und kommt direkt vor mir zum Stehen.

Ich deute auf das Haus der Lips. „Unsere Nachbarn besuchen."

„Alles klar, dann viel Spaß", murmelt er und wirkt dabei total verstört. Er nimmt das Basecap vom Kopf und fährt sich durchs offene Haar.

„War das etwa Damian?"

Ian beißt sich auf die Unterlippe und nickt zaghaft.

„Hast du was rausgefunden?"

Ian blickt zu Boden und scharrt mit der Turnschuhspitze im Drecke. „Außer, dass er ein Idiot ist, nichts."

„Was hat er denn getan? Und hat er dir gesagt, warum er sich mit Zoey getroffen hat? Und ..."

„Kannst du vielleicht etwas leiser reden", unterbricht er mich.

„Ja, ist ja schon gut", flüstere ich. „Also, was ist jetzt?"

„Er sagt, er hat mit den Drogen nichts zu tun, und ich glaube ihm."

„Und wieso habt ihr euch dann gestritten? Ich hab dich bis hier rüber schreien gehört."

Ian richtet den Rücken gerade, hebt den Kopf und sieht mir direkt in die Augen. Seine Lippen zittern leicht. Der Adamsapfel wandert sichtbar im

Hals auf und ab. „Das war nur bandinternes Zeug, also nichts, was dich belasten muss."

Ich spüre, dass er lügt! „Und was ist mit Zoey?", hake ich nach.

Er tritt einen Schritt zurück und steckt die Hände in die Hosentaschen der dunklen Jeans. „Was soll mit ihr sein?", stellt er sich doof.

Ich seufze lautstark. „Hast du mit ihm darüber gesprochen, warum er hier war? Über was sie gesprochen haben und so weiter?"

Er schüttelt den Kopf. „Das habe ich ganz vergessen."

Der will mich auf den Arm nehmen! „Wie kannst du das vergessen? Du wolltest es doch ..."

Ian legt die Hand auf meine rechte Schulter, was mich auf der Stelle zusammenfahren lässt. „Schscht ... reg dich nicht so auf."

Ich muss schlucken. Die Stelle, an der er mich berührt, wird warm. Er weiß genau, wie er mich verunsichern kann.

„Weißt du eigentlich, dass du wunderschöne blaue Augen hast?"

Ich schiebe seine Hand von der Schulter. „Was soll das werden?"

Er zuckt die Schultern. „Ein Kompliment. Kennst du so was nicht?"

„Du willst nur vom Thema ablenken", knurre ich. Ganz blöd bin ich nun auch nicht! Was denkt er sich denn?

„Damian hat weder deine Schwester, noch dieses ominöse Treffen mit einer Silbe erwähnt. Wieso also hätte ich da nachhaken sollen?"

„Weil es komisch ist!"

Ian verschließt meinen Mund mit seiner Hand. „Kannst du jetzt bitte mal aufhören, hier so rumzuschreien?"

Ich mache einen Satz zurück und werfe ihm einen wütenden Blick zu. „Ich schreie nicht!"

„Oh doch, das tust du!"

„Und mit Zoey hast du auch nicht gesprochen?", nuschele ich übertrieben.

„Das habe ich versucht, aber sie wollte nicht mit mir darüber sprechen. Sie meint, es gehe ihr gut", beschwichtigt er.

Ich verenge die Augen zu Schlitzen. „Und nichts weiter?"

Ian fährt sich übers behaarte Kinn, das Kratzen der Bartstoppeln auf seiner Haut lässt mich erschaudern. Das ist schlimmer, als wenn jemand mit Kreide über eine Tafel kratzt. „Nein ... nichts weiter", sagt er abgehakt.

Irgendwas verheimlicht er mir! „Und wie soll es jetzt weitergehen?"

„Was meinst du?", gibt er sich unwissend.

„Na, alles."

Er kommt wieder einen Schritt näher und fixiert mich durchdringend. „Wir werden diese ganzen Verschwörungstheorien vergessen und uns ein paar schöne Wochen zusammen machen", raunt er.

Schöne Wochen? Er hat wohl vergessen, warum er hier ist. Wenn er meint, mit mir spielen zu müssen, kann er das haben. „Da wir gerade beim Thema SCHÖN sind ... Du solltest dich für morgen ein wenig - wie soll ich es sagen? - kultivieren. Wir haben nämlich einen besonderen Auftrag."

Ian verschränkt die Arme vor der Brust und sieht mich mürrisch an. „Wie darf ich das denn bitte verstehen? Sehe ich etwa unkultiviert aus?"

„Dein Gestrüpp da im Gesicht schon, und deine Haare, na ja, ich weiß ja nicht ..."

„Du bist ganz schön oberflächlich", beschwert er sich gespielt.

„Ich weiß, auf die inneren Werte kommt es an, aber ich habe Angst, dass die armen Leute sich so vor dir erschrecken. Nicht, dass sie noch einen Herzanfall erleiden, und du bist schuld daran. Willst du das etwa?", entgegne ich ihm.

Ian neigt den Kopf leicht zur Seite und mustert mich. „Heißt das, du schmeißt dich morgen wieder in dein Nonnenkostüm?"

„Klar, was denkst du denn?"

„Wo geht´s denn überhaupt hin?"

„Ins Altenheim. Dort ist morgen Spielenachmittag."

Wider Erwarten lächelt Ian sogar leicht. „Geht klar."

„Du sträubst dich also nicht dagegen?", frage ich ungläubig.

„Wieso sollte ich das tun? Alte Menschen sind cool", grinst er.

„Und das soll ich dir abkaufen?"

Ian klopft mir auf die Schulter. „Wenn du es nicht tust, ist das nicht mein Problem, und nun lauf zu deinen Nachbarn, Vorurteil-Virgin...ia." Er wendet sich von mir ab und geht in Richtung Haus.

Ich verkneife mir den hitzigen Kommentar, der mir auf der Zunge liegt, und lasse Ian ziehen. Wir werden ja sehen, wie er sich morgen verhält.

„Virginia, was für eine Überraschung", öffnet mein nasal klingender Nachbar mir die Tür.

„Ist Jutta da?", frage ich abwartend. Irgendwie verhält er sich merkwürdig. Ich besuche sie fast täglich, was soll daran also die Überraschung sein?

„Willst du etwas Bestimmtes von ihr?", bohrt er nach.

„Ich ... ähm ... nein. Ich wollte nur ..."

Heinz-Jörg tritt beiseite und lächelt. „Komm rein."

„Geht es dir wieder besser?"

Er nickt. „Klar, so eine Nebenhöhlenentzündung bringt mich doch nicht um."

Ich muss mir das Lachen verkneifen. Von wegen!

Während er mich ins Wohnzimmer führt, frage ich mich, was seine Frage, ob ich etwas Bestimmtes von Jutta will, zu bedeuten hat.

Seine Frau lümmelt über ihrem E-Reader vertieft auf dem Sofa.

„Hase, du hast Besuch", teilt er ihr mit.

Es dauert eine Weile, bis sie sich von ihrem Buch losreißen kann. Als sie mich neben ihrem Mann entdeckt, huscht ihr ein Lächeln über die Lippen. „Schätzchen, wie schön." Sie klappt die Hülle zu und legt den Reader auf den Tisch. „Wollen wir in die Küche gehen? Dann kann Heinz in Ruhe lesen."

Ich sehe nach rechts. „Du liest auch?"

Er zeigt auf seine Frau. „Sie hat mich angesteckt."

„Das ist also eure Abendbeschäftigung ... gemeinsam lesen."

„Ja, was dachtest du denn?"

Ich schlucke meine Antwort hinunter. Bei ihrem freizügigen Auftreten dachte ich ehrlich gesagt an andere Dinge. Wie man sich täuschen kann! Als mir auffällt, dass ich über das Sexleben meiner Nachbarn nachdenke, treibt es mir die Schamesröte ins Gesicht.

Jutta nimmt mich in den Arm. „Was wirst du denn auf einmal so rot? Geht es dir nicht gut?"

Ich verschlucke mich an meiner Spucke, die sich in meiner Mundhöhle sammelte.

Sie klopft mir fürsorglich auf den Rücken. „Komm, ich gebe dir etwas zu trinken."

Während ich Jutta in die Küche folge, verscheuche ich die unsittlichen Gedanken aus meinem Kopf.

„Komm, setz dich und erzähl mir, was dich zu so später Stunde noch zu mir führt", weist sie mich an und deutet auf den runden, weißen Esstisch, um den vier Stühle stehen.

„Es ist doch noch gar nicht so spät."

Sie zwinkert mir zu. „Du hast mich noch nie nach dem Abendessen besucht."

Ich lege die Stirn in Falten und grübele über ihre Aussage nach.

„Also, was ist los?", fragt sie und stellt mir ein Glas Wasser vor die Nase.

„Weißt du, ich habe das Gefühl, dass alle um mich herum komisch sind."

Sie setzt sich mir gegenüber. „Wen meinst du denn mit alle?"

„Zoey, Ian, mein Vater und zu guter Letzt jetzt auch noch dein Mann", zähle ich die Personen an den Fingern ab.

„Heinz-Jörg ... komisch? Wie kommst du denn darauf?"

„Als er mir eben die Tür öffnete, nannte er es eine Überraschung, dass ich da bin, und hat mich gefragt, ob ich etwas Bestimmtes will."

Juttas Blick versteinert augenblicklich. Sie wirkt plötzlich wie eine Statue aus Madame Tussauds Wachsfigurenkabinett.

„Stimmt etwas nicht?"

Sie erschrickt durch meine Frage so sehr, dass sie fast vom Stuhl fällt. „Ähm, nein, entschuldige, Schätzchen, ich war nur gerade ganz woanders."

„Findest du nicht auch, dass er komisch ist?"

Sie zieht eine Grimasse. „Nein! Das bildest du dir ein, Schätzchen. Ich hab dir doch gesagt, dass du uns noch nie um diese Uhrzeit besucht hast."

Ihre Antwort klingt zwar plausibel, dennoch kann ich ihr keinen rechten Glauben schenken. Entweder flunkern alle um mich herum, was das Zeug hält, oder aber ich werde verrückt! Mit der allergrößten Wahrscheinlichkeit ist es Letzteres.

„Zoey geht es übrigens wieder gut. Sie wirkt total glücklich und tut so, als ob nie etwas vorgefallen wäre."

Jutta legt ihre Hand auf meine und lächelt mich an. „Siehst du, das ist doch schön."

„Aber das mit diesem Damian ist noch nicht aus der Welt."

„Wie kommst du darauf?" Sie zieht die Hand weg, lehnt sich zurück und sieht mich fragend an.

„Weil er eben hier in Preston war, und weißt du auch wo? Direkt vor deinem Haus."

„Wie meinst du das?"

„Als ich unsere Einfahrt entlang schlenderte, hörte ich plötzlich eine tobende Männerstimme. Es war Ian, der an einem Wagen lehnte, der direkt vor eurem Haus geparkt hat."

Jutta sieht mich nachdenklich an. „Und du bist dir sicher, dass es Damian Hunter war?"

Warum in Herrgotts Namen glaubt mir eigentlich keiner etwas? „Natürlich bin ich mir sicher. Ian hat es mir doch gesagt. Der Wagen ist mit quietschenden Reifen davongefahren. Dass ihr das nicht gehört habt."

Jutta deutet auf ihre Ohren. „Wir werden alt, Schätzchen."

Die spinnt! Die beiden sind alles andere alt. „Gestern hat Ian mir noch versprochen, herauszufinden, was hier los ist, und nun sagt er, ich solle das alles vergessen. Dass er sich mit Damian gestritten hat, sei etwas Bandinternes und hätte nichts mit meiner Schwester zu tun. Außerdem hat er wohl angeblich auch mit Zoey gesprochen, und die sagte ihm, es sei nichts und sie wäre glücklich. Als ich ihn gefragt habe, wie es nun weitergehen soll, meinte er, er will sich mit mir ein paar schöne Wochen machen." Ich tippe mir gegen die Stirn. „Alles klar. Er regt er sich wie ein explodierendes Feuerwerk auf, und ganz plötzlich akzeptiert er seine Strafe hier, ohne auch nur mehr einmal mit der Wimper zu zucken."

Jutta entweicht die Gesichtsfarbe. „Du solltest dich von Ian vielleicht besser ein wenig fernhalten."

Nun verstehe ich gar nichts mehr. „Was hat das denn jetzt mit Ian zu tun? Du hast doch zu mir gesagt, wenn dieser Damian hier noch einmal auftaucht, soll ich zu Dad gehen, und das werde ich wohl auch besser machen, denn hier stinkt es bis zum Himmel nach Lügen."

„Weißt du, vielleicht wäre das doch nicht so gut. Ich finde, du solltest auf Ian hören und das alles einfach vergessen. Ich denke, es waren unglückliche Umstände, die dazu geführt haben, dass er hier ist, und mehr nicht."

Erst will sie Detektivin spielen, um die Sache aufzuklären, und nun zieht auch sie den Schwanz ein? Das sieht ihr überhaupt nicht ähnlich.

„Und wieso soll ich mich von Ian fernhalten? Das musst du mir nun wirklich erklären. Vor allem, wie ich das machen soll? Dad hat ihn mir schließlich aufgebürdet."

Jutta schweigt. Das ist ein klares Zeichen, dass sie überlegt. Sie sucht also händeringend nach einer plausiblen Erklärung für mich. Darauf bin ich nun wirklich gespannt. Ich nehme ein Schluck Wasser und verschränke die Arme vor der Brust.

„Man weiß ja nie, ob es nicht letztendlich doch seine Drogen waren, und deshalb finde ich, solltest du dich nicht zu sehr auf ihn einlassen", teilt sie mir schließlich mit entschlossener Stimme mit.

„Gestern warst du noch von seiner Unschuld überzeugt." Ich blicke sie fassungslos an.

„Auch eine Jutta kann sich mal irren."

Ich schüttele den Kopf. „Nein, kann sie nicht."

Sie greift sich an die Stirn. „Manchmal funktioniert im Alter auch was im Gehirn nicht mehr so richtig."

Okay, dieses Schauspiel geht mir richtig gegen den Strich. „Und wie bitte soll ich mich von ihm fernhalten? Morgen begleitet er mich ins Altenheim."

„Weiß Charles davon?"

Ihre Fragen werden immer eigenartiger.

„Natürlich weiß er davon. Er schickt uns doch dorthin. Was stellst du eigentlich auf einmal für Fragen?"

„Ach, nichts, alles nur so …"

„Warum habe ich das Gefühl, dass ihr mich alle an der Nase herumführt? Erst meine Familie und jetzt auch noch ihr", grummele ich.

Juttas Blick versteinert. „Du solltest damit aufhören, Virginia. Es reicht! Ian wird hier in der Gemeinde seine Strafe absitzen, und mehr ist da nicht. Vergiss das einfach alles bitte wieder. Wir sollten langsam zum Alltag zurückkehren und mit dieser Detektivarbeit aufhören, die völlig sinnlos ist."

Wurde Juttas Körper von einem Alien übernommen? Das ist sie nicht! „Kannst du jetzt bitte mit diesem Mist aufhören und mir sagen, was hier los ist?", beschwere ich mich lautstark.

In diesem Moment betritt Heinz-Jörg die Küche. „Virginia, was ist denn in dich gefahren? Man hört dich ja bis ins Wohnzimmer."

„Weshalb lügt ihr mich denn alle an?" Meine Stimme klingt bei dieser Frage leicht jämmerlich, zumal ich sie in den letzten Tagen bereits gefühlte hundert Mal stellte und es mir immer mehr den Anschein macht, als gäbe es etwas zu verheimlichen.

Heinz-Jörg kommt auf mich zu und drückt mir ein Küsschen aufs Haar. „Nimm dir einfach das zu Herzen, was Jutta dir gesagt hat, und du wirst sehen, es wird sich alles regeln."

Sein Wort in Gottes Ohr!

## Elf

Nachdem ich gestern von den Lips nach Hause kam, wollte ich nur noch eines: mich im Bett verkriechen! Alle sagen, ich soll stillhalten, vergessen, was war, und es hinnehmen, wie es jetzt ist, und zwar ohne nachzufragen. Die einzige, die sich immer noch völlig normal verhält, ist meine Mutter. Natürlich könnte ich zu ihr gehen und mit ihr sprechen, aber was würde das bringen? Sie wäre genauso verwirrt wie ich. Im schlimmsten Falle glaubt sie mir nicht und hält mich für verrückt. Nein! Es ist absolut ausreichend, wenn ich wie ein Dummchen dastehe.

Womöglich sollte ich das wirklich alles einfach vergessen, zumindest vorübergehend, denn die Menschen im Altersheim verdienen es, dass ich ihnen meine ungeteilte Aufmerksamkeit schenke. Grübelnd stehe ich vor meinem Kleiderschrank und überlege, was ich anziehe. Jeans und Shirt? Sommerkleid? Oder doch eine weiße, hochgeschlossene Bluse mit dunkelblauem Strickrock?

Ich werfe einen Blick aus dem Fenster. Es ist kein Wölkchen am Himmel, die Sonne strahlt grell. Wenn ich Gemeindearbeit verrichte, fühle ich mich in meiner Kluft zwar immer noch am wohlsten, aber sollte ich bei dem heutigen Wetter anfangen zu schwitzen und dann womöglich noch zu stin...! Ich schüttele diesen Gedanken aus dem Kopf und entscheide mich für ein weißes Sommerkleid mit dicken Trägern und hellblauem Rand.

Nachdem ich es anzog, stecke ich mir ein hellblaues Satinband, das farblich perfekt zum Saum meiner Kleidung passt, ins blonde, offene Haar. Nun fehlen nur noch die weißen Ballerinas. Zufrieden drehe ich mich vorm Spiegel hin und her. Ja, so kann ich gehen!

Voller Vorfreude verlasse ich mein Zimmer und gerade, als ich die Tür hinter mir zuziehen will, rempelt mich jemand fast um.

„Zoey, kannst du nicht aufpassen?", meckere ich leise.

„Entschuldige", vernehme ich Ians Stimme, die heute viel sanfter klingt als sonst, hinter mir.

„Was machst du überhaupt hier ...?", frage ich, während ich mich nach ihm umdrehe, verstumme aber mitten im Satz und sehe ihn erschrocken an.

„Was? Was hast du? Hab ich was im Gesicht?" Ian fühlt sich sichtlich unbehaglich. Komisch! Eigentlich müsste er es doch gewöhnt sein, angestarrt zu werden.

„Es geht eher darum, was du NICHT im Gesicht hast", antworte ich und deute auf sein Kinn, das nun lieblich glänzt wie ein eingesalbter Babypopo.

„Du wolltest doch, dass ich mich rasiere." Er legt die Stirn in Falten und mustert mich.

„Du hast das meinetwegen gemacht?" Mein Erstaunen über seine Tat scheint mir ins Gesicht geschrieben, denn auf Ians Lippen wandert augenblicklich ein amüsiertes Lächeln.

„Nicht deinetwegen, sondern wegen der netten alten Damen. Ich will doch nicht, dass sie sich vor mir erschrecken", nimmt er mir den Wind aus den Segeln und lacht dabei leise.

„Ähm ... ja ... das ist super", stottere ich verlegen und kann dabei meinen Blick nicht von ihm abwenden.

Unter dieser grässlich ungepflegten Gesichtsbehaarung befindet sich tatsächlich ein ansehnlicher Mann. Sein dunkles Haar trägt er offen hinter die Ohren gesteckt. Frisch gewaschen und gekämmt steht ihm die Länge sogar.

„Wollen wir dann los oder willst du mich weiter anstarren?", reißt er mich aus meinem Gedanken.

Gott, wie peinlich! „Lass uns fahren." Ich wende mich von ihm ab und gehe voraus.

Das Altenheim der Stadt Preston liegt nur wenige Fahrminuten von der Kirche entfernt. Ich war schon sehr oft hier, meistens an kirchlichen Feiertagen wie Ostern, Weihnachten oder Thanksgiving, um dem mehr als ausgelasteten Personal unter die Arme zu greifen. Mir geht das Herz auf, wenn ich in leuchtende Augen blicke, und sich Münder, die von kleinen Fältchen gesäumt sind, zu einem freudigen Lächeln verziehen. Die Lebensgeschichten der alten Herrschaften sind interessanter als jedes Buch. Ich bekam oft mit, wie nah Freud und Leid beieinanderliegen. Jeder der Bewohner verlor bereits geliebte Menschen oder hatte mit mehr oder weniger schweren Krankheiten zu kämpfen, doch eines muss ich ihnen hoch anrechnen: Keiner, und ich meine wirklich keiner, verlor deshalb seinen Lebensmut. Sie alle lieben das Leben und wollen so lange es geht auf Gottes Erden verweilen.

Ich parke den Familienwagen direkt vor dem Eingang und stelle den Motor ab. „Wir sind da", teile ich Ian mit, der seit unserem Zusammenstoß im Flur schweigt.

Er nickt und steigt aus.

Ich verschließe den Wagen und folge Ian. Die wenigen Schritte bis zum Eingang ertappe ich mich dabei, wie ich auf sein wohlgeformtes Hinterteil starre. Mir schießt Schamesröte ins Gesicht.

Ian legt die Hand auf die Klinke und dreht sich zu mir um. „Und wie läuft das jetzt ab?"

„Ich werde dich erst einmal allen Bewohnern vorstellen, und dann werden wir ja sehen, welche Dame dir zuerst an die Wäsche will."

Er lässt von der Tür ab, wendet sich mir ganz zu und verschränkt die Arme vor der Brust. „Wie bitte?"

Am liebsten würde ich vor Scham im Boden versinken. Wie komme ich nur auf so einen blöden Satz? Ihm an die Wäsche wollen? Geht´s noch? Was ist nur mit mir los? Es kann doch nicht sein, dass mich ein kurzer Blick auf seinen Allerwertesten so verwirrt!

„Du verstehst auch keinen Spaß", gebe ich mich möglichst cool.

Ian verengt die Augen zu Schlitzen. „Du hast einen komischen Humor."

Ich rolle übertrieben die Augen. „Meine Güte, ich meinte, welche der Damen als Erste mit dir spielen möchte." Auch dieser Satz klingt mehr als blöd. Verdammt!

Ian prustet laut los und greift mir an die Stirn. „Sag mal, hast du Fieber oder so? Du bist auch ganz rot."

„Brettspiele, ich meinte Brettspiele! Kann ich doch nichts dafür, wenn du so schmutzige Gedanken hast", gifte ich ihn an. Dabei bin ich mir sicher, dass im Augenblick ich diejenige mit den unsittlichen Gedanken bin. Heute Abend muss ich beichten, und zwar dringend!

Er verzieht das Gesicht. „Alles klar." Er dreht sich weg und betritt als Erster das Heim.

Meine Wangen glühen immer noch, als ich auf den Empfangstresen zusteuere, hinter dem die Pflegeleitung steht.

„Hallo Virginia, wie schön, dass du uns unterstützt." Die blonde Frau mittleren Alters reicht mir die Hand und sieht nach rechts. „Und wer ist dieser nette, junge Mann?"

„Marcus, ich bin Marcus", stellt er sich vor.

Marcus? Wie kommt er denn darauf?

Maggie beißt sich auf die Unterlippe und begutachtet ihn ausgiebig. „Du hast eine außerordentliche Ähnlichkeit mit ..."

„Ja, das wird mir öfter gesagt, aber ich bin es nicht", unterbricht er sie und hält ihr die Hand hin.

Maggie schüttelt sie und nickt. „Gut, dann wollen wir doch mal sehen, wo ihr uns unterstützen könnt."

Sie führt uns in den Gruppenraum des Heims. An vier schwarzen, großen, runden Tischen sitzen die Bewohner und spielen Karten, Mensch ärgere dich nicht, Mikado und Mühle.

Maggie stellt sich zwischen uns und legt die Arme über unsere Schultern. „Seht mal, wen ich euch heute mitgebracht habe. Virginia Olden und ihr Freund Marcus wollen den Nachmittag mit uns verbringen."

Freund? Wie kommt sie denn darauf?

Die in Spiellaune betagten Herrschaften heben die Köpfe. Einige begrüßen uns lautstark aus der Ferne, andere stehen auf, um uns persönlich hallo zu sagen.

Drei graumelierte Damen scharren sich sofort um Ian ... äh, Marcus ... und herzen ihn. Er ist unglaublich nett und offen, schließt sie in die Arme und bedenkt sie mit einem ehrlichen Lächeln. Ich hätte ja viel erwartet, nur das nicht.

„Er ist ein Frauenschwarm", flüstert Maggie mir ins Ohr.

„Sieht so aus."

Sie zwinkert mir zu. „Gute Wahl."

Hmmmm, von wegen!

Nachdem sich die erste Aufregung um uns legte, wende ich mich an Ian. „Und zu welchem Tisch willst du gehen?"

Maggie, die immer noch zwischen uns steht, nimmt ihn an die Hand und grinst breit. „Für dich habe ich eine ganz besondere Aufgabe."

Er wirft ihr einen fragenden und mir einen leicht ängstlichen Blick zu.

„Wir haben da eine ganz nette alte Dame, die leider nicht gern aus ihrem Zimmer kommt. Sie ist eine Einzelgängerin. Sie liebt Schach. Du kannst doch Schach spielen?"

Ian bejaht Maggies Frage mit stummen Nicken.

„Gut, dann kommst du mit mir. Ich werde sie dir vorstellen", freut sich die Pflegeleitung.

Sie meint doch nicht etwa Mrs. Hemingway? Die alte Dame ist eine Eigenbrötlerin, lacht nie, schließt sich von allem aus und tyrannisiert die Belegschaft. Mir schwant nichts Gutes. Ob das klappt?

„Dann bis später", sagt Ian zu mir und presst danach die Lippen fest aufeinander.

Ich sehe den beiden noch nach, bis sie aus meinem Blickfeld verschwinden, und gehe dann zuerst an den Tisch, an dem Mensch ärgere dich nicht gespielt wird.

*

Als ich das nächste Mal auf die Uhr sehe, ist es bereits kurz vor 18 Uhr. Es vergingen vier Stunden, in denen ich so oft wie noch nie beim Mensch ärgere dich nicht verlor. Von Ian ist weit und breit nichts zu sehen. Wie es ihm wohl mit Mrs. Hemingway ergeht?

Maggie betritt den Raum und beendet den Nachmittag mit den Worten: „Das Abendessen ist angerichtet."

Die alten Herrschaften packen in Windeseile die Spiele zusammen und machen sich auf den Weg in den Speisesaal. Manche mit einem Affenzahn, andere eher gemächlich.

„Wo ist denn I... Marcus?", frage ich die zufrieden aussehende Pflegeleitung. Mist! Fast hätte ich mich verquatscht.

„Der ist noch immer bei Mrs. Hemingway", teilt sie mir mit.

„Dann werde ich ihn abholen."

„Möchtest du dann gleich ihr Abendessen mitnehmen?"

„Sie isst nicht mal mehr mit den anderen?" Das wird ja immer schlimmer mit ihr.

Maggie schüttelt den Kopf. „Leider nein, wir haben schon alles versucht, aber sie grenzt sich total ab."

Nachdem ich mir in der Küche das Tablett für sie abholte, mache ich mich auf den Weg zu ihrem Zimmer.

Bereits kurz vorm Erreichen bleibe ich stehen. Sind das nicht ...? Ja! Ich nähere mich langsam der verschlossenen Tür, hinter der Gitarrenklänge hervor dringen. Und er singt! Ich drücke mit dem Ellenbogen die Klinke runter und stoße mit der Hüfte die Zimmertür auf.

Was ich dann zu Gesicht bekomme, lässt kribbelnde Blubberblasen gefüllt mit Endorphinen in mir aufsteigen. Ian sitzt singend und Gitarre spielend auf einem Stuhl in der rechten Ecke des Raums, während die rüstige Rentnerin, deren Alter ich nicht genau kenne, zur Melodie von Elvis

Presleys *Jailhouse Rock* tanzt. Ich fasse es nicht! Mrs. Hemingways Gesicht gleicht dabei dem eines ausgelassenen Teenagers. Ian schenkt mir keine Beachtung, sondern singt aus tiefster Kehle. Er macht das richtig gut.

Ich stelle das Tablett mit dem Abendessen auf den Tisch, der in der linken Ecke steht, und sehe, dass die Schachfiguren auf dem Brett in Reih und Glied in der Anfangsposition stehen.

Urplötzlich packt Mrs. Hemingway mich bei der Hand und zieht mich mit sich in die Mitte des Raums. Mit ihren grünen, glasigen Augen fordert sie mich mit strenger Miene dazu auf, mich mit ihr zu bewegen. Ian sieht mich so durchdringend an, dass mir das Blut in Adern gefriert.

„Lass die Hüften kreisen, Kind", appelliert die Rentnerin und gibt mir einen Klaps auf den Hintern.

Scham überkommt mich! Sie setzt ihren mir gut bekannten störrischen Blick auf. Automatisiert beginne ich nun doch, mich zu bewegen. Ihren Zorn will ich keinesfalls auf mich ziehen.

„Nicht so christlich", ermahnt sie mich.

Aus dem Augenwinkel sehe ich Ian breit grinsen. Ein weiterer Schamanfall überkommt mich. Doch als Mrs. Hemingway mich bei der Hüfte nimmt und diese stark hin und her dreht, löst sich der Knoten in meinen Extremitäten. Ich schließe die Augen und lasse mich von der Musik treiben.

Ian spielt noch drei weitere Elvis-Songs, ehe er die flache Hand auf die Saiten der Gitarre legt und sie so zum Verstummen bringt. Mrs. Hemingway klatscht Applaus und setzt sich auf ihr Bett. Mir rinnen kleine Schweißperlen über die Stirn und den Nacken. Völlig außer Puste stütze ich mich auf den Oberschenkeln ab, beuge den Oberkörper nach vorne und atme mehrmals tief durch.

„Du kannst ja richtig aus dir rausgehen", erklingt Ians Stimme plötzlich neben mir.

„Und du hast Talent", erkenne ich immer noch atemlos an.

„Das bemerkst du erst jetzt?"

Ich richte mich auf und lege die Hand auf mein wild pochendes Herz. „Allerdings. Das, was ihr da in der Band von euch gebt, ist doch keine Musik."

„Band? Welche Band?", fragt Mrs. Hemingway neugierig. Sie kann nicht nur gut tanzen, sondern hat für ihr Alter auch noch ausgesprochen gute Ohren.

„Ich habe Ihnen das Abendessen mitgebracht", lenke ich ab und deute auf das Tablett.

Sie sieht hinüber zum Tisch und kraust die Nase. „Wisst ihr was? Heute werde ich mein Essen im Speisesaal einnehmen", sagt sie und hakt sich bei Ian ein. „Und du bringst mich hin."

Ian schenkt ihr ein aufrichtiges Lächeln. „Natürlich begleite ich Sie noch, Mrs. Hemingway."

Völlig verdattert über das gerade Geschehene folge ich den beiden.

Als wir den Speisesaal betreten und wir entdeckt werden, herrscht für einen Moment Stille im Raum. Sie scheinen alle genauso perplex zu sein wie ich. Nach einer Weile steht ein adretter Mann auf, der einen grauen Anzug trägt, fährt sich einmal durchs silberfarbene, volle, kurze Haar und geht auf Mrs. Hemingway zu. Die lässt von Ian ab und sieht den Mann abwartend an.

„Kannst du mir noch einmal verzeihen, meine Liebe?", fragt er sie und nimmt ihre Hand.

Die sonst so rabiate Dame neigt den Kopf leicht nach unten und nickt. Die beiden hatten also Streit. Ist sie deshalb nicht mehr aus ihrem Zimmer gekommen?

„Ich habe Elsa wirklich nicht auf den Hintern gesehen. Das musst du mir glauben. Du bist doch die Einzige für mich", entschuldigt er sich reumütig.

Eifersucht! Liebeskummer kennt kein Alter! Die Arme! Sie verkroch sich also wegen dieses Unholds in ihrem Zimmer.

„Männer", zische ich leise.

Ian dreht sich zu mir um. „Es war auch ein Mann, der sie wieder aus ihrem Gefängnis der Trauer befreite."

„Es war aber auch ein Mann, der sie da hinein manövrierte", merke ich an.

Mrs. Hemingway wendet sich an Ian. „Vielen Dank, und ich hoffe, wir sehen uns einmal wieder."

Ian lächelt. „Das hoffe ich auch." Seine Worte klingen ehrlich. Ihm hat es also wirklich gefallen.

Plötzlich kommt eine erstaunt dreinblickende Maggie auf uns zu. „Wie habt ihr das nur geschafft?"

Ich deute auf Ian. „Er war es!"

Er zuckt die Achseln. „Ihr hat nur ein wenig der Schwung in der Hüfte gefehlt. Mrs. Hemingway ist cool."

„Findest du?", fragt Maggie ungläubig.

Ian deutet an ihr vorbei auf den Tisch, an dem Mrs. Hemmingway sitzt und schallend lacht. „Ja, finde ich."

„Vielen Dank für was auch immer du getan hast."

„Nicht der Rede wert. Es hat mir großen Spaß gemacht", erklärt Ian und reicht Maggie die Hand.

„Ich hoffe, ich sehe euch mal wieder. Ihr zwei seid ein tolles Paar."

Nachdem auch ich mich von ihr verabschiedete, verlassen wir das Altersheim.

„Paar, dass ich nicht lache", murmele ich vor mich hin, während ich in den Wagen steige.

„Du warst gerade dabei, mir sympathisch zu werden, aber dieser Satz ..." Ian schüttelt den Kopf und setzt sich auf den Beifahrersitz.

„So war das doch nicht gemeint", rechtfertige ich mich. Der ist aber empfindlich!

„Ach ja? Wie denn dann?", hakt er nach.

Ich drehe den Kopf in seine Richtung und deute zwischen uns hin und her. „Ach komm, du weißt doch genau, wie ich das gemeint habe. Du, der Rockstar, und ich, die ..." Ich beende den Satz vorzeitig und starte den Wagen.

„Und du die was?", hakt er nach.

„Und ich die Frau, die einmal Pastorin werden will und so gar kein Interesse an Männern hat ... zumindest vorerst."

Ian neigt den Oberkörper in meine Richtung. „Du hast wirklich überhaupt kein Interesse an Männern?"

„Also, schon ... irgendwann ... Ich möchte später einmal heiraten und Kinder bekommen. So wie meine Eltern eben", stammele ich.

Ian lehnt sich zurück, stellt den rechten Fuß aufs Armaturenbrett und sieht aus der Frontscheibe. „Deine Eltern sind also deine Vorbilder."

„Natürlich, wieso?"

„Ach, nichts, lass uns fahren", beendet er das Gespräch und schließt die Augen. Merkwürdig!

Zu Hause parke ich den Wagen in der Einfahrt und stupse Ian vorsichtig an der Schulter an. „Wir sind da."

Verschlafen reibt er sich die Augen. „Der Tag war echt schön, aber anstrengend. Ich hau mich aufs Ohr", sagt er und steigt aus, ohne mich noch einmal direkt anzusehen.

Gerade als ich ihm ins Haus folgen will, sehe ich meinen Vater auf der Veranda der Lips, wie er sich angeregt mit Jutta unterhält. Ich beschließe, den beiden einen kurzen Besuch abzustatten, und laufe schnellen Schrittes über die Straße.

„Und du hast die beiden wirklich zusammen losgeschickt?", höre ich Juttas entrüstete Stimme, als ich mich ihnen nähere.

Mein Vater will ihr gerade antworten, als sie den Zeigefinger auf ihre Lippen legt, woraufhin er verstummt.

Er dreht sich um. Ertappt sieht er mich an. „Hallo Engel", begrüßt er mich und zwingt sich ein Lächeln auf die Lippen.

„Über wen habt ihr gesprochen?", gehe ich in die Offensive.

Jutta winkt übertrieben ab. „Ach, nur über die ..."

„Die Ellistors. Völlig uninteressant für dich", fällt mein Vater ihr ins Wort.

Von wegen! Diese Lügenbolde.

„Und wie war dein Tag im Altenheim?", wechselt Jutta das Thema.

„Super! Es war richtig toll. Weißt du, was Ian geschafft hat?"

Beide sehen mich abwartend an.

„Er hat Mrs. Hemingway aufgetaut. Sie hat gelacht und ... ach, es war einfach klasse, wie er mit ihr umgegangen ist", schwärme ich.

„Wie hat er denn das geschafft?" Mein Vater kratzt sich am Kopf.

„Mit Musik. Er hat ihr Elvis-Songs vorgespielt, und die alte Dame ist abgegangen wie Schmitz Katze, das kann ich euch sagen", freue ich mich.

Jutta und mein Dad werfen sich verstohlene Blicke zu.

„Er kann also gut mit Menschen", merkt unsere Nachbarin an.

„Ja, das kann er, und wie und ..."

„Willst du nicht schon mal rüber gehen und Mum Bescheid geben, dass ich sofort komme? Sie wartet sicher schon mit dem Abendessen auf uns. Ich muss nur noch schnell etwas mit Jutta besprechen", unterbricht mein Vater meine Erzählung.

„Ja, genau wegen der ..." Jutta bewegt ihren Zeigefinger kreisförmig vor sich. „... der Ellistors."

„Mach ich, Dad", folge ich seiner Bitte. Ich verabschiede mich von unserer Nachbarin und gehe.

„Das hat er bestimmt geerbt", höre ich Jutta noch leise flüstern, ehe ich die Straßenseite wechsele.

Die beiden verheimlichen etwas. Das ist mir nun so klar wie Kloßbrühe. Nur was?

## Zwölf

Dass Dad unserem Ritual den Rücken kehrt, da er etwas Wichtiges zu tun hat, jedoch keinem sagt, um was es geht, wirft eine weitere Perle gefüllt mit Unwissenheit in meine Blutbahn. Mum sitzt wie ein begossener Pudel am Tisch und rührt gedankenversunken in ihrem Kaffee und das schon seit geschlagenen fünf Minuten. Zoey hingegen beißt genüsslich in ein Erdnussbuttersandwich und grinst zufrieden vor sich hin. Ians Mimik weist keinerlei Stimmungslage auf.

Ich lege eine Hand auf den Unterarm meiner Mutter. „Mum, geht es dir gut?"

Sie blickt zu mir und schenkt mir ein zögerliches Lächeln. „Alles in Ordnung."

Den Rest des Frühstücks verbringen wir schweigend.

Gerade als wir dabei sind, den Tisch abzuräumen, betritt mein Vater das Esszimmer. Er geht auf meine Mutter zu, nimmt sie in den Arm und küsst ihre Stirn. Ihre fragenden Blicke übergeht er und wendet sich stattdessen an Ian. „Virginia wird heute das Essen auf Rädern ausfahren, und du kommst mit mir."

„Ich würde aber sehr gern mit Virginia das Essen ausfahren", entgegnet Ian entschlossen.

„Er hat sich gestern im Altenheim wirklich gut geschlagen. Ich denke, ihm liegt der Umgang mit Menschen viel mehr, als die Kirche für den morgigen Sonntagsgottesdienst herzurichten", unterstütze ich ihn.

Mein Vater räuspert sich und zerrt an seinem Krawattenknoten.

Zoey, die gerade aus der Küche zurückkehrt, mischt sich dazwischen. „Nun lass ihn doch mit Virginia fahren, Dad."

„Charles, ich finde, die Kinder haben recht." Meine Mutter haucht ihm ein Küsschen auf die Wange. „Du wolltest, dass Virginia sich um ihn kümmert.

Ich verstehe gar nicht, warum das jetzt nicht mehr so sein sollte."

Die Frage meiner Mutter halte ich für berechtigt. Auf Dads Antwort bin ich nun mehr als gespannt. Vielleicht klärt sich dann endlich auf, was das hier alles soll.

Mein Vater wirft einen Blick in die Runde, fährt sich dabei durchs Haar und schluckt hörbar. „Ihr habt natürlich recht. Es war nur so eine Idee. Ian war ja schon mal mit mir unterwegs, und ich dachte, ich gönne Virginia ein wenig Auszeit."

„Ich nehme ihn gern mit, das habe ich doch gesagt. Ich brauche keine Auszeit", erkläre ich.

„War ja auch nur so eine Idee", wiederholt er sich und wirkt dabei sehr gestresst.

„Keine Sorge, Dad, ich habe alles im Griff."

„Das weiß ich doch, mein Engel."

„Wollen wir?" Ich zupfe Ian am Shirtärmel, da er abwesend an die Wand starrt.

„Ja, natürlich, ich muss nur noch mein Cap und die Brille holen", sagt er und verlässt den Raum.

„Dann bis später", verabschiede ich mich von meiner Familie und gehe zum Auto.

Als Ian das Haus verlässt und mit seinem Basecap und der dunklen Brille auf den Wagen zukommt und einsteigt, fällt mir auf, dass er damit gleich wieder viel unsympathischer wirkt.

„Ohne gefällst du mir besser", platzt es unaufhaltsam aus mir heraus.

Er nimmt die Brille ab. Das Blau in seinen Augen funkelt. „War das gerade ein Kompliment?"

„Ich weiß nicht? Siehst du das so?", frage ich etwas verlegen.

Ian grinst verschmitzt. „Als du mich vorhin vor deinem Vater gerettet hast, wirkte das so auf mich, als ob du gern Zeit mit mir verbringen willst."

„Du bist schon leicht überheblich, oder?", frage ich.

Er verzieht das Gesicht. „Und du verstehst heute wohl mal wieder keinen Spaß", sagt er und setzt sich die Brille wieder auf die Nase.

Ob das wirklich nur Spaß war, wage ich zu bezweifeln, lasse den Satz aber unkommentiert und starte den Wagen.

Während wir auf dem Weg zu Elli sind, um die fertig verpackten Essensportionen zu holen, grübele ich darüber nach, ob ich mich Ian gegenüber womöglich zu freizügig verhalte und ihm irgendwelche Signale sende, die ihn dazu veranlassen, zu glauben, ich würde auf ihn abfahren.

Oder bildet er sich das gar nicht ein und ich ...? Nein! Ich verwerfe kopfschüttelnd den Gedanken der Unzucht. Soweit kommt es noch! Bis gestern konnte ich ihn noch nicht einmal leiden, und nur ein kurzer Blick auf sein knackiges, wohlgeformtes Hinterteil vernebelt mir so die Sinne? Er muss vom Teufel geschickt worden sein! Ich fühle mich wie Eva im Paradies, und er ist die Schlange, die mich zwingen will, von der verbotenen Frucht zu kosten. Mir jagt es einen eiskalten Schauer über den Rücken, der mir augenblicklich sämtliche Haare aufstellt. Ich muss mich schütteln.

„Was ist denn mit dir los?", erkundigt sich Ian mit besorgter Stimme.

Wenn ich ihm sage, dass ich ihn für die Schlange im Garten Eden halte, hält er mich sicher für total bekloppt. „Ich ... mir war nur eben ... kalt."

Ian zeigt auf das Armaturenbrett. „Es sind 30 Grad."

„Dann werde ich wohl krank."

Er legt die Hand vorsichtig auf meine Stirn. Diese Berührung lässt mich ein weiteres Mal erschaudern. „Also, Fieber hast du noch nicht."

„Kommt bestimmt noch", murmele ich und lenke den Wagen in Ellis Hinterhof. „Hier holen wir das Essen ab", teile ich ihm mit.

„Du kannst auch sitzen bleiben, sag mir nur, wo ich genau hin muss." Er nimmt die Brille ab und sieht mich besorgt an.

„Nein, ist schon gut, so schlimm ist es nicht." Ich steige aus und hole die schwarze Transportbox aus dem Kofferraum.

Ian greift mir dazwischen. „Warte, die nehme ich." Als sich unsere Hände berühren, spüre ich ein warmes Kribbeln in den Fingern. Dieses mir bisher unbekannte Gefühl zaubert Gänsehaut auf meine Arme.

„Du frierst ja wirklich", kommentiert er das.

„Nun komm schon. Elli wartet", übergehe ich seine Sorge. Wieso nur habe ich meinen eigenen Körper nicht mehr unter Kontrolle? Zähneknirschend gehe ich voraus.

Nachdem wir die zu liefernden Essensportionen abholen, fahre ich die erste Lieferadresse an.

„Und Elli macht das täglich?", will Ian wissen.

„Ja, und das schon seit über zehn Jahren."

Die Frau eines ehemaligen Feuerwehrmannes kocht für einige Gemeindemitglieder, die es aus den verschiedensten Gründen nicht selbst schaffen. Mein Vater kümmert sich um die Auslieferung, da Elli keinen Führerschein besitzt und ihr Mann seit einem Unfall an den Rollstuhl gefesselt ist.

„Ihr habt eine tolle Gemeinschaft hier in Preston", stellt Ian fest.

„Ja, das haben wir."

„Und wen beliefern wir zuerst?"

Ian scheint ernsthaftes Interesse zu haben. Das fasziniert mich, zumal ich ihn bis gestern völlig anders eingeschätzt habe. Wie man sich doch täuschen kann! Mir kommt der Einsatz in Mrs. Hemingways Zimmer wieder in den Sinn. Wie sie tanzte, sich frei fühlte und einfach nur glücklich war. Das hat er toll hinbekommen. Wenn ich allerdings an mein hilflos wirkendes Hüftgewackel zurückdenke, wird mir leicht flau im Magen. Ein wenig peinlich war das schon.

„Was grinst du denn so?", entreißt Ian mich der Tagträumerei, und erst jetzt bemerke ich, dass ich bis über beide Ohren strahle.

„Ich musste gerade an gestern denken. Mrs. Hemingway hat eine flotte Sohle aufs Parkett gelegt", schmunzele ich.

„Die hat noch Feuer im Hintern", lacht er. „Und du zumindest ein kleines Flämmchen", fügt er noch frech feixend an.

„Soll das ein Kompliment sein?", äffe ich ihn von vorhin nach.

Er knirscht hörbar mit den Zähnen und schüttelt dann übertrieben den Kopf. „Nein!"

„Gut, dann sind wir uns ja einig."

„Bei was?"

Ich parke das Auto in der Einfahrt der Camdens und steige aus. „Das sag ich dir später, jetzt verteilen wir erst einmal das Essen."

Ian folgt mir wortlos. Ich klingele, und der fünfjährige Sohn der Familie öffnet die Tür.

„Hallo Virginia", freut er sich und klammert sich an mein Bein. „Mum liegt oben, sie kann heute gar nicht aufstehen", teilt er mir geknickt mit.

„Ich werde mal nach ihr sehen, und du kannst meinem Helfer in der Zwischenzeit eure Küche zeigen."

Er lässt von mir ab, stemmt die Hände in die Hüften und sieht zu Ian nach oben. „Und wer bist du? Und wieso trägst du im Haus eine Brille? Und …"

„Ich bin Marcus und wer bist du?" Ian ballt die rechte Hand zu einer Faust und hält sie ihm hin.

Auf das kleine Kindergesicht wandert ein Lächeln. „Ich bin Steven", stellt er sich vor und klatscht sich mit Ian ab.

„Ich sehe, ihr zwei versteht euch", freue ich mich und wuschele dem kleinen, süßen Knopf über den blonden Lockenkopf, was der mit einem mürrischen Blick kommentiert.

„Das ist uncool, was du machst. Man wuschelt Männern nicht durchs Haar", flüstert Ian mir zu.

Er muss es ja wissen! Klein-Steven zeigt ihm einen Like-Daumen und führt ihn in die Küche.

Während sich Ian um den kleinen-großen Mann kümmert, gehe ich ins obere Stockwerk, um nach seiner hochschwangeren Mutter zu sehen.

\*

Nach einer halben Stunde kehre ich beruhigt zu den beiden zurück, da es Mrs. Camden doch nicht so schlecht geht wie zuerst angenommen, und mein Herz fängt auf der Stelle Feuer, als ich Ian und Steven zusammen auf dem Fußboden kauern und gemeinsam Autorennbahn spielen sehe. Der sonst so coole Rockstar gibt Autogeräusche von sich und scheint sich sichtlich wohl in seiner Rolle als Kinderanimateur zu fühlen. Steven wirkt ebenfalls völlig gelöst.

Es dauert eine ganze Weile, bis die beiden mich entdecken.

„Wie geht es ihr?", fragt Ian, ohne das Spiel zu unterbrechen.

„Soweit ganz gut. Ich unterbreche euch nur ungern, aber wir müssen wirklich weiter.."

Steven zieht einen Schmollmund. „Schade!"

„Deine Mum sagt, dein Dad ist in einer halben Stunde da. Bestimmt spielt er mit dir weiter."

Ian steht auf und hält dem kleinen, bockig guckenden Mann die Faust hin. „Du hast es eindeutig besser drauf als ich." Mit dieser Aussage zaubert er ein Lächeln auf die Lippen seines Gegenübers.

Steven grinst frech. „Ich hab dich voll abgezockt."

„Und wie!" Ian nickt.

„Kommst du mal wieder?" Der kleine Kerl klammert sich an Ians Bein.

Er klopft ihm freundschaftlich auf die Schulter. „Na klar", verspricht er ihm.

Steven grinst ihn zufrieden an und begleitet uns bis zur Haustür.

Zwei Stunden später haben wir unsere Runde beendet. Ich parke den Familienwagen in der Einfahrt, stelle den Motor ab und sehe zu Ian. „Du kannst nicht nur gut mit alten Menschen, sondern auch mit Kindern."

„Hast du wohl nicht erwartet", murmelt er, nimmt die Kopfbedeckung ab, zieht den Gummi aus den Haaren und lockert sie mit gespreizten Fingern auf.

„Ehrlich gesagt nicht", gebe ich zu.

„Es gibt so vieles, was du noch nicht von mir weißt."

Dass ich nach dieser Aussage noch mehr von der Neugier getrieben bin, was seine Person betrifft, behalte ich lieber für mich.

„Du hast das heute ganz toll gemacht", zolle ich ihm meine Bewunderung und hoffe, dass sich es nicht wieder wie ein Kompliment anhört. Denn eines will ich ganz sicher nicht: Ihm Hoffnungen machen ... auf was auch immer.

Ich weiß ja noch nicht einmal, wie der Kerl tickt. Vielleicht hat er Spaß daran, mich aus der Reserve zu locken, und es ist eine Art Spiel von ihm, zu gucken, wie weit ich gehen würde. Was sollte dieser Rockstar, der sicher seine Frauengeschichten nicht mal mehr an beiden Händen abzählen kann, auch schon mit mir? Die völlig unerfahrene Pastorentochter, die so viel Ahnung von der Liebe hat wie ein Hund vom Käsekuchen backen. Niemals! Oder fühlt er sich körperlich zu mir hingezogen, weil ich für ihn die pure Unberührtheit ausstrahle? Das würde dem Ganzen noch die Krone aufsetzen. Allein schon, dass ich mir darüber Gedanken mache, lässt mich an mir selbst zweifeln.

Ich muss ihm schleunigst klarmachen, dass ich ihn zwar nett finde und es mir mittlerweile nichts mehr ausmacht, ihn um mich zu haben, aber für mich etwas, was darüber hinausgeht, niemals in die Tüte kommt.

Gerade als ich Luft hole, um ihm die Sachlage zwischen uns zu erklären, legt er seine Hand auf meine, die sich am Schaltknüppel festkrallt.

„Du bist mir noch eine Antwort schuldig", raunt er mir mit dunkler Stimme zu.

An der Stelle, an der sich unsere Körper miteinander verbinden, entsteht ein kribbelndes Gefühl. Es fühlt sich an, als hätte man mir Brausepulver in die Blutbahn gekippt. Die Nackenhaare stellen sich auf und die kleinen, feinen, blonden Härchen auf den Armen stehen aufrecht Spalier.

„Ich ... versteh nicht", stammele ich und spüre bereits jetzt, wie meine Zunge lahmt.

„Du hast mir vorhin gesagt, wir sind uns einig. Bei was sind wir uns einig?"

Als er mit dem Daumen sanft über meinen Handrücken streicht, erschaudere ich. Nicht schon wieder!

Ein fetter, klebriger Kloß im Hals macht mir das Atmen schwer. Mit aller Gewalt versuche ich, ihn hinunterzuschlucken, aber es gelingt mir nicht. Meine Wangen beginnen zu glühen. Gott, wie peinlich!

„Ich meinte ... dass wir nichts voneinander wollen", flüstere ich und senke verlegen den Blick.

Ian legt einen Finger unter mein Kinn und hebt es an. „Sieh mich an", fordert er in einer Stimmlage, die mich fast ohnmächtig werden lässt.

Ich komme seiner Bitte zaghaft nach. Als sich unsere Blicke treffen, erkenne ich, wie sich das kühle Blau in seiner Iris zu einem hellen Türkis wandelt, das in der Sonne glänzt.

„Und was macht dich deiner Annahme so sicher?", fragt er mit gedämpfter Stimme.

„Ich ... ähm ... ich glaube, ich bekomme jetzt Fieber", ziehe ich mich aus der Affäre, denn diese Frage kann ich ihm nicht beantworten. Mein Kreislauf spielt verrückt, vor meinen Augen verschwimmt alles.

Ian lässt von mir ab, steigt in Windeseile aus, hechtet um den Wagen herum und reißt die Fahrertür auf. „Komm, ich bring dich rein."

Ich stütze mich auf ihm ab und lasse mich ins Haus führen. Meine Knie, die weicher als Wackelpudding sind, bieten mir keinen festen Stand.

„Virginia, was ist denn mit dir passiert?", erklingt die besorgt klingende Stimme meiner Mutter im Flur.

„Ich glaube, sie wird krank", erklärt Ian ihr und übergibt meinen schlackrigen Leib an sie.

Sie greift mir an die Stirn. „Du bist ja ganz heiß. Ich bring dich jetzt sofort ins Bett."

„Gute Besserung", ruft Ian mir noch nach, als meine Mutter mir die Treppe hinauf hilft.

Ein leises „Danke" quäle ich mir noch über die Lippen, ehe etwas meinen Hals komplett abschnürt.

Nachdem meine Mutter mich ins Bett hievt, deckt sie mich zu und haucht mir ein Küsschen auf die Stirn. „Ich schick gleich Zoey mit dem Fieberthermometer und einer Tasse Tee zu dir", sagt sie und verlässt mein Zimmer.

Meine Gefühle fahren Achterbahn. Wie kann es sein, dass ein Mann meinen Stoffwechsel so durcheinander bringt? Der Wille, ihm zu sagen, dass eine Liaison mit ihm, auf welche Art und Weise auch immer, für mich niemals infrage käme, war da, doch mein Fleisch war schwächer als schwach. Noch während ich darüber nachsinne, weshalb er mich so aus der Fassung bringt, sobald er mich berührt, platzt Zoey ins Zimmer.

„Schwesterherz, was machst du denn für Sachen?" Sie stellt eine dampfende Tasse auf den Nachttisch und steckt mir das Ohrthermometer tief in den Gehörgang.

Nachdem es piepste, nimmt sie es wieder an sich, sieht aufs Display und runzelt die Stirn. „36,5 ... Fieber hast du keins und doch bist du knallrot im Gesicht." Zoey legt das Thermometer zur Seite und setzt sich zu mir. „Okay, vor was willst du dich drücken und was regt dich so auf, dass du so aussiehst?"

„Wie kommst du darauf, dass ich mich vor etwas drücken will?"

„Ich sag nur Allergie", feixt sie.

„Das war ja wohl deine Schuld", knurre ich und setze mich im Bett auf.

Sie zuckt die Schultern. „Es war eine Ausrede, und was ist das jetzt?"

„Sonnenstich", murmele ich.

Meine Schwester tippt sich mit dem Zeigefinger gegen die Stirn. „Willst du mich veräppeln? Beim Essen Ausfahren?" Sie blickt für einen Moment grübelnd aus dem Fenster.

„Ich fühl mich einfach nur schlapp und der Kreislauf spielt verrückt, mehr ist das nicht. Ich muss mich nur kurz ausruhen, dann geht es wieder."

Zoey steht auf und geht zur Tür. „Wenn du meinst." Im Rahmen hält sie inne und dreht sich wieder zu mir um. „Wie war es eigentlich mit Ian? Hattest du vielleicht mit ihm Streit?"

Entweder hat meine kleine Schwester eine besondere Begabung, den Nagel auf den Kopf zu treffen, oder aber ich bin so leicht durchschaubar. Wieso nur besitze ich diese Fähigkeit nicht? Diese ganze Heimlichtuerei um mich herum entzieht mir auch eine Menge Kraft.

„Ian hat es super gefallen. Weißt du, was er gemacht hat? Er hat mit Steven Autorennbahn gespielt. Das war ein Bild für Götter. Die beiden auf dem Boden und ...", schwärme ich.

Zoey schließt die Tür hinter sich und kommt mit erhobenem Kinn auf mich zu. „Moment! Willst du mir etwa sagen, du magst ihn?", unterbricht sie mich.

„Was? Nein!", wehre ich mich lautstark. „Ich wollte dir nur erzählen ..."

Auf das verdutzte Gesicht meiner Schwester wandert ein schelmisches Grinsen. „Ich fasse es nicht ... du bist in ihn verknallt!"

„Wie kommst du denn auf so einen Schwachsinn?", entrüste ich mich und merke, wie mir ein neuer Schwall Röte ins Gesicht schießt.

„Und ob. Wenn du dich selbst sehen könntest. Sogar deine Ohrspitzen glühen", lacht sie, verstummt aber sofort wieder, da unser Vater ohne anzuklopfen das Zimmer betritt.

„Was ist denn bei euch los? Hier klingt es ja sehr lustig."

„Ich wollte nur ... Virginia aufmuntern, da sie ... krank ist", teilt Zoey ihm mit und wackelt dabei übertrieben mit den Augenbrauen.

„Alles halb so wild. Ich bin bald wieder fit. Mir hat wohl nur die Sonne nicht so gutgetan."

„Dann brauchst du kein fiebersenkendes Mittel? Deine Mutter will mich nämlich zur Apotheke schicken."

„Nicht nötig, Dad."

Er kommt auf mich zu und streicht mir über den Kopf. „Gut, dann ruh dich aus, und Zoey, dich brauche ich noch in der Kirche, kommst du?"

„Ay, ay, Kapitän, Sir, Dad, Pastor Charles Olden", salutiert sie vor ihm.

Teenies haben einen echt merkwürdigen Humor!

Ehe sie das Zimmer verlässt, wirft noch einen letzten Blick in meine Richtung. „Von wegen ... die Sonne", feixt sie und zwinkert mir zu.

Nachdem ich endlich wieder meine Ruhe habe, lege ich mich hin, schließe die Augen und versuche, den Notstopp für meine Gefühlsachterbahn zu finden.

# Dreizehn

Die heutige Predigt meines Vaters nehme ich nur am Rande wahr, viel zu sehr kreisen meine Gedanken um meine eigene Gefühlswelt. Ob hier der richtige Ort ist, um darüber nachzudenken, wage ich zwar zu bezweifeln, doch ich kann nicht anders.

Die halbe Nacht lag ich wach, und es bereitet mir innere Schmerzen, dass ich meinen Eltern ein zweites Mal eine erfundene Krankheit auftischte. Wo soll das nur noch alles enden? Ich bekomme langsam, aber sicher den Eindruck, dass im Hause Olden der Gott der Lügen Einzug gehalten hat. Jeder hat etwas zu verheimlichen. Selbst unser Gast, und sogar auf unsere Nachbarn griff dieser Virus bereits über. Die heile Welt Prestons ist aufs Derbste gefährdet. Wie konnte es nur soweit kommen? Der Strudel der Unwahrheiten zieht auch mich immer tiefer in seine Abgründe, und ich kann nichts dagegen tun. Oder doch?

Heute sitze ich wieder zwischen meinen Lieben in der ersten Reihe. Ian braucht keinen Babysitter. Er wird weder abhauen, noch Dummheiten machen, so viel steht fest. Ich werfe einen Blick über die Schulter. Er sitzt auf der letzten Bank, sein Kopf ist gesenkt. Sicher spielt er mit seinem Handy oder hält ein Nickerchen. So sehr er im Altenheim und am gestrigen Tag aufblühte, umso gelangweilter wirkt er heute wieder. Die Kirche und der Glaube sind eben nicht jedermanns Sache. Man kann niemanden zwingen. Zoey ist da vom gleichen Kaliber, und mit Druck erreicht man rein gar nichts. Entweder sie finden irgendwann allein dazu oder eben nicht.

„Bitte erhebt euch zum Schlussgebet", hallt die dunkle Stimme meines Vaters durch den Raum.

Wenn er mich heute nach der Predigt fragt, wie sie mir gefiel, werde ich wohl oder übel zugeben müssen, dass ich ihr nicht folgte. Es muss Schluss sein mit den Lügen und Ausreden. Ich will besser als die anderen sein.

Ich fasse den Entschluss, Ian noch heute zu sagen, dass ich mich auf Irrwegen befand und es mir leidtut, falls ich ihm irreführende Signale sandte. Das war niemals meine Absicht, und sollte er wissen wollen warum, kann ich ihm darauf nicht einmal eine Antwort geben.

Was fasziniert mich an einem Typ, der ein verurteilter Drogendealer und Rockstar ist? Das Aussehen? Nein! Auf so etwas achte ich nicht. Die Arroganz und die Beleidigungen, die er mir anfangs entgegen brachte, können es auch kaum sein. Das Einzige, was mich an ihm fasziniert, ist seine Wandelbarkeit. Es ist, als ob zwei Ians in ihm stecken. Ein rebellischer, rockiger Kerl und ein sanftmütiger, liebevoller Typ. Doch mit keinem von beiden könnte ich mir etwas vorstellen. Mein Herz gaukelt mir Dinge vor, die nicht real sind und es auch niemals sein werden. Ich verlor in seiner Gegenwart meinen vorbestimmten Weg aus den Augen, und das muss ich schleunigst wieder ändern.

Als sich die Gemeindemitglieder langsam in Richtung Ausgang bewegen, beschließe ich, meiner Mutter durch den Hinterausgang zu folgen und ihr beim Auftischen des Essens zu helfen.

Auf der Hauptstraße hole ich sie ein. „Mum, warte, ich komme gleich mit dir mit", rufe ich atemlos.

Sie bleibt stehen und streckt den Arm nach mir aus. „Das ist schön."

Ich greife nach ihrer Hand, und gemeinsam schlendern wir nach Hause.

In der Küche brutzelt bereits der Sonntagbraten im Ofen und duftet herrlich. Meine Mutter wirft Kartoffelknödel ins kochende Wasser. Das deutsche Rezept bekam sie von Jutta, und es wurde schon nach dem ersten Bissen zu unserer Leibspeise.

Ich gebe ein wenig Butter an die gekochten Erbsen und schwenke sie darin. „Wie geht es dir, Mum?"

Sie formt den letzten Knödel und sieht zu mir. „Mir geht es hervorragend, mein Engel, und wie geht es dir?"

„Alles okay soweit."

Sie wäscht sich die Hände, trocknet sie ab und nimmt mich in den Arm. „Du hast dir deine Semesterferien sicher anders vorgestellt, aber ich finde, du machst das toll mit Ian."

Ich drücke sie fest an mich und genieße für einen Moment wortlos ihre Nähe.

„Bedrückt dich etwas?", haucht sie mir gegens Haar.

Ich nehme all meinen Mut zusammen, löse mich von ihr und stelle ihr die Frage der Fragen: „Mum, findest du nicht, dass sich hier alle merkwürdig verhalten?"

Die Falten, die sich auf ihrer Stirn bilden, zeigen mir sofort, dass sie mir nicht folgen kann. „Wie meinst du das?"

„Zoey und Dad und Ian und sogar Jutta und Heinz. Mir kommt es so vor, als ob sie alle etwas verbergen."

Meine Mutter wirft einen prüfenden Blick in den Kochtopf und wendet sich dann wieder mir zu. „Ich finde, dass sie sich alle wie eh und je verhalten. Deine Schwester ist ein rebellischer Teenie, dein Vater ist wie immer schwer beschäftigt, Ian hat sich hier wunderbar eingelebt und fügt sich meiner Meinung sogar ziemlich gut. Ich denke, er nimmt seine Strafe an. Und Jutta und Heinz-Jörg? Ich weiß nicht, ich habe in letzter Zeit leider wenig mit ihnen gesprochen. Kannst du mir ein Beispiel für deine Annahme nennen?", hakt sie irritiert nach.

Ihr jetzt die ganzen Dinge zu erklären, würde wohl den Rahmen sprengen, und ich bin mir auch nicht sicher, ob das gut wäre, denn mir scheint, als wisse meine Mutter tatsächlich von nichts und bemerkte die kuriosen Verhaltensweisen nicht.

Ich schüttele den Kopf. „Nicht so richtig. Vielleicht bilde ich mir das auch alles nur ein."

Auf ihre Lippen legt sich ein sanftmütiges Lächeln. Sie streicht mir zärtlich mit dem Daumen über die Wange. „Vielleicht ist es nur dein schlechtes Gewissen, das dich noch immer verfolgt."

„Meinst du?"

„Engel, ich kenne dich. Du hast dir schon immer alles sehr zu Herzen genommen. Für deinen - wie nenne ich es am besten? - Ausrutscher bezahlst du schon genug. Löse dich von deinen schlechten Gedanken, du peinigst dich damit nur selbst. Es war doch alles halb so schlimm."

Ob meine Mutter recht hat und ich tatsächlich nur unter Verfolgungswahn leide?

„Hier duftet es aber schon köstlich", ertönt die vorfreudige Stimme meines Vaters aus dem Esszimmer.

„Vermutlich hast du recht." Ich drücke mich noch einmal fest an sie und serviere dann das Essen.

Nach dem festlichen Mahl beschlossen meine Eltern, einen ausgedehnten Spaziergang durch Preston zu machen, und Zoey wollte zu meiner Verwunderung mit ihnen gehen, worüber sie sich beide sehr freuten. Ich wollte ihnen ein paar Augenblicke nur zu dritt gönnen und beschloss daher, zu Hause zu bleiben und in der Zwischenzeit in der Küche klar Schiff zu machen.

Ian verzog sich auf sein Zimmer und schläft jetzt vermutlich den Schlaf der Gerechten. Seitdem er gestern aus dem Wagen stieg, sprach er nur wenige belanglose Worte mit mir. Bestimmt ist ihm die gestrige Situation zwischen uns genauso unangenehm wie mir. Vielleicht sollte ich es doch besser einfach dabei belassen, eigentlich ist doch schon alles gesagt, fast alles.

Gerade als ich das Geschirr in die Spülmaschine räume, vernehme ich sanfte Gitarrenklänge aus dem Garten. Ich richte mich auf und sehe aus dem Fenster. Ian sitzt auf der Bank neben dem Beet und klimpert leise auf einer braunen Akustik Gitarre. Wo hat er die denn her? Er ist über das Instrument gebeugt, sein Gesicht kann ich nicht sehen.

Eine Zeit lang lausche ich den harmonischen Klängen und ertappe mich erneut dabei, wie ich ihn anstarre. Seine dunkelblaue Jeans, das weiße Shirt und die graue Mütze, die nicht rund, sondern leicht schlauchförmig ist, stehen ihm wirklich ausgesprochen gut.

Ich presse die Zahnreihen aufeinander. Das muss aufhören! Ich verfluche den wild schlagenden Muskel in meiner Brust und versuche, ihn mit meinem Willen zu kontrollieren. Was, wenn wir morgen wieder in eine verfängliche Situation geraten? Was mache ich dann?

Ich atme mehrmals tief durch und entschließe mich dazu, die Chance beim Schopfe zu packen und mit ihm in Ruhe zu sprechen. Es ist doch besser, wenn zwischen uns alles geklärt ist.

Als ich die Terrassentür öffne und den ersten Fuß auf den frisch gemähten Rasen setze, zupft Ian die ersten Töne des Welthits *Hallelujah*. Ich verharre in meiner Bewegung. Mich durchzuckt ein Blitz.

Er sieht zu mir auf und bedeutet mir mit seinem Blick, mich zu ihm zu gesellen. Von der Gänsehautmelodie getragen fühlt es sich an, als würde ich zu ihm schweben. Fröstelnd setze ich mich neben ihn und lausche den wunderschönen Tönen.

„Wir müssen reden", teile ich ihm schwer schluckend mit, ehe der Song meine Sinne komplett vernebeln kann.

Ian hebt den Kopf und fixiert mich durchdringend. „Sing", befiehlt er mir leise.

„Ich kann nicht singen", wehre ich mich.

„Schscht ... nicht reden, singen ... du zerstörst die Atmosphäre."

Das Lied nähert sich dem Ende, doch Ian spielt es von Neuem und fixiert mich dabei ohne Unterlass. Mein Herz schlägt einen Salto. Meine Stimmbänder vibrieren. Die ersten Takte summe ich nur, doch dann entweichen meinem Mund die ersten leisen Töne.

Ich schließe die Augen und singe aus tiefster Kehle. Ich lasse mich treiben ... genieße den Augenblick ... fühle Zuneigung ... Freiheit ... bin glücklich

... emotional geladen und wünsche mir, dass dieser Moment niemals endet.

Als die Gitarre verstummt, bin ich völlig überfüllt mit neuen Empfindungen. Mir kullert eine Träne über die Wange. Ich öffne die Augen und gerade, als ich sie mir abwischen will, kommt Ian mir zuvor.

Er fängt sie mit dem Daumen auf und lächelt mich an. „Du hast wunderschön gesungen."

Das Atmen fällt mir schwer. Meine Zunge ist wie gelähmt. Ich möchte etwas sagen, doch kann es nicht. Was macht er nur mit mir?

Ian lehnt die Gitarre gegen die Bank und streicht mit flachen Händen über seine Oberschenkel. „Hast du denn gestern gar nichts gespürt?"

Seine Frage lässt mir das Blut in den Adern gefrieren. Auf der Stelle bin ich wie versteinert. Ich kann nicht einmal mehr mit der Wimper zucken. Das Einzige, was ich noch spüre, ist der Muskel in meiner Brust, der kurz davor ist, herauszuspringen.

„Du kannst es nicht leugnen, Virginia", flüstert er.

Ich streiche meinen dunkelblauen Rock zurecht und falte dann die zitternden Hände im Schoß. „Was meinst du?", stelle ich mich dumm, denn etwas Sinniges würde mir in dieser Sekunde sowieso nicht über die Lippen kommen.

„Dass da etwas zwischen uns ist", gibt er offen zu.

„An was machst du das denn fest? Nur weil wir uns die letzten beiden Tage gut verstanden haben? Es gibt viele Menschen, mit denen ich mich ..."

Ian unterbricht mich, indem er mit der Hand mein Kinn umschließt und mich zwingt, ihn anzusehen. „Bei jeder Berührung, jedem Blickkontakt durchfährt mich etwas, das ich noch nicht genau ergründen kann, aber es ist ..."

„Eine Sinnestäuschung!", unterbreche diesmal ich ihn lautstark.

„Warum wehrst du dich gegen etwas, das du gar nicht kennst?"

Er hat zwar recht mit seiner Frage und dennoch klingt sie ein wenig unfair. Will er mich damit herausfordern? Und was will er überhaupt von mir? Ich kann mir beim besten Willen nicht vorstellen, was er damit bezwecken will.

„Wir ... Ian, wir ... dürfen uns nicht mehr so nahekommen", finde ich endlich die meiner Meinung nach passenden Worte.

„Warum nicht? Was ist falsch daran? Bist du noch nie ein Risiko eingegangen?", bombardiert er mich.

Risiko, wenn ich das schon höre. Als ich Zoey zu diesem Konzert begleitete, riskierte ich schon genug, und man sieht ja, was dabei herauskam. Mein Verstand möchte ihm gern etwas Fieses an den Kopf werfen, sodass er mich nicht mehr leiden kann und ich wieder meine Ruhe vor ihm habe, doch mein Herz knockt ihn aus und lässt mich die Wahrheit sprechen. „Ich traue mir selbst nicht mehr, das ist das Problem", murmele ich.

Ian schluckt hörbar. Das bisher ruhig schimmernde Blau in seiner Iris wandelt sich in einen reißenden Fluss. „Was hast du dir auferlegt, dass ..." Er verstummt, packt urplötzlich meinen Kopf und zieht mich zu sich.

Ich bin so überrumpelt, dass ich erst begreife, was gerade geschieht, als Ians Lippen meine berühren. Sie sind weich und sein nachwachsender Dreitagebart kratzt leicht. Zaghaft liebkost er meinen Mund.

Ich will mich wehren, ihn von mir stoßen, doch mein schwaches Fleisch lässt es nicht zu. Als er vorsichtig an meiner Unterlippe knabbert und saugt, tost ein Gefühlsgewitter in mir auf. Gleißende Blitze schießen mir tief ins Herz und die Seele. Das brodelnde Geräusch des Donners lässt mich zusammenfahren. Ich spüre, wenn ich nicht auf der Stelle das Verbotene beende, verfalle ich ihm ganz. Als Ians Lippen von meinen ablassen und er mich fragend ansieht, steigt bittere Galle in meiner Speiseröhre auf.

„Und? War es so schlimm?"

Ich entreiße mich seinen Fängen und springe von der Bank auf. „Das hättest du nicht tun dürfen."

Ian steht ebenfalls auf, will nach meiner Hand greifen, doch ich weiche zurück. „Nicht, wir dürfen das nicht", sage ich und verlasse fluchtartig den Garten.

Das Gefühl des ersten Kusses brennt noch immer auf meinen Lippen, als ich wie von etwas verfolgt über die Straße renne. Ohne mich umzudrehen, peile ich zielstrebig das Haus der Lips an.

Jutta, die gerade aus der Haustür tritt, fängt mich auf, als ich vor ihren Füßen zusammenklappe. „Schätzchen, was ist denn mit dir los? Du siehst ja völlig fertig aus." Sie verfrachtet mich auf einen Stuhl. „Ich hole dir ein Glas Wasser." Sie geht ins Haus.

In der Zwischenzeit versuche ich, meine Fassung wieder zu erlangen.

Als sie zu mir zurückkehrt und mir das Wasser reicht, kniet sie sich dabei vor mich und sieht mich verängstigt an. „Wer hat dir was getan?"

Mein Kopf ist so voll, dass ich nicht mehr weiß, was richtig und was falsch ist. Kann ich Jutta anvertrauen, was eben geschah? Mit irgendjemandem muss ich darüber reden, ansonsten platze ich. „Ich werde noch heute meine Koffer packen und zurück zur Uni fahren."

Sie steht auf, lehnt sich gegen das Verandageländer und sieht zu unserem Haus hinüber. „Was ist da drüben gerade vorgefallen?"

„Ich ... das kann ich dir nicht sagen", entgegne ich ihr.

Jutta verschränkt die Arme vor der Brust. „Du konntest mir immer alles sagen, also raus damit."

Dass ich im Moment niemandem traue, auch ihr nicht, möchte ich zum jetzigen Zeitpunkt nicht noch einmal näher erläutern, denn sonst manövriere ich mich in die nächste komplizierte Unterhaltung, und dafür fehlt mir der kühle Kopf.

Mein immer noch stark klopfendes Herz zwingt mich dazu, mich ihr zu öffnen. Ich lege die Hand auf die Brust. „Aber nur, wenn du mir versprichst, das für dich zu behalten."

„Ihr Oldens macht es einem echt nicht leicht", motzt sie leise.

Ach ja, wer denn noch außer mir? Diese Frage tanzt nur kurz in meinem Kopf, ehe sie von Ians Lippen überwalzt wird. Diesen weichen, süß schmeckenden Lippen, die meine berührten und ihnen die Jungfräulichkeit nahmen.

„Er hat mich geküsst, besser gesagt, wir haben uns geküsst", kommt es plötzlich wie aus der Pistole geschossen aus meinem Mund.

Jutta reißt die Augen weit auf. „Wer hat wen geküsst?"

„Ian und ich ..."

Die sonst so offene Frau rauft sich die Haare. „Sag mal, spinnst du?"

Jede Reaktion erwartete ich von ihr, nur diese nicht. „Es ist einfach so passiert. Ich dachte, du kannst mich wenigstens ein bisschen verstehen", erwidere ich geknickt.

Jutta läuft vor mir auf und ab. „Nein, absolut nicht! Du wolltest dich doch aufheben - und jetzt?"

„Das weiß ich selbst. Aber wieso bist du denn so schroff?", erkundige ich mich, denn diese Aussage passt viel eher zu meinen Eltern als zu ihr.

Sie atmet mehrmals tief durch, dann bleibt sie vor mir stehen. „Der Kerl ist nichts für dich. Er ist ein Drogendealer und er ist ..." Sie stockt und presst die Lippen fest aufeinander.

„Hast du mir nicht erzählt, dass du nicht an seine Schuld glaubst? Und was ist er denn noch?" Es ist mehr als nur auffällig, dass sie ihn mir ausreden will. Ich würde nur zu gern wissen, warum sie so harsch auf diese Neuigkeit reagiert.

„Er ist nicht das, was er vorgibt. So, und damit ist das Thema beendet. Vergiss ihn, und zwar auf der Stelle. Vielleicht ist es sogar besser, wenn du wieder an die Uni zurückkehrst."

Was ist denn nur in sie gefahren? Jutta sieht so wütend aus, dass ich sogar ein wenig Angst vor ihr bekomme. „Ehrlich gesagt, kapier ich gar nichts mehr", merke ich an.

„Weißt du eigentlich, dass er viel älter ist, als er vorgibt?", setzt sie dem Ganzen noch eins oben drauf. „Nur, um mal ein Beispiel zu nennen."

Ich rümpfe die Nase. „Wie kommst du denn darauf?"

Sie wedelt übertrieben mit dem Handgelenk. „Ich weiß es eben. Ist doch egal woher."

Jetzt ist es amtlich. Um mich herum drehen alle durch. Und ich dachte, ich habe Probleme.

„Ian ist 23."

„Nein, ist er nicht, er muss um die 30 sein", entgegnet sie mir und wird immer wütender.

„Kannst du mir bitte mal erklären, was hier los ist?", fordere ich sie mit strenger Stimme auf.

Sie kommt auf mich zu, nimmt mich an beiden Händen und kniet sich vor mich. „Tu mir den Gefallen und höre auf mich. Er wird dir das Herz brechen."

„Was macht dich denn da so sicher?"

In Juttas Augen flackert Verzweiflung auf. „Das, was da zwischen euch ist, darf nicht sein!"

Ihre Worte brennen ein Loch in meine kleine, bisher unbeschadete Seele.

Sie drückt meine Hände so sehr, dass es fast weh tut. „Bitte, bitte, glaube mir, Virginia."

Meinen richtigen Namen benutzt sie nur in wirklich ernsten Situationen. Hier ist also wortwörtlich die Kacke am Dampfen.

„Ich will jetzt sofort wissen, was hier gespielt wird!"

„Es ist noch nicht der richtige Augenblick für irgendwelche Offenbarungen, vor allem, wenn wir noch nichts Genaues wissen", verplappert sie sich.

„Von was und wem sprichst du?"

Jutta lässt von mir ab und steht auf. „Das erfährst du noch früh genug."

Dieses blöde um den heißen Brei Gerede geht mir tierisch auf die Nerven. Ich trinke das Glas Wasser mit nur einem Schluck leer und mache mich dann auf den Rückweg. „Weißt du was? Ich werde mit keinem von euch mehr reden, bis ihr mir endlich die Wahrheit sagt. Ihr behandelt mich wie eine Aussätzige und wie ein dummes, kleines Kind!"

„Schätzchen, warte ...", ruft Jutta mir hinterher.

„Es war ein Fehler, zu dir zu kommen", schimpfe ich wütend, ohne mich noch einmal zu ihr umzudrehen.

Ich fühle mich wie das weiße Schaf in einer riesigen Verschwörung. Völlig desillusioniert verkrieche ich mich in mein Zimmer.

## Vierzehn

„Und was steht heute an?" Ian schlendert, die Hände in die Hosentaschen gesteckt, zu uns an den Frühstückstisch und setzt sich. Er trägt wieder diese graue Mütze, ein weißes Shirt und eine dunkle Jeans. Will er etwa, dass mich dieses Outfit an gestern erinnert? Tun Männer so etwas? Schwer vorstellbar!

Ich traue mich nicht, ihm ins Gesicht zu sehen, denn dann würde ich auf der Stelle erröten. Die ganze Nacht grübelte ich darüber nach, wie es nun weitergehen soll, und vor allem darüber, was ich tat. Ist dieser Kuss eine Sünde, von der ich mich schnellstmöglich wieder reinwaschen muss, oder war er ein Zeichen? Nur wofür?

Plötzlich sind all die Probleme und Geheimnisse um mich herum in den Hintergrund getreten, denn man mag es kaum glauben ... ich habe eigene. Ich frage mich beispielsweise, wie ich nach wenigen Tagen so aus dem Ruder laufen konnte, dass ich einen Mann küsse, besser gesagt mich von ihm küssen lasse. Die nächste Unsicherheit, die mir durch den Kopf schwirrt, ist, welches Spiel Ian mit mir treibt. Er kann das mit mir niemals ernst meinen. Und selbst wenn, wie ernst könnte denn so etwas zwischen uns werden? Er der Rockstar auf Tour und ich die Pastorin in einer kleinen Gemeinde. Ich muss mir das Lachen verkneifen.

„Gute Laune?", fragt Ian, der mir heute gegenübersitzt.

„Ja, wieso? Du nicht?", gebe ich mich möglichst unbeeindruckt von seiner Erscheinung.

„Alles paletti." Bei diesen Worten sehe ich dummerweise direkt auf seine Lippen, was meine zum Kribbeln bringt. Wie schaffte er es nur, mich so zu verzaubern?

„Kinder, heute haben wir einige Sachen zu erledigen. Die Kirche muss dekoriert werden, denn morgen heiraten die Thompson. Die Essensroute muss von jemandem gefahren werden und im Altersheim steht ein Zimmerwechsel an. Da habe ich versprochen, dass sie unsere helfenden Hände bekommen", zählt mein Vater die heute zu erledigenden Aufgaben auf.

„Und wo fangen wir an?", will ich wissen.

„Es ist wohl am besten, wenn wir uns heute aufteilen."

„Du willst Ian allein losschicken?", stoße ich wenig überlegt hervor. Verdammt! Das kann sich nur blöd anhören.

„Ja, genau. Sie wollen mich unbeaufsichtigt lassen, Pastor Olden?", kommentiert Ian meine Aussage mit einem leichten Grinsen.

„In unserer Familie ist das höchste Gebot das Vertrauen und du bist nun ein Teil davon."

Die Worte meines Vaters lösen ein mulmiges Gefühl in mir aus. Vertrauen! Ich vertraue hier im Moment niemanden.

„Und wie wäre es, wenn ihr alles zusammen bewältigt?", schlägt meine Mutter vor.

„Das ist eine prima Idee", stellt sich Ian sofort auf ihre Seite.

Mein Vater nickt verhalten. „Also gut."

Will Ian in meiner Nähe sein? Ich bin diejenige, die diesen Einwand brachte, ihn nicht allein zu lassen, nur weshalb überreagierte ich denn gleich so? Mein Unterbewusstsein zwingt mich dazu, bei ihm sein zu wollen. Das ist ganz und gar nicht gut. Bereits jetzt spüre ich, dass mich in naher Zukunft eine Katastrophe ereilen wird. Warum weiß ich nicht, doch ich fühle bereits den brennenden Schmerz des Leids in mir aufflackern.

„Ich übernehme die Essentour und schmücke danach die Kirche", erkläre ich und nehme einen Schluck Kaffee.

„Prima, dann werden Ian und ich ins Altersheim fahren."

„Das geht leider nicht. Ich habe Klein-Steven versprochen, bald wieder vorbeizukommen", wendet Ian sofort ein.

Mein Vater sieht mich fragend an.

„Ja, das stimmt", stärke ich Ians Aussage, denn es ist nun mal die Wahrheit.

„Das ist ja süß", findet meine Mutter verzückt.

Dad schiebt sich die letzte Gabel Rührei in den Mund, wischt ihn sich mit der Serviette sauber und steht auf. „Ich komme später in der Kirche vorbei, um mir anzusehen, was du Schönes gezaubert hast", sagt er und streicht mir übers Haar.

„Bis später, Dad", verabschiede ich mich von ihm.

Nachdem wir die Essensportionen holten, ist unsere erste Adresse Stevens Familie. Ian sprach seit unserer Abfahrt kein Wort mehr mit mir und wirkt auf mich heute eher zurückgezogen.

„Ist alles okay mit dir?", will ich wissen und ziehe den Schlüssel aus dem Zündschloss.

„Klar, wieso denn nicht?", gibt er sich locker.

„Ich weiß nicht, es ist nur ..."

„Keine Angst, ich will mich nicht an dich kletten. Ich wollte nur keinesfalls mit deinem Vater den Tag verbringen", zerstört er mit nur einem Satz all meine Illusionen.

„Verstehe", gebe ich geknickt zurück und verkneife mir die Frage, warum er Dad so meidet. Mein Interesse an dieser Antwort ist für mich im Augenblick zweitrangig. Die Abfuhr, die er mir eben erteilte, nagt um einiges mehr an mir.

„Lass uns reingehen." Ian steigt, ohne mich direkt anzusehen, aus dem Wagen und geht in Richtung Haustür.

Was zur Hölle hat dieses Benehmen zu bedeuten?

Etwa eine halbe Stunde später ist Klein-Steven der wohl glücklichste Junge in ganz Preston. Ian spielte ausgiebig mit ihm, während ich mit seiner Mutter sprach. In wenigen Tagen ist es endlich soweit und sie bekommen Familienzuwachs. Wir werden die Camdens noch einige Zeit nach der Geburt mit Essen versorgen und sie so entlasten. Alle sind glücklich, nur ich fühle mich in Ians Nähe mit jeder Minute miserabler.

Die restliche Tour verläuft ebenso still, wie sie begann. Da war es mir doch glatt lieber, als er mich noch Virgin nannte. Die leichte Ignoranz und Zurückhaltung, die mir entgegenschlägt, löst einen Schwelbrand in mir aus.

Ich kann damit nicht umgehen. Wie auch? In diesem Milieu bewegte ich mich bisher nie und es war auch nicht meine Absicht, dort so schnell hineinzurutschen. Ich komme mir wie ein Schüler aus der Unterstufe vor, der eine mathematische Gleichung aus der Abschlussklasse lösen soll, doch die Anleitung noch nicht erlernte. Ja, genau so ist es. Die Formel der Zuneigung, der Annäherung und der wohl dazugehörigen komischen Verhaltensweisen teilte mir noch keiner mit. Und ich kümmerte mich bisher auch nicht darum, sie in Erfahrung zu bringen.

Nun stehe ich da, wie ein Ochse vorm Berg, und weiß nicht, wie ich diese Steigung bezwingen soll. Ist eventuell umdrehen und nach einem anderen Weg zu suchen, den Hügel zu umrunden, eine Möglichkeit? Gibt es in Sachen Liebe überhaupt die eine Lösung? Meine Gedanken fahren Achterbahn und ich kann sie nicht stoppen.

Gerade als wir vor der Kirche halten, liefert Mr. Smith die Blumengestecke. „Hallo Virginia, wie schön, dass wir uns mal wieder sehen", freut er sich, als ich auf ihn zukomme. Der kleine, alte Mann, dessen Buckel so rund ist, dass er kaum noch die Sonne sehen kann, schenkt mir ein aufrichtiges Lächeln.

Ich reiche ihm die Hand. „Mich freut es auch. Wie geht es Ihnen?"

Er greift sich in die Seite. „Alt werden ist nicht leicht."

„Wollten Sie das Geschäft nicht schon längst an Ihren Sohn übergeben und in den Ruhestand gehen?", erkundige ich mich.

„Mitchel hat Preston verlassen. Die Stadt ist nichts für junge Leute. Zu langweilig, nichts los und, ach, was erzähle ich dir, du weißt ja selbst, wie es ist."

„Was wird denn dann aus Ihrem schönen Laden?"

„Ich werde schon einen Nachfolger finden, mach dir keine Sorgen um mich, sondern eher um die Gestecke, die müssen dringend ins Kühle", sagt er und deutet auf den traumhaft aussehenden Schmuck aus weißen Rosen.

„Das erledige ich sofort", nicke ich zustimmend.

„Soll ich dir nicht noch helfen?"

Ich zeige auf Ian, der mit ein wenig Abstand rechts neben uns steht. „Nicht nötig."

„Ah, verstehe." Der alte Mann zwinkert mir zu und verabschiedet sich winkend. „Ich hoffe, wir sehen uns noch mal, ehe du Preston wieder den Rücken kehrst."

„Ich werde Sie vor meiner Abreise im Laden besuchen", verspreche ich ihm und wende mich dann an Ian. „Könntest du mir noch helfen, die Deko in die Kirche zu bringen? Den Rest schaffe ich dann auch allein."

„Klar, kein Ding", äußert er ziemlich teilnahmslos.

Ich nehme eine der drei großen Blumenschalen und trage sie in die Kirche. Ian folgt mir wortlos. Die angespannte Stimmung zwischen uns ist wohl auch ihm unangenehm, denn er stellt das Gesteck auf den Altar und begibt sich sofort wieder nach draußen.

Als er mit dem letzten Gesteck zurückkehrt, gerät er an den Stufen zum Altar urplötzlich ins Stolpern. Oh Gott, die schöne Dekoration! Erschrocken eile ich ihm zu Hilfe, greife nach der Schale und dann passiert es ... unsere Hände berühren sich. Die Zeit scheint still zu stehen. Durch mich jagen tausende Blitze. Wie elektrisiert verharre ich in meiner Bewegung, sehe ihm direkt in die Augen. Seine Blicke sprechen Bände, ich erkenne, dass auch er etwas fühlt und ihn doch gleichzeitig etwas bedrückt. Es vergehen Sekunden, die sich für mich wie Stunden anfühlen. Wir stehen einfach nur da, betrachten einander und beichten uns unsere Gefühle, ohne auch nur ein Wort über die Lippen zu bringen.

„Du hast so wunderschöne blaue Augen", murmelt er und unterbricht damit den Bann der Vertraulichkeit.

„Ich ... ähm ... ich weiß", stammele ich wenig intelligent.

Als urplötzlich die Kirchentür auffliegt, zucken wir beide erschrocken zusammen. Die Schale in unseren Händen gerät erneut ins Wanken. Ian nimmt sie an sich und stellt sie auf den Boden.

„Na, ihr zwei Hübschen, wie sieht's aus?", erklingt die heitere Stimme meiner kleinen Schwester.

„Musst du uns so erschrecken?", wettere ich in ihre Richtung.

Zoey schreitet breit grinsend auf uns zu. „Habt ihr zwei was zu verheimlichen oder wieso guckt ihr mich so an?"

„Ich denke, wir sind dann hier fertig, oder?" Ian wischt sich die Hände an der Jeans ab.

„Ja, danke, ab hier komme ich alleine zurecht", murmele ich.

„Dann bis später und viel Spaß beim Schmücken." Ian sieht mich nicht mehr direkt an, schenkt aber Zoey ein breites Grinsen und verlässt leise pfeifend die Kirche.

„Was war das eben?" Zoey baut sich vor mir auf, als wäre sie die Sittenpolizei höchstpersönlich.

„Ich weiß nicht, wovon du sprichst", stelle ich mich dumm.

Sie stemmt die Hände in die Hüften und legt die Stirn in Falten. „Das, was da eben zwischen euch abgelaufen ist, sieht ein Blinder."

Ich lache gekünstelt. „Wir haben nur gemeinsam eine Blumenschale getragen."

„Und dabei habt ihr euch angesehen, als würdet ihr gedanklich kopulieren."

„Was nimmst du denn für Worte in den Mund?"

„Soll ich lieber vögeln sagen?", blafft sie mich an.

„Schscht ... spinnst du! Weißt du, wo wir hier gerade stehen? Du kannst doch nicht ...", will ich sie zurechtweisen, doch sie unterbricht mich.

„Wenn Dad das sieht, bist du geliefert!", schnaubt sie wütend.

„Es gibt nichts zu sehen!", wehre ich mich.

Zoeys harter Blick weicht einem verständnisvollen. „Schwesterherz, ich bin doch nicht blöd. Ich hab doch gesehen, dass da was zwischen euch läuft."

„Es läuft nichts!", lüge ich und hoffe, dass mich nicht gleich die Rache Gottes für meine Sünde trifft.

Sie kommt näher und nimmt mich in den Arm. „Du bist verliebt, dafür musst du dich nicht schämen. Es ist etwas Wundervolles. Nur Dad wird nicht sehr erfreut über deine Wahl sein, fürchte ich", flüstert sie mir ins Ohr.

„Denkst du, ich bin es?", gestehe ich meiner kleinen Schwester meine Gefühle.

Sie streicht mir sanft über den Rücken. „Kommt Zeit, kommt Rat."

„Ich bin mir ja noch nicht einmal sicher, was das überhaupt ist. Es ist alles so verwirrend, und ich erkenne mich selbst kaum wieder und ...", platzt es unaufhaltsam aus mir heraus.

„Bleib ruhig. Du tust ja fast so, als wäre Liebe etwas Schreckliches."

Ich entreiße mich ihrer Umarmung und raufe mir die Haare. „Liebe? Davon kann man doch überhaupt nicht sprechen."

Zoey hebt die Augenbrauen. „Willst du mir damit sagen, ihr wollt nur miteinander ..."

„Was? Nein!", schreie ich. „Was denkst du denn von mir?"

„Eben. Also doch Liebe."

„Ich weiß nicht, was es ist, und vor allem nicht, was es bei ihm ist. Vielleicht spielt er ja nur mit mir."

Zoey, die mir auf einmal viel erwachsener als ich selbst vorkommt, kaut auf ihrer Unterlippe und atmet dabei hörbar aus. „Wie wäre es, wenn du das zuerst herausfindest, bevor du dich in etwas hineinsteigerst?"

„Findest du nicht, dass das etwas seltsam kommt, nach der kurzen Zeit?"

„Denkst du etwa, Gefühle halten sich an irgendwelche Zeitpläne? Dann liegst du aber völlig daneben." Als ich nicht reagiere, bohrt sie mir ihren Zeigefinger in die Rippen. „Nun mach schon. Rede mit ihm."

„Was? Sofort?"

Sie rollt die Augen. „Natürlich sofort, oder sobald sich die Möglichkeit bietet und ihr allein seid und in Ruhe sprechen könnt."

Egal wie naiv Zoey dem Leben noch gegenüberstehen mag, so muss ich doch zugeben, dass sie mir in Sachen zwischenmenschlicher Beziehungen um einiges voraus ist. Mit Sicherheit hätte sie an meiner Stelle mit ihm schon längst Tacheles geredet. Plötzlich komme ich mir vor, als wäre ich der unbeholfene Teenager von uns beiden. Um die Situation herum zu schleichen, bringt mich nicht weiter, und solange ich nicht weiß, wie er das sieht, was das auch immer zwischen uns ist, komme ich sowieso nicht zur Ruhe.

„Okay, du hast recht. Ich werde noch heute mit ihm sprechen."

Zoey reibt sich die Hände. „Na also, geht doch."

„Hilfst du mir?"

Sie rümpft die Nase. „Soll ich etwa mitkommen und Händchen halten?"

„Nein! Ich meinte beim Dekorieren", schmunzele ich.

„Du bist Meisterin im Themenwechsel", kichert sie. „Lass uns loslegen."

Zoey will sich von mir abwenden, doch ich greife nach ihrer Hand. „Danke!"

Sie blinzelt. „Keine Ursache. Dafür sind Schwestern doch da."

\*

Die Arbeit in der Kirche tat mir gut. Ich hatte genug Zeit, um noch einmal in Ruhe über alles nachzudenken und mir Fragen zurechtzulegen, die ich Ian stellen will. Da er sich aber zum Abendessen abmeldete, bekam ich ihn nicht mehr zu Gesicht, und einfach an seine Zimmertür zu klopfen, traute ich mich nicht.

Dad ging nach dem Essen zu den Lips. Meine Mutter legte sich ins Bett, da sie von einer starken Migräne geplagt ist, und Zoey besucht eine Freundin. Wir sind somit allein, was also hält mich davon ab, zu ihm zu gehen?

„Wie kindisch kann man eigentlich sein?", schimpfe ich mit mir selbst, während ich die erste Treppenstufe betrete, um in mein Zimmer zu gehen und einen neuen Plan zu schmieden.

„Wen meinst du?", erklingt Ians Stimme urplötzlich hinter mir.

Jetzt oder nie! Ich sehe ihn über die Schulter hinweg an. „Wir müssen reden!"

„Alles klar, wann und wo?", fragt er leicht unterkühlt.

Der Platz, an dem wir uns gestern küssten, erscheint mir am geeignetsten. Erstens sind wir am Ort des Geschehens, zweitens unverfänglich im Freien und drittens ist es bereits dunkel. „Lass uns doch in den Garten gehen."

Er nickt zustimmend und geht voraus. Zielstrebig steuert er die Bank an, als hätte er meine Gedanken gelesen.

Mein Herz setzt für einen Schlag aus, als ich mich zu ihm setze, und pocht dann um einiges schneller weiter.

„Ich höre", beginnt er das Gespräch.

Ich hole noch einmal tief Luft. „Warum warst du heute so abweisend zu mir?"

Er rutscht ein Stück näher und beugt sich leicht nach vorne, um mir in die Augen sehen zu können. „Wieso bist du gestern weggelaufen?", stellt er eine Gegenfrage.

„Ich war überfordert."

„Mit was?"

„Na hör mal. Du hast mich total überrumpelt und dann ohne zu fragen entjungfert."

Ian prustet leise los. „Ich habe was?"

„Meine Lippen, du hast sie entjungfert."

Ian fährt mit dem Finger über meinen Mund. „Du bist wirklich ..." Er hält inne und sieht mich durchdringend an. „Virginia, ich mag dich."

Diese Aussage, mit der ich zu diesem Zeitpunkt nun wirklich nicht rechnete, verschlägt mir die Sprache. Es fällt mir schwer, meine Stimmbänder dazu zu bringen, wieder ihre Arbeit zu tun. „In welche Richtung? Und was ist das zwischen uns? Und was kann das nach den paar Stunden überhaupt sein?", frage ich alles hintereinander, aus Angst, mir könnte die Stimme komplett versagen.

Ian nimmt meine Hand und streichelt sie. „Das weiß ich nicht. Ich weiß nur eins: Dass ich dich wirklich süß finde. Wenn du hier bist, um eine Garantie einzufordern, dann muss ich dich enttäuschen, die kann ich dir nicht geben."

Was er mir damit genau sagen will, erschließt sich mir nicht. „Willst du mich ins Bett kriegen?"

Ian lässt von mir ab und rutscht in die andere Ecke der Bank. „So denkst du von mir?"

Meine Wortwahl kränkte ihn spürbar. „Ich, nein, so war das nicht gemeint. Ich wollte doch nur wissen, was das zwischen uns ist", versuche ich, mich zu entschuldigen.

„Noch mal, das kann ich dir nicht sagen. Weißt du es etwa?" Nun klingt er ein wenig ruppig.

Ich schüttele den Kopf. „Nein. Deshalb sitze ich ja hier."

„Kannst du nicht einfach mal was aus der Hand geben und abwarten, was passiert?"

„Ich habe nicht mit dir gerechnet und das verwirrt mich, Ian", klage ich leise.

„Denkst du etwa, ich habe mit dir gerechnet?"

„Warum bist du mir heute so aus dem Weg gegangen?" Diese Frage wird er mir hoffentlich wenigstens beantworten können.

Ian schnaubt und wirkt dabei leicht angesäuert. „Weil ich dich nicht bedrängen wollte. Du bist davongelaufen, und ich wollte dir Zeit geben, um herauszufinden, was du willst. Doch jetzt sitze ich hier, und du erwartest von mir, dass ich das zwischen uns definiere, aber das kann ich nicht, Virginia. Tut mir leid." Ian steht auf und sieht zu mir herunter. „Wenn du weißt, was du willst, ich bin im Haus."

Gott, verdammt! Wieso ist verlieben nur so kompliziert?

Gerade als er sich von mir abwendet, um zu gehen, springe ich ohne zu überlegen auf, packe ihn am Handgelenk, ziehe ihn an mich und küsse ihn.

Ian, der erst ein wenig verhalten reagiert, nimmt mich nach wenigen Sekunden so fest in die Arme, als wolle er mich nie mehr loslassen. Seine weichen Lippen liebkosen meine, und als er den Mund öffnet und meiner Zunge Einlass gewährt, ist es ganz um mich geschehen. Meine Knie werden weich. Die Halsschlagader pulsiert. Ich vergesse, wo ich bin und wer ich bin. Vorsichtig taste ich mich hinein und suche nach meinem Gegenspieler. Wir betasten und schmecken uns. Unsere Zungen tanzen umeinander, und in mir brodeln unbeschreibliche Gefühle auf. Ians Duft steigt mir in die Nase. Er wirkt wie ein Rauschmittel auf mich, und ich wünsche mir, dass dieser leidenschaftliche Kuss niemals endet.

Doch die Traumwelt, in der wir uns befinden, geht schneller in Rauch auf als gedacht, denn urplötzlich knallt das Gartentor in die Verankerung. Ian zuckt ebenso wie ich erschrocken zusammen, lässt von mir ab und macht einen Satz nach hinten.

„Hallo ... ist da wer?", rufe ich in die Dunkelheit hinein. Keine Antwort. „Wir sollten besser reingehen."

Ian nickt zustimmend, und ich drücke ihm einen letzten zarten Kuss auf die Lippen, den er erwidert. „Ich nehme die Haustür und du gehst hinten rein."

„Mach ich", knurrt er leise, und ich kann seinen Unmut spüren.

Wie gern würde ich ihm sagen, dass es mir egal ist, wer uns da gerade gesehen hat, doch es wäre gelogen.

In der Hoffnung, dass es Zoey war, renne ich ums Haus. Vor der Veranda laufe ich ihr auch prompt in die Arme.

„Was bist du denn so abgehetzt?"

„Das ist nicht lustig, Zoey. Weißt du, wie sehr du uns erschreckt hast?", gifte ich sofort los.

„Ich kann dir nicht folgen", gibt sie sich unwissend.

„Da hinten im Garten", sage ich und deute auf das Tor.

„Was ist da?"

„Du hast Ian und mich gerade zu Tode erschreckt."

„Ihr habt also endlich miteinander gesprochen", freut sie sich.

In diesem Moment wird mir klar, dass ich für das büßen werde, was ich gerade tat. „Zoey, entweder Mum oder Dad haben uns gesehen", flüstere ich hinter vorgehaltener Hand.

Sie zuckt die Schultern. „Na und!"

„Wir haben uns geküsst."

Meiner Schwester entgleisen sämtliche Gesichtszüge, sie reißt den Mund weit auf. Ich halte ihn ihr vorsichtshalber zu, ehe sie noch die ganze Straße zusammen schreit.

„Ihr habt euch geküsst?", nuschelt sie und nimmt dann meine Hand von ihren Lippen.

„Und man hat uns gesehen."

„Das hast du dir bestimmt eingebildet", winkt sie ab, legt ihren Arm um mich und zieht mich mit sich. „Jetzt mach dich mal locker, lass uns reingehen und dann erzählst du mir alles von deinem ersten Kuss."

„Zweiten", murmele ich.

„Mit oder ohne Zunge? Ich will alles bis ins kleinste Detail wissen", feixt sie, als sie die Tür aufschließt. Jetzt ist sie wieder im Teeniemodus!

## Fünfzehn

Joey gestern Abend loszuwerden, war schwerer als gedacht. Sie ließ einfach nicht locker, bis ich ihr die ganze Geschichte von Ian und mir erzählte. Seinen Auftritt im Altersheim fand sie ebenso lustig wie ich, und als wir zum ersten Kuss kamen und ich leise *Hallelujah* anstimmte, rollte ihr vor Verzückung eine kleine Träne über die Wange. Ja, es war tatsächlich unglaublich. Für mich jedenfalls. Jeder andere mag es sich womöglich ganz anders wünschen oder vorstellen. Für mich aber war es perfekt!

Als ich dann an gestern im Garten zurückdachte und mir klar wurde, dass ich es war, die ihn an sich zog und küsste, kam ich nicht umhin, mir endlich meine Gefühle einzugestehen. Vorerst wird diese Erkenntnis nur für mich sein, denn das war ein riesiger Schritt. Meine Vorstellungen, die ich seit meiner Kindheit mit mir trug und derer ich mir bis vor Kurzem noch so sicher war, sind Geschichte.

Die alte Virginia, die sich voll und ganz auf ihr Studium konzentriert und später mit einem ebenso unberührten Christen vor den Altar treten wird, gibt es nicht mehr. Die neue Virginia, die zum ersten Mal erfahren hat, was wahre Gefühle sind, wie ein Mann schmeckt, wie lieblich sich weiche Lippen anfühlen, wie sehr Berührungen eines anderen Menschen guttun, ist erwacht.

Wohin mich das alles führt, weiß ich nicht, doch bei einem bin ich mir sicher: Ich werde Ian heute sagen, wie ich fühle! Den Rest lege ich in Gottes Hand, er wird mir den richtigen Weg weisen, dessen bin ich mir sicher.

Ich werfe einen letzten Blick in den Spiegel. Das hellblaue Kleid, das bis zur Taille eng geschnitten ist und danach weit fällt, erinnert ein wenig an ein Rockabilly-Kleid. Als ich das Geschenk, was Jutta mir zu meinem 18. Geburtstag gab, ich bisher aber nie trug, vorhin im Schrank fand, war ich sofort Feuer und Flamme für dieses Kleidungsstück, und wenn ich mich nun so darin sehe, weiß ich auch warum: Ich sehe super darin aus. Mein blondes Haar fällt in leichten Wellen über die nackten Schultern und legt sich formend um mein Gesicht, das vor Glück nur so strahlt. Die neue Virginia! Genau, das ist sie.

Mit Schmetterlingen im Bauch verlasse ich mein Zimmer, um pünktlich zum Frühstück zu erscheinen. Leise summend bewege ich mich auf die Treppe zu. Die erste Stufe betrete ich beschwingt, bei der zweiten stockt mir der Atem und ich verharre augenblicklich in meiner Position.

„Es tut mir leid, Ian, aber es geht nicht anders. Ich wollte dir helfen, aber du hast dich nicht an unsere Regeln gehalten, also musst du gehen", dringt die derb klingende Stimme meines Vaters bis ins Obergeschoss.

Die Schläge meines Herzens werden holprig und unregelmäßig. Ich halte mich am Geländer fest, denn meine Beine beginnen zu zittern. Was tut er da? Und vor allem wieso? Urplötzlich fällt es mir wie Schuppen von den Augen: Er war es, der uns gestern im Garten sah! Mein Puls rast. Nach Luft schnappend lasse ich mich auf die Treppe sinken.

„Dein Manager wird dich in einer halben Stunde abholen. Du wartest in der Zwischenzeit in deinem Zimmer", befiehlt mein Vater Ian streng.

Ich beuge mich ein wenig nach vorne, um einen Blick nach unten zu erhaschen. Mein Vater braust wütend davon und Ian rennt wutentbrannt ins Gästezimmer. Das Knallen der Tür lässt mich zusammenfahren.

Ich sammele mich kurz, stehe auf und laufe Ian hinterher. Ohne anzuklopfen, betrete ich den Raum. Seine schwarze Sporttasche steht bereits gepackt auf dem Boden. Ian sitzt auf dem Bett. Die Wut, die er in sich trägt, kann er nicht verbergen. Seine Hände sind zu Fäusten geballt, die Wangen zittern, so fest presst er die Kiefer aufeinander. Ich schließe die Tür möglichst leise und setze mich zu ihm.

„Dein Vater ist ein Heuchler", schnaubt er wütend.

Ich lege die flache Hand auf seinen Rücken und streichele ihn, in der Hoffnung, ihn damit ein wenig zu beruhigen. „Er ist nur ein besorgter Vater. Ich denke, er war es, der uns gestern gesehen hat."

Ian dreht den Kopf in meine Richtung. Das Blau in seinen Augen ist kalt. So eiskalt, dass sich auf meinem gesamten Körper Gänsehaut bildet. „Weißt du, was er mir, was er der Band damit antut?", knurrt er.

Erst jetzt wird mir bewusst, welche Konsequenzen die Entscheidung meines Vaters haben werden. Dass wir uns womöglich nie wieder sehen, ist im Moment mit Sicherheit Ians kleinstes Problem. Was geschieht nun mit ihm? Wenn ich daran denke, dass er bald vor Gericht stehen wird und sich als Drogendealer verantworten muss, friert es mich noch mehr.

Ich lege die Hand auf seine Wange. Sie glüht. „Ich ... es tut mir leid, und ich weiß nicht ...", stammele ich. Mir fehlen die richtigen Worte.

Eben noch tanzten bunte Schmetterlinge durch meinen Leib, doch jetzt geht ihnen die Luft aus. Ihre Flügelschläge werden langsamer, sie sinken zu Boden und einer nach dem anderen verendet jämmerlich.

„Du trägst keine Schuld, Virginia, an nichts, verstehst du?", versucht er, mich zu beruhigen, denn ich japse nach Luft.

Meine Gefühle überschlagen sich. Von himmelhochjauchzend, da ich neben ihm sitze und ihn spüre, hin zu Tode betrübt, da ich weiß, dass alles gleich vorbei sein wird. Die Sorge ob seiner Zukunft treibt mir die Magensäure in die Speiseröhre. Innerlich brenne ich. Meine Seele wird von Schmerz durchzogen.

„Ich muss dir noch etwas sagen ...", beginne ich meinen Satz vorsichtig, da das sicher der komplett falsche Zeitpunkt für meine Offenbarung ist, und doch muss ich es ihm sagen. Ian schenkt mir einen erwartungsvollen Blick. „Ich habe mich in dich verliebt."

Seine Mundwinkel ziehen sich leicht nach oben. Die Kühle in seiner Iris verschwindet. Fast in Zeitlupe nähert er sich mir. „Mir geht es genauso", haucht er gegen meine Lippen, ehe er mich leidenschaftlich küsst.

Für einen kurzen Augenblick steht die Zeit für uns still. Es gibt niemanden, der uns auseinanderreißen will, keine Sorgen und kein Leid. Ich reise mit ihm in eine Traumwelt, in der wir ein glückliches Paar sind. Als seine Zunge nach meiner sucht, gerät mein Blut in Wallung. Meine Hände machen sich selbstständig und betasten seinen muskulösen Oberkörper. Ian stöhnt leise in meinen Mund hinein. Mir jagt ein eiskalter Schauer über den Rücken, da ich merke, dass sich seine Reaktion auch auf meinen Unterleib auswirkt. Er jedoch übt sich in Zurückhaltung. Die eine Hand liegt in meinem Nacken, die andere auf meinem Gesicht. Ein Endorphinrausch überkommt mich, jeder Millimeter meiner Haut kribbelt so stark, als würde eine Horde Ameisen darüber laufen.

Als es jedoch urplötzlich an die Tür klopft, zuckt er erschrocken zurück und springt vom Bett auf.

„Ian, dein Manager ist da."

„Ja, ich komme sofort ... Pastor Olden", zischt er. Seine Gefühlslage ist nun auf Alarmstufe rot. Wutentbrannt greift er nach seiner Tasche.

Ich erhebe mich vorsichtig, da ich Angst habe, meine Beine könnten mich nicht tragen.

Er dreht sich zu mir um, lässt die Sporttasche fallen, umfasst mein Gesicht fest und haucht mir einen letzten Kuss auf die Lippen. „Wir werden uns wiedersehen, das verspreche ich dir."

Mit aller Gewalt versuche ich, die Tränen zu unterdrücken. Ich nicke schwer schluckend.

Ian nimmt das Gepäckstück wieder an sich, öffnet die Tür und verlässt den Raum ohne sich noch einmal nach mir umzudrehen.

Ich folge ihm kurze Zeit später in den Flur, wo sich meine Mutter und Zoey gerade von Ian verabschieden.

Als mein Vater mich aus dem Gästezimmer kommen sieht, atmet er hörbar aus. „Was hast du da drin zu suchen gehabt?"

Alle Blicke sind plötzlich auf mich gerichtet.

„Wir haben uns verabschiedet, Dad", antworte ich.

Seine Augen verengen sich zu Schlitzen. „Dieses unchristliche Verhalten dulde ich in diesem Hause nicht! Du gehst jetzt auf der Stelle in dein Zimmer. Wir reden später", faucht er mich an.

„Ich bin erwachsen!", finde ich die meiner Meinung richtigen Worte.

„Du bist in meinem Haus und tust, was ich dir sage!" So wütend wie er gerade ist, sah ich ihn noch nie. Der Mann, der nervös an seinem Krawattenknoten spielt und von einem Fuß auf den anderen tritt, ähnelt meinem Dad nicht annähernd. Wer zur Hölle ist das?

Meine Mutter und auch Zoey geben keinen Ton von sich, sondern sehen nur leicht verängstigt zu Boden.

„Hör auf ihn und geh nach oben", bittet Ian mich mit sanftmütiger Stimme.

Als ich mich in Bewegung setze, schiebt Dad Ian zur Haustür hinaus. „Das war's dann", knurrt er.

„Das werden wir noch sehen, Pastor Olden." Das sind Ians letzte Worte, die ich noch verstehe.

Als die beiden nicht mehr zu sehen sind, packt Zoey mich bei der Hand und zieht mich eilig nach oben in mein Zimmer.

Vor dem Bett sacke ich zusammen und lasse meinen aufgestauten Emotionen freien Lauf. Sturzbäche rinnen mir übers Gesicht.

Meine kleine Schwester kauert sich neben mich und streicht mir über den Rücken. „Schscht ... es wird alles wieder gut", will sie mir mit leiser Stimme weismachen.

„Gut? Wie soll denn alles gut werden?", schniefe ich.

Zoey packt mich unter den Armen und zieht mich aufs Bett. „Du richtest dich jetzt auf und hörst auf, zu heulen. Du bist eine erwachsene Frau und benimmst dich jetzt auch so", fordert sie mich altklug auf.

Ich schlucke meine restlichen Emotionen hinunter und wische mir das Gesicht trocken. „Ja, du hast recht, entschuldige."

Sie setzt sich zu mir und legt eine Hand auf meinen Oberschenkel. „Das meinte ich nicht. Heulen ist schon okay, aber mach das nicht vor Dad. Er wird sonst nur noch wütender. Und da er mit Sicherheit in wenigen Minuten hier auftaucht, solltest du dich sammeln und dich ihm wie eine gestandene Frau gegenüberstellen und nicht wie ein verzweifelter Teenager."

Manchmal glaube ich, dass auch sie zwischen zwei Persönlichkeiten switcht. Oder aber, dass in ihrem Gehirn ein Schalter zwischen dem Level doofer Teenie und absolut erwachsen schwankt.

Ich hole mehrmals tief Luft und kreise die Schultern. „Alles klar, ich bin bereit."

„So gefällst du mir schon besser."

„Er war es also, der uns gestern gesehen hat."

Zoey verzieht das Gesicht. „Der übertreibt eindeutig. Was denkst du, von was ich die ganze Zeit rede?"

Vor Kurzem noch beschloss ich, meine kleine Schwester und meine Eltern wieder näher zusammenzubringen, und hoffte, sie dazu bewegen zu können, Zoey mehr Verständnis entgegenzubringen, wenn ich aber die jetzige Situation betrachte, dann kann ich mein Vorhaben auf der Stelle in die Tonne kloppen. Unser Dad ist wirklich so was von bieder!

„Ist ihm eigentlich überhaupt nicht klar, was er Ian damit antut? Er muss jetzt vielleicht ins Gefängnis! Dass er uns nicht zusammen akzeptiert, meinetwegen, aber ihn gleich wegzuschicken, das geht eindeutig zu weit. So ein Verhalten hätte ich ihm nie zugetraut."

Zoey beißt sich auf die Unterlippe. „Es gibt viele Dinge, die ich unserem Vater nie zugetraut hätte. Das hier ist noch nicht mal die Spitze des Eisbergs."

Ich runzele die Stirn. „Wie meinst du das?"

Sie presst die Lippen aufeinander und schüttelt energisch den Kopf. „Nicht so wichtig, zumindest noch nicht."

„Zoey, du sprichst in Rätseln."

Sie steht auf und schiebt die Hände in die Hosentaschen ihrer Hotpants. „Das hier ist jetzt nicht der richtige Zeitpunkt."

„Für was?"

Gerade als sie Luft holt, um mir zu antworten, fliegt ohne Vorwarnung die Tür auf und unser wutschnaubender Vater betritt den Raum.

„Zoey, raus hier!"

„Geht´s vielleicht auch etwas Freundlicher ... DAD", nörgelt sie und schlendert übertrieben langsam in den Flur.

Als wir allein sind, verschränkt er die Arme vor der Brust. „So, und jetzt zu dir, mein Fräulein."

Ich geb ihm gleich Fräulein! „Wieso hast du das getan?", herrsche ich ihn an.

„Ian hat meine Gastfreundschaft und Hilfe ausgenutzt, das dulde ich nicht." Seine Mimik ist starr.

„Wie war das mit dem verirrten Schaf und dass wir ihm den richtigen Weg weisen müssen?" Mir platzt wirklich gleich der Kragen!

„Allen voran muss ich meine Familie schützen, und da deine Sicherheit in seiner Nähe nicht mehr geboten war, musste er gehen."

„Wie bitte?", kreische ich lauthals.

„Der Junge hat dir vollkommen den Kopf verdreht. Sieh dich doch nur an", brüskiert er sich.

Ich sehe an mir herunter. „Mit mir ist alles in bester Ordnung und bis vor wenigen Minuten war ich glücklich. Richtig glücklich, das erste Mal in meinem Leben ..."

Mein Vater hebt abwehrend die Hand. „Sprich bloß nicht weiter", ermahnt er mich.

„Was? Wieso nicht? Es war doch immer dein höchstes Ziel, dass deine Kinder einmal glücklich durchs Leben gehen, aber mir hast du das mit deiner Aktion total vermiest", erkläre ich.

Er schüttelt den Kopf. „Du wärst niemals mit ihm glücklich geworden, glaub mir. Ian ist Gitarrist in einer Rockband. Ihr zwei führt vollkommen unterschiedliche Leben, die nicht miteinander vereinbar sind, und mal ganz davon abgesehen, ist es eine Todsünde ..." Er hält inne und rümpft die Nase. „Ihr habt euch geküsst, Virginia, das ist eine Katastrophe." Meinem Vater treibt es Schweißperlen auf die Stirn. Er öffnet den Knoten seiner Krawatte.

Jetzt ist es soweit. Er dreht durch! „Wie kommst du denn auf so einen Blödsinn? Todsünde?" Es fällt mir schwer, nicht laut loszulachen. Ich senke den Kopf und schlucke das Kreischen, das in mir aufsteigt, wieder hinunter.

Er holt ein besticktes Taschentuch aus seiner grauen Anzughose, wischt sich damit über die Stirn und setzt sich dann neben mich. „Hör mir mal zu, Engel, du musst mir einfach vertrauen und ihn vergessen. Es gibt keine andere Lösung", sagt er plötzlich in gewohnt ruhiger Manier.

„Kannst du mir dann bitte auch erklären warum?"

Sorgenfalten bilden sich auf seinem Gesicht. „Nein, das kann ich nicht. Du musst mir einfach vertrauen."

„Nachdem, was du getan hast? Du schickst den armen Kerl in den Knast, nur weil es dir nicht passt, dass wir uns geküsst haben?" Ich stehe auf und stemme die Hände in die Hüften. „Und vertrauen? Das kannst du vergessen. Ihr alle seid nicht ehrlich und verschweigt mir etwas. Du, die Lips, Z..." Beim Namen meiner Schwester unterbreche ich mich selbst, denn ich will sie vor ihm keinesfalls bloßstellen. „Und wenn ihr nicht bald mit der Sprache rausrückt, was hier wirklich los ist, dann ... ja, dann ...", stammele ich. Was ist dann eigentlich? „Das werde ich mir noch überlegen, was ich dann tun werde", keife ich hilflos.

Mein Vater erhebt sich, legt die Hände an meine Oberarme und sieht mich ernst an. „Das bildest du dir alles nur ein, mein Engel. Ians Anwesenheit hat dich völlig durcheinandergebracht. Du solltest dir wohl besser erst einmal ein wenig Zeit für dich selbst nehmen, und wir reden ein anderes Mal weiter."

Ich entreiße mich seiner Berührung, indem ich zwei Schritte nach hinten trete. „Nein, Dad, das siehst du völlig falsch. Ich habe noch nie zuvor in meinem Leben so klar gesehen wie heute."

Er wirft mir einen besorgten Blick zu und geht dann an mir vorbei in Richtung Tür. „Deine Mutter wird dir ein paar Baldriantropfen bringen."

„Ich scheiße auf die blöden Tropfen!" Jetzt reicht es! „Ich habe es satt, dass mich hier alle für total bescheuert halten."

„Solche Schimpfwörter dulde ich im Hause Olden nicht", weist er mich zurecht, ohne auf den Rest meiner Aussage einzugehen.

„Ich werde schon noch herausfinden, welches Spiel hier gespielt wird."

„Du wirst heute Abend zur Beichte gehen", bevormundet er mich.

„Ich gehe dahin, wo ich will und wann ich will. Ich habe es satt, dass du mich behandelst, als wäre ich zwölf!"

Mein Vater legt die Hand auf die Klinke und dreht sich noch einmal zu mir um. „Dein Benehmen gleicht auch dem eines Teenagers, also behandele ich dich auch so."

„Und dein Benehmen gleicht dem eines Mannes, der Dreck am Stecken hat und versucht, mit dummen Aktionen von seinen eigenen düsteren Problemen abzulenken."

Mein Vater verlässt ohne Reaktion das Zimmer.

Dass ich jemals so mit meinem Dad sprechen würde, der mir bis heute wirklich alles bedeutete, dachte ich niemals. Völlig ermattet von all dem Streit lasse ich mich nach hinten sinken, schließe die Augen und hoffe, dass das alles nur ein bitterböser Traum war.

# Sechzehn

## Fünf Tage später ...

Leider erwachte ich nicht aus einem bösen Traum, sondern lebe seit den Geschehnissen in meinem persönlichen Albtraum. Mein Vater spricht seither kaum mehr ein vernünftiges Wort mit mir, Zoey zog sich ebenfalls aus mir unerklärlichen Gründen zurück und meine Mutter wirkt resigniert auf mich.

Heute ist Sonntag und in einer Stunde beginnt der Gottesdienst, doch nicht einmal dazu kann ich mich aufraffen. Ich ziehe mir die Bettdecke über den Kopf und suche nach einer Lösung. Von Ian hörte ich nichts mehr, und auch im Internet finden sich keinerlei neue Schlagzeilen über ihn oder die Band. Sie sind wie vom Erdboden verschluckt. „Das wäre ich auch gern", murmele ich und schließe die Augen.

„Wir werden uns wiedersehen, das verspreche ich dir", das waren Ians letzte Worte an mich, die ich mir seitdem tausendfach selbst vorbetete. Nur wann? Und wird es wirklich dazu kommen? Die Ungewissheit zerfrisst meine kleine Seele mit jeder Sekunde, in der ich nichts von ihm höre, immer mehr.

Sicher wäre es ein Leichtes für mich, seine Nummer herauszufinden, sei es über Zoey oder im Büro meines Vaters, aber ich tue es nicht. Wer weiß, was Ian gerade alles um die Ohren hat, und ich will ihm mit meiner verfahrenen Familiensituation nicht noch mehr zusetzen. Er wird einen Weg finden, mit mir in Verbindung zu treten, wenn die Zeit reif ist.

Und bis es soweit ist, sollte ich mich auf die Hinterbeine stellen und endlich etwas an meiner Lage ändern. Mein Zimmer verlasse ich nur noch zum Essen oder um meiner Körperhygiene nachzukommen. So kann es nicht weitergehen. Ich fühle mich in meinem Elternhaus nicht mehr wohl.

Ich schlage die Decke über mir weg, stehe auf und laufe mehrere Runden durch den Raum. Vielleicht ist es besser, wenn wir alle ein wenig Abstand voneinander bekommen. So könnte jeder für sich über alles nachdenken. Mein Einfall klingt nach einem Schlachtplan. Ich werde morgen abreisen und die restlichen Semesterferien im Wohnheim verbringen. Einsamer als hier kann ich mich nirgends auf der Welt fühlen.

Das Klopfen an meiner Zimmertür entreißt mich meiner Gedanken. Bevor ich jedoch herein sagen kann, steht auch schon Zoey mitten im Zimmer und sieht mich erschrocken an.

„Du bist ja noch im Pyjama."

„Na und?"

„Sie werden dich lynchen!"

In diesem Moment dringt auch schon Mums Stimme zu uns nach oben. „Seid ihr fertig? Wir wollen gehen", ruft sie.

Ich schüttele den Kopf und wedele abwehrend mit den Händen.

Zoey braucht einen Augenblick, ehe sie versteht, was ich von ihr erwarte.

„Virginia, Zoey, was ist denn jetzt?", drängelt unsere Mutter.

„Mum, Virginia geht es nicht gut, sie kann nicht mitkommen", schreit Zoey laut.

„Was hat sie denn? Soll ich hochkommen?"

Meine kleine Schwester sieht mich ratlos an. Ich öffne den Mund und stecke mir den Finger hinein.

„Virginia kotzt. Ich kümmere mich um sie, geht ihr schon voraus."

„Das kommt davon, weil sie in den letzten Tagen kaum etwas zu sich genommen hat", klagt meine Mutter.

„Nun geh schon, Mum. Ich bekomm das hin, es ist nur Kotze!", schreit Zoey.

Ich runzele die Stirn und tippe mir mit dem Zeigefinger dagegen. „Ich meinte Halsweh."

Meine kleine Schwester schließt die Tür hinter sich. „Dann zeig auf deinen Hals und nicht in deinen Mund", meckert sie. „Jetzt muss ich schon für dich lügen."

Ich zucke die Schultern. „Das bist du mir auch schuldig, nach allem, was ich für dich getan habe."

Zoey setzt sich aufs Bett. „Was wird das? Ein Glaubensstreik?"

Ich schüttele den Kopf. „Natürlich nicht."

„Wie geht es Ian eigentlich?" Sie wackelt mit den Augenbrauen, hält sich den Arm vors Gesicht und küsst ihn ausgiebig. Also mal wieder Teenager-Modus! Ihre Anspielung auf unseren Kuss kann ich gerade absolut nicht vertragen.

„Seitdem er weg ist, habe ich nicht mit ihm gesprochen."

Zoey lässt von ihrem Arm ab und sieht mich angespannt an. „Wieso nicht?"

„Keine Ahnung, weil ich seine Nummer nicht habe, oder er meine, oder aber weil er im Moment ganz andere Sorgen hat als mich."

„Willst du seine Nummer? Ich kann sie dir besorgen. Ich muss nur Damian anrufen."

Diesen Namen verdrängte ich, seitdem es Zoey wieder besser geht. „Hast du etwa noch Kontakt mit ihm?", will ich wissen.

„Willst du nun seine Nummer?", ignoriert sie meine Frage.

„Nein, lass gut sein. Ich besorge sie mir selbst, wenn ich wieder an der Uni bin", winke ich ab.

„Du willst also noch Wochen warten?" Zoey seufzt leise. „Du hast von Liebe wirklich keine Ahnung. Du solltest ihm in dieser schweren Zeit lieber den Rücken stärken, als dich gar nicht bei ihm zu melden."

„Willst du mir damit sagen, dass du weißt, wie es ihm geht?", frage ich und sehe sie erwartungsvoll an.

Zoeys Mundwinkel ziehen sich nach unten. „Leider nein! Ich habe auch schon gegoogelt, aber nichts."

„Hoffentlich muss er nicht ins Gefängnis", stöhne ich und gehe auf meinen Schrank zu. „Ich habe mich dazu entschlossen, morgen abzureisen", teile ich meiner Schwester nebenbei mit.

„Was?" Ihr quietschender Schrei dringt mir bis ins Mark.

„Es ist besser so. Wir sollten alle ein wenig Abstand voneinander gewinnen", sage ich und suche nach meiner Reisetasche, die ich auf dem Boden des Kleiderschranks verstaute.

„Virginia, nein! Du kannst mich hier nicht alleine lassen", protestiert sie lautstark.

Auf dem Boden kniend drehe ich mich zu ihr um. „Aber irgendwann muss ich wieder an die Uni zurück."

„Aber nicht morgen. Du musst noch ... es geht nicht ... weil ich ..." Meine Schwester gerät ins Stottern. Ihre Gesichtsfarbe wird fahl. Sie knabbert an ihrer Nagelhaut und beißt sich auf die Unterlippe. „Es ist wohl an der Zeit, dass ich dir alles erzähle", murmelt sie.

Jetzt, nachdem ich ihr mitteilte, dass ich abreise, will sie endlich den Mund aufmachen. Wie schön! „Ich höre."

Zoey klopft neben sich aufs Bett. „Es ist besser, wenn du dich setzt."

„So schlimm?"

„Viel schlimmer!"

Sie macht mir zugegebenermaßen ein wenig Angst. Mein Puls erhöht sich merklich, als ich ihrer Bitte Folge leiste und neben ihr Platz nehme.

Zoey nimmt meine Hand und drückt sie so fest, dass es schon fast wehtut. „Du musst jetzt sehr stark sein."

Was kommt denn jetzt? Will sie mir vielleicht erzählen, dass sie schwanger ist und nicht weiß, wie sie es Mum und Dad beichten soll? „Was hast du angestellt?"

Meiner kleinen Schwester treibt es die Tränen in die Augen. „Dad ... er ist nicht das, was er vorgibt zu sein", stottert sie.

Ich dachte, jetzt kommt ihre Offenbarung, und nun will sie sich doch wieder nur über unseren Vater beschweren. „Ich habe ihn in den letzten Tagen auch ganz neu kennengelernt, glaub mir", versuche ich, meine völlig aufgelöste Schwester zu beruhigen.

Aus Zoeys braunen Augen spricht die pure Verzweiflung. „Es sieht so aus, als ob Dad vor Mum eine andere Frau hatte", lässt sie die Bombe platzen.

Urplötzlich überschlagen sich in meinem Kopf Szenen, Gespräche, Ereignisse. „Wie kommst du darauf?" Die Frage kommt mir so schwer über die Lippen wie noch keine zuvor, denn ich habe panische Angst vor der Wahrheit.

Zoey atmet schwerfällig, rutscht vom Bett, kniet sich vor mich und sieht mich durchdringend an. „Weil er einen Sohn hat."

Meine Kopfhaut kribbelt. Magensäure bahnt sich unaufhaltsam ihren Weg nach oben. Ich stoße meine Schwester beiseite, hechte zur Toilette und lasse meinen körperlichen Bedürfnissen freien Lauf.

Zoey, die mir ins Badezimmer folgte, befeuchtet einen Waschlappen und legt ihn mir in den Nacken. „Also, vermutlich hat er einen Sohn."

Es fällt mir schwer, zu verstehen, was sie mir eben sagte, und so sehr ich mich auch anstrenge, ich schaffe es einfach nicht, die Puzzelteile richtig aneinanderzureihen.

Urplötzlich kriecht ein noch viel schlimmerer Schwall Ekel in mir hoch. Ist es etwa Ian? Dad sprach von Todsünde. Er weiß also von einem Sohn? Und Mum? Was sagt sie zu all dem? Mal abgesehen davon, dass er mich mein Leben lang belog und mir die heile Welt der Liebe vorgaukelte, bringt er ihn dann auch noch in unser Haus und sagt uns nichts.

Mir rinnt kalter Schweiß über die Stirn. Ich halte mich am Wannenrand fest und versuche, mich auf meine wackeligen Beine zu stellen. Zoey eilt mir zu Hilfe und stützt mich.

Meine Mundhöhle brennt wie Höllenfeuer. „Ist es etwa Ian?"

Zoey führt mich zurück in mein Zimmer und setzt mich aufs Bett. „Nein, wie kommst du denn darauf?"

Der Stein, der mir in diesem Moment von der Seele rollt, ist mehrere Zentner schwer. Ich veratme den letzten Rest Übelkeit. „Das ist mir alles zu konfus."

Zoey hockt sich vor mich auf den Boden und sieht zu mir hoch. „Damian denkt, dass er Dads Sohn ist. Er hat uns auch damals die Konzertkarten geschickt. Er dachte, er könnte uns so kennenlernen und ..."

„Er wollte also über uns an ihn ran. Woher kannte er uns denn?", unterbreche ich sie.

„Damian hat wohl einen Privatermittler eingeschalten, da er unbedingt seinen leiblichen Vater kennenlernen wollte, so genau weiß ich das auch nicht."

Das ist wieder typisch meine Schwester. Die wirklich wichtigen Dinge bringt sie nicht in Erfahrung. In mir kriecht ein mulmiges Gefühl hoch. Wir wurden also ausspioniert. Wie unangenehm. Sicher hat er auch heimlich Fotos von uns geschossen. Ich muss mich schütteln. „Nun red' schon weiter", bitte ich sie.

„Aber als das mit der Razzia passierte, war sein Plan uns zu treffen, gescheitert."

Ich rutsche in die Mitte des Bettes und setze mich in den Schneidersitz. „Und was, wenn es Damian war, der die Drogen bunkerte und dachte, er könne so an uns ran kommen?", fabuliere ich vor mich hin. „Ach nein, das ist auch totaler Quatsch."

„Jedenfalls hat Ian dann ein Treffen zwischen uns arrangiert, und Damian fragte mich, ob ich etwas für ihn tun könnte."

Mir schießen augenblicklich die Bilder durch den Kopf, als Zoey in Dads Schubladen kramte. „Du hast ihm also die DNA unseres Vaters beschafft, damit er einen Test durchführen kann."

Zoey nickt. Langsam, aber sicher schließt sich der Kreis.

„Und Ian wusste auch davon?"

„Anfangs nicht", verteidigt sie ihn. „Aber als er hier abbrechen wollte, hat er Damian dazu gezwungen, die Wahrheit zu sagen."

„Und wieso, in Gottes Namen, wisst ihr alle davon und lasst mich im Dunkeln tappen? Weißt du, wie blöd ich mir jetzt vorkomme?" Ich lege den Kopf in den Nacken und starre an die Decke.

Zoey krabbelt zu mir aufs Bett. „Weißt du, wie es mir ging, als ich von der Sache erfuhr? Ich wollte dich damit nicht belasten, ehe es nicht sicher ist. Ich dachte, Damian könnte schließlich auch irgendein Spinner sein. Hör zu, es tut mir wirklich leid. Sei bitte nicht sauer", quengelt sie.

„Alle, und ich meine wirklich alle, haben mich belogen", knurre ich.

„Was meinst du mit alle? Nur ich und, na ja, Ian ein bisschen, aber sei nicht böse auf ihn. Er wollte sich in diese Angelegenheit nicht einmischen."

Ich werfe meiner kleinen Schwester einen wütenden Blick zu. „Glaubst du wirklich, dass es mir im Augenblick um Ian geht? All das, was wir vorgelebt bekommen haben, stimmt nicht. Dad hat uns aufs Übelste belogen. Ich bin wirklich sprachlos."

Zoey streicht mir vorsichtig den Rücken. „Ich glaube nicht, dass Dad von ihm weiß."

„Ach nein? Das glaube ich schon, und weißt du, was ich vermute, ist, dass er annimmt, Ian sei sein Sohn", zische ich.

Nun ist es Zoey, die die Augen weit aufreißt und mich entsetzt ansieht.

„Dad bekam von irgendetwas Wind, das kannst du mir glauben. Er beobachtet unser Tun so akribisch, dass ihm sicher etwas aufgefallen ist. Oder er hat eines deiner Gespräche mit Ian belauscht. Jedenfalls benahm er sich mit einem Mal sehr merkwürdig, wollte ständig Zeit mit ihm verbringen, und jetzt verstehe ich auch seine Aussage, als er uns beim Knutschen erwischte." Ich hole tief Luft. „Ja, der denkt wirklich, wir seien Geschwister. Deshalb sprach er von Todsünde."

„Und dann schickt er ihn weg und nimmt sogar in Kauf, dass er ins Gefängnis wandert? Toller Vater!"

„Vielleicht kam ihm das sogar ganz recht. Mittlerweile traue ich ihm alles zu." Die Wut, die ich auf ihn verspüre, multipliziert sich sekündlich.

„Denkst du, Mum weiß was davon?"

„Ich denke nicht."

„Die Arme", schnieft Zoey.

„Das kannst du laut sagen", stimme ich ihr zu.

Meine Schwester legt ihren Kopf in meinen Schoß. „Morgen erfahren wir die Wahrheit."

„Wieso morgen?", hake ich nach.

„Damian will sich mit mir treffen und mir das Ergebnis mitteilen. Er hat mir heute Morgen eine Whats-App-Nachricht geschickt. Kommst du mit?"

„Und dann hast du ihn nicht gefragt, wie es Ian geht?" Sie hat mit Damian Kontakt und informiert sich nicht!

„Doch habe ich, aber er hat meine Nachricht noch nicht gelesen", verteidigt sie sich.

Ich streiche ihr übers Haar und verwerfe meine sorgenvollen Gedanken vorerst wieder. „Natürlich komme ich mit, was für eine Frage." Der wird mir morgen Rede und Antwort stehen müssen!

„In seiner Nachricht schrieb er auch, dass er mich heute Abend noch anruft, um abzusprechen, wo wir uns treffen. Das Diner ist wohl nicht der richtige Ort, meinte er."

„Da wird uns schon noch was einfallen."

Zoey setzt sich auf und sieht mich ernst an. „Und was willst du Dad erzählen, wohin wir fahren?"

Urplötzlich schießt mir Jutta in den Sinn. Sie und Heinz-Jörg wissen davon, deshalb war mein Vater auch neuerdings ständig bei ihnen. Ich springe vom Bett auf und packe Zoey am Arm. „Komm mit, ich hab da schon eine Idee."

Na warte, Jutta kann sich gleich was von mir anhören!

\*

Als Jutta mich mitsamt meiner Schwester im Schlepptau über die Straße rennen sieht, erhebt sie sich von ihrem Stuhl auf der Veranda und winkt uns mit einem breiten Grinsen zu. Dass sie noch lachen kann, verstehe ich überhaupt nicht.

„Habt ihr die tolle Neuigkeit schon gehört?", ruft sie uns zu.

Auffällig stampfend betrete ich ihre Veranda und sehe sie erzürnt an. „Gut? Was meinst du mit gut? Bei uns ist überhaupt nichts gut."

Zoey hält sich hinter mir am Geländer fest und japst nach Luft.

Jutta wird steif und deutet auf mich. „Du trägst einen Pyjama."

Soll das ein Ablenkungsmanöver werden? „Na und!"

„Wollt ihr euch nicht erst mal hinsetzen, Mädchen?"

„Nein, danke, ich stehe lieber", teile ich ihr zähnefletschend mit.

„Ich weiß wirklich nicht, warum ihr so griesgrämig ausseht. Die Nachricht ist doch toll", freut Jutta sich und lächelt breit.

Irgendwie habe ich das Gefühl, dass sie nicht kapiert, was wir von ihr wollen, und wir verstehen nicht, was sie uns mitzuteilen versucht.

„Welche Nachricht?", kommt Zoey mir zuvor.

„Die Sache mit den Drogen wurde aufgeklärt, hat euer Dad euch das noch nicht erzählt?" Jutta sieht fragend zwischen uns hin und her und bemerkt an unseren Gesichtern wohl, dass wir keine Ahnung haben. „Bill Harper hat gestern Abend erneut eine Razzia in Jackson's Bar durchgeführt und wieder einen ganzen Beutel Kokain gefunden. Nach einem harten Verhör hat Jackson zugegeben, dass die beim Konzert damals auch von ihm waren. Er dealt wohl schon seit Jahren in Preston."

„Dann ist Ian also entlastet", jubelt Zoey neben mir.

Wenigstens hier hatte Gott ein Einsehen und verschaffte der Gerechtigkeit den Sieg. Die neuen Erkenntnisse beruhigen mich zwar, erfreuen mich in meiner momentanen Lage aber keinesfalls.

„Du scheinst nicht glücklich darüber zu sein", liest Jutta an meinem Gesicht ab.

„Oh doch, das bin ich, aber weißt du was? Ich hasse es, angelogen zu werden, und du hast mich angelogen. Ich bin schwer enttäuscht."

Sie geht wortlos zwei Schritte rückwärts, und an ihrem niedergeschlagenen Ausdruck erkenne ich, dass es ihr dämmert, warum wir hier sind.

„Dein Vater hat bei Heinz-Jörg Rat gesucht und uns gebeten, die Sache vertraulich zu behandeln, so lange noch nichts feststeht", windet sie sich aus der Affäre.

„Er weiß also wirklich davon", wirft Zoey ein.

„Sag ich doch."

„Und weiß Mum davon?", bohrt meine Schwester nach.

Jutta schüttelt den Kopf. „Das sind aber Dinge, die vor euch und ihrer Ehe geschehen sind. Charles wird das mit euch klären, wenn die Zeit dazu reif ist."

„Er hat uns unser Leben lang belogen", schreie ich.

„Es tut mir wirklich vom Herzen leid, Virginia, ich wollte dich nicht anlügen, das musst du mir glauben, aber bei dieser heiklen Sache konnte ich mich nicht einmischen. Wie gehst du denn jetzt damit um?"

Ach ja, klar! Sie kennt ja nur die Vermutungen meines Vaters und weiß gar nicht, dass die nicht wahr sind. Deshalb verhielt sie sich auch so merkwürdig zugeknöpft und stellte mir so komische Fragen zu Ians Alter und wollte ihn mir unbedingt ausreden.

„Du liegst völlig daneben. Ian ist nicht unser Bruder. Es ist Damian."

Unsere Nachbarin wird bleich um die Nasenspitze. „Wie bitte?"

„Also, morgen sind wir uns sicher", teilt Zoey ihr mit, und ich bin froh, dass wir nun am Punkt sind.

„Genau, deswegen sind wir auch hier. Wir werden uns morgen mit Damian treffen, außerhalb, weit außerhalb, wenn du verstehst, was ich meine, und du wirst uns ein Alibi liefern."

Jutta lehnt sich im Stuhl zurück, verschränkt die Beine und legt die Hände in den Schoß. „Findet ihr das gut, euch mit ihm hinter dem Rücken eures Dads zu treffen?"

„Ich finde es auch nicht gut, von allen hier die ganze Zeit belogen worden zu sein."

„Wir wollten erst mal gucken, ob es tatsächlich stimmt, ehe wir auch noch Mums Leben kaputt machen", flüstert Zoey.

„Er wird uns morgen das Ergebnis des Tests mitteilen", erkläre ich.

„Also gut, ich lasse mir was einfallen", stimmt Jutta unserem Vorhaben schließlich zu.

„Gut, dann überleg dir was, ich komm später noch mal vorbei", sage ich und verlasse ohne mich zu verabschieden die Veranda.

„Wollen wir nicht reden, Schätzchen?", ruft Jutta mir flehend hinterher.

„Später, ich muss mich erst auskotzen", wettere ich und überquere eilig die Straße.

Ich will für ein paar Minuten einfach nur allein sein. Was ich eben alles erfuhr, passt auf keine Kuhhaut. Ich dachte immer, Zoey sei schlimm pubertär, aber dem ist gar nicht so. Sie ist sogar sehr emphatisch und wollte mich vor der nackten und ungeschönten Vermutung schützen, dass unser Vater nicht der heilige Mann ist, der zu sein er immer vorgeben hat. Nicht nur, dass er vorehelichen Geschlechtsverkehr mit einer anderen Frau als meiner Mutter vollzog, nein, er setzte auch noch ein Kind in die Welt. Das Allerschlimmste aber ist die Tatsache, dass er versucht, seine Taten zu verheimlichen.

Meine ganze Welt, in der ich bisher lebte, bröckelt und bricht langsam in sich zusammen.

# Siebzehn

In der letzten Nacht träumte ich davon, wie mein Vater im Fegefeuer verbrannte. Es war ein grässlicher Anblick, und insgeheim wünsche ich mir nichts mehr, als dass sich das heute alles als ein großes Missverständnis herausstellt. Ich fühle zwar auch mit Damian mit, denn es muss schlimm sein, nicht zu wissen, wer seine leiblichen Eltern sind, doch sehe ich unseren Familienfrieden erheblich gestört, sollte sich herausstellen, dass er unser Halbbruder ist.

Vor der Reaktion meiner Mutter hätte ich wohl am meisten Angst. Was ist, wenn sie uns verlässt, sich sogar scheiden lässt? Die Katastrophe wäre perfekt. Mein Vater, der angesehene Pastor, würde womöglich sein Gesicht vor der gesamten Gemeinde verlieren und uns alle mit in den Abgrund seiner Triebhaftigkeit reißen. Ich wage es nicht, noch länger daran zu denken. In wenigen Stunden haben wir endlich Gewissheit.

Nervös laufe ich Kreise in meinem Zimmer und warte auf Zoey. Die telefonierte gestern noch mit Damian und arrangierte mit ihm ein Treffen in einem abgelegenen Diner in der Nähe von Salt Lake City. Es liegen also gute zwei Stunden Autofahrt vor uns, und es ist bereits später Nachmittag.

Jutta hielt sich an die Abmachung und erzählte unseren Eltern, dass ihr Sohn mit seiner Frau zu einem wichtigen Termin muss und Zoey und ich auf die Enkelkinder aufpassen sollen. Wie sie das hinbog, dass sie nicht selbst zum Kinderhüten fährt, soll mir egal sein. Hauptsache, wir haben ein Alibi.

Auf eine Aussprache mit ihr verzichtete ich vorerst, da mich das alles noch viel zu sehr aufwühlt. Wenn sich die Wogen etwas geglättet haben, werde ich mit ihr reden und ihr ihre Lügerei auch verzeihen. Ich bin nicht nachtragend und wenn man intensiver darüber nachdenkt, tat sie auch das Richtige - sich nicht einmischen.

„Bist du fertig? Wir müssen los", hallt Zoeys Stimme durch die verschlossene Tür.

„Ja, ich komme." Mit einer kleinen, roten Reisetasche verlasse ich mein Zimmer und gehe nach unten.

Meine Mutter und mein Vater stehen bereits auf der Veranda, um sich von uns zu verabschieden.

„Macht's gut und passt gut auf die kleinen Süßen auf." Mum drückt zuerst mich, dann Zoey fest an sich.

„Ich finde es gut, dass du deiner Schwester hilfst", wendet sich Dad an Zoey, die seine Aussage mit einem aufgesetzten Grinsen kommentiert.

„Lass uns fahren, wir sind schon spät dran."

„Bekomm ich gar keinen Abschiedskuss?", nörgelt Dad.

Ich muss mich zusammenreißen, nicht die Augen zu rollen. Widerwillig begebe ich mich in seine Arme und herze ihn zurückhaltend.

„Fahr vorsichtig." Er gibt mir ein Küsschen auf die Stirn und lässt uns ziehen. Dass mir eine Umarmung meines Vaters jemals unangenehm sein würde, dachte ich auch nicht.

Die Fahrt zu dem Diner verbrachten Zoey und ich schweigend. Sie drehte das Radio bis Anschlag auf und sang lauthals jeden Popsong aus den aktuellen Charts mit. Es war wohl ihre Art, runterzukommen. Meine Knie werden spürbar weicher, je näher wir dem Ziel und der Wahrheit kommen.

„Nur noch zwei Meilen, dann sind wir da", schreie ich, um Rihannas Stimme zu übertönen, die aus den Lautsprechern dringt.

Zoey stellt das Radio ab und sieht zu mir rüber. „Ich habe langsam Schiss in der Hose."

Ich lege die Hand auf ihren Schenkel. „Das wird schon", versuche ich, sie zu beruhigen, bin mir aber meiner Aussage selbst nicht so sicher.

Als wir das abgelegene Diner mit angeschlossenem Motel erreichen, rast mein Puls. Mit zittrigen Fingern stelle ich den Motor ab.

Zoey kneift die Beine zusammen und presst die Lippen aufeinander.

„Lass uns zuerst einchecken, bevor wir ins Diner gehen", schlage ich vor.

Sie nickt heftig.

Da Jutta erzählte, dass wir bei ihrem Sohn übernachten, blieb mir nichts anderes übrig, als uns hier einzuquartieren.

Das kleine Zimmer ist altmodisch eingerichtet. Die Blümchentapete an der Wand erinnert mich an den Wohnstil meiner Großeltern. Das große, dunkle Doppelholzbett mit der weißen Bettwäsche, die nach Sommerwiese duftet, erscheint mir völlig ausreichend für ein paar Stunden Schlaf. Ein kleiner Tisch und zwei klapprige Stühle stehen in der rechten Ecke des Raums, und die Kommode gegenüber vervollständigt die Einrichtung. Das Badezimmer ist grün gefliest und mit Dusche, Waschbecken und Toilette auch völlig annehmbar ausgestattet.

Zoey begutachtet unsere Behausung nicht, sondern sitzt einfach nur teilnahmslos auf dem Bett, während ich die kleine Erkundungsrunde drehe. Was in diesem Mädchen schon seit geraumer Zeit vorgehen muss, kann ich nur erahnen.

Ich stelle die Reisetasche aufs Bett und nehme Zoey an die Hand. „Komm, lass uns gehen."

Im Diner ist die Farbe hellblau voll im Trend. Die Sitzbänke an der Fensterfront sowie auch die runden Hocker vor dem Tresen sind mit hellblauem Kunstleder überzogen. Die Tische sowie der Rest der Einrichtung glänzen metallisch.

Kurz hinter dem Eingang bleibe ich stehen und sehe mich um. „Und? Siehst du ihn schon?"

Zoeys Stimmbänder scheinen nicht mehr zu funktionieren. Mit starrem Blick und ohne einen Ton von sich zu geben versiert sie einen freien Platz an. Ich folge ihr und klopfe ihr dabei aufmunternd auf die Schulter.

Nach weiteren zwanzig Minuten des Schweigens und zwei Cokes später findet meine kleine Schwester endlich ihre Sprache wieder. „Er ist zu spät", nuschelt sie und kaut auf einem Strohhalm herum.

„Er kommt schon noch."

Gerade als ich diesen Satz zu Ende sprach, bemerke ich im Augenwinkel, dass jemand auf uns zukommt. Ich drehe den Kopf nach rechts. Ja, das ist er.

Der blonde Mann, der in etwa Ians Größe besitzt und seine kurzen Haare lässig gestylt hat, trägt eine dunkle Jeans und ein grau-weiß kariertes Hemd.

Er streckt mir zuerst die Hand hin. „Hey. ich bin Damian, Damian Hunter."

„Ich weiß, wer du bist", antworte ich und schäme mich sofort für meine leicht bissige Art. „Entschuldige, es ist nur alles etwas nervenaufreibend. Ich bin Virginia."

„Geht mir genauso", sagt er und setzt sich neben Zoey.

Ich will es zwar nicht, und dennoch suche ich sofort nach Gemeinsamkeiten. Wir alle drei haben blonde Haare, sind eher aprikosenfarbene Hauttypen und Damians braune Augen erinnern mich sofort an die meines Vaters. Wie er und Zoey so nebeneinandersitzen, muss ich zugeben, dass sie sich tatsächlich ähneln. Es soll aber auch Menschen geben, die sich sehr stark gleichen und dennoch nicht miteinander verwandt sind. Es könnte also noch immer alles ein Missverständnis sein.

Ich suche nach dem besten Vorgehen bei dieser heiklen Sache. Soll ich ihm zuerst alle Fragen stellen, die mir auf der Seele brennen, oder doch zuerst das Ergebnis des Tests verlangen?

Meine Grübelei erübrigt sich, als Damian sein Gesäß anhebt, einen weißen Umschlag aus der Hosentasche zieht und auf den Tisch legt.

Für einige Momente herrscht eine beängstigende Stille zwischen uns. Die Geräuschkulisse des Diners nehme ich nur noch gedämpft war. Auf meinem Schoß balle ich die Hände zu Fäusten, entspanne sie wieder und bete mir innerlich selbst vor, nicht auszuflippen, wenn ich diesen Brief öffne.

Da weder meine Schwester noch Damian nach dem Umschlag greifen, bleibt es wohl mir überlassen. Mein Herzschlag erhöht sich, als ich ihn an mich nehme.

„Du hast noch gar nicht reingesehen?", wende ich mich an Damian, als ich feststelle, dass der Klebestreifen noch fest verschlossen ist.

„Nein, das wollte ich mich euch gemeinsam machen", erklärt er.

Beide sehen mich unsicher an, als ich zur Tat schreite, den Briefumschlag aufreiße, die Mitteilung heraushole und sie auffalte. Die erste Seite überfliege ich nur, da dort für mich nur unverständliche Zahlen stehen. Auf der zweiten Seite findet sich das Auswertungsergebnis.

```
Mr. Charles Olden besitzt in allen unter-
suchten DNA-Systemen die für den Vater des
Kindes Damian Hunter zu fordernden Erb-
merkmale. Er kommt somit als Vater infra-
ge. Die biostatistische Auswertung der
PCR-Systeme erfolgte nach Essen-Möller.
Dabei ergab sich eine Vaterschaftswahr-
scheinlichkeit von
> 99.9999%

Zusammenfassung:
Aufgrund der vorliegenden Untersuchungsbe-
funde und der biostatistischen Auswertung
ist es praktisch erwiesen, dass Mr.
Charles Olden der biologische Vater des
Kindes Damian Hunter ist.
```

Meine Kiefer verspannen sich. Ich muss schwer schlucken. In meinen Lidern sammelt sich Flüssigkeit. Jetzt nur nicht heulen! Mein bisheriges Leben zerplatzt in diesem Moment wie eine Seifenblase. Er hat uns ein Leben lang belogen. Die angeblich große und einzige Liebe, meine Mutter, hatte eine Vorgängerin. Mein Vater hob sich nicht für sie auf, sondern zeugte sogar ein Kind.

Ich spüre die erwartungsvollen Blicke meiner Geschwister auf mir, antworten kann ich ihnen nicht, sondern nur zur Bestätigung nicken.

Damian nimmt mir den Brief aus der Hand und liest ihn noch einmal selbst. Zoey lässt die Schultern hängen und hibbelt von einer Pobacke auf die andere. Ihre Lippen ziehen eine gerade Linie. Auch sie weiß anscheinend nicht, ob sie sich nun freuen oder doch lieber heulen soll.

Ich muss mich zusammenreißen, meiner kleinen Schwester Halt geben und ihr nicht zeigen, wie zerrissen ich innerlich bin. Ich verdränge meine Tränen und reiche Damian die Hand. „Hallo, Bruder."

Auf Zoeys Gesicht zeichnet sich augenblicklich Erleichterung ab.

„Hallo ... Schwester", erwidert er meine neuerliche Vorstellung etwas abgehackt.

Kurz darauf fällt Zoey ihm um den Hals, und die beiden umarmen sich innig. Sie scheinen einen Draht zueinander zu haben, etwas zu spüren, das ich noch nicht fühle, eventuell auch niemals fühlen werde.

„Darf ich dir noch einige Fragen stellen?", unterbreche ich ihre Zweisamkeit schließlich.

Zoey löst sich von Damian, bleibt aber dicht neben ihm.

„Natürlich darfst du das", stimmt er meiner Bitte zu.

Wo fange ich nur am besten an? „Wie bist du dazu gekommen, einen Privatermittler einzuschalten?"

Er legt die Unterarme auf den Tisch und sieht mich ernst an. „Meine Mutter erkrankte vor einem Jahr an Krebs, und als sie mir im Sterbebett endlich den Namen meines Vaters offenbarte, wollte ich mir erst sicher sein, ob sie die Wahrheit gesagt hat oder nicht doch nur die Medikamente ihre Sinne vernebelten. Also beauftragte ich jemanden damit, herauszufinden, wer dieser Mann ist, der meiner Mutter das Herz brach und sie mit mir allein ließ."

„Mein Beileid", flüstert Zoey, und ich schließe mich ihr an.

„Dad weiß also wirklich von dir", knurre ich nach einer Minute des Schweigens.

Damian verzieht den Mund „Da bin ich mir ehrlich gesagt nicht ganz so sicher. So viel ich herausfinden konnte, hatten die beiden einen heftigen Streit, denn dein ... ich meine, unser Vater, wollte sie heiraten, doch meine Mutter fühlte sich noch nicht bereit dazu. Zudem hatte sie Angst, ihren Eltern die Schwangerschaft zu beichten, und entschloss sich zur Abtreibung." Er senkt den Blick. „Daraufhin trennte sich unser Dad von ihr und wechselte die Uni. Seitdem hatten sie keinen Kontakt mehr. Mum erzählte mir zwar, dass sie ihm noch Briefe schrieb, in denen sie ihm erklärte, dass sie sich für ihr Kind entschied, und in denen sie sich tausendfach für ihr Verhalten entschuldigte, doch er reagierte nicht darauf, und meine Mutter war zu stolz, um ihm hinterherzurennen, und zog mich somit alleine groß. Ob die Briefe aber wirklich existieren und ob er sie gelesen hat, kann ich leider nicht sagen."

„Oh, doch das hat er", murmele ich. Was für ein Affenarsch!

„Wieso bist du dir da so sicher?", hakt Damian nach.

„Vermutung", antworte ich knapp. Dass er annahm, Ian sei sein Sohn, behalte ich vorerst für mich, bis ich mit ihm selbst gesprochen habe.

„Zum Glück hat sich das mit den Drogen geklärt", wechselt Zoey das Thema.

„Warum wusste Ian nichts von deiner Annahme? Ich finde es immer noch komisch, dass er nach der ganzen Sache ausgerechnet bei uns strandete", gebe ich zu.

Damian zuckt die Schultern. „Göttliche Fügung, würde ich es nennen."

„So, so. Nun ja, wie auch immer, wer da etwas gedreht hat, ist nun auch egal, sag mir nur noch eins: Warum hast du dich nicht an mich gewandt, sondern an Zoey?"

„Das hat sich so ergeben", tut er es ab.

„Nein, das glaube ich dir nicht. Los, erzähl´s mir."

Er lehnt sich zurück, faltet die Hände auf dem Tisch, seine braunen Augen leuchten. „Also gut ... Ian erzählte unserem Manager, wie ihr alle so drauf seid. Deine Mutter beschrieb er als äußerst nett, deinen Vater konnte er schlecht einschätzen, Zoey als sehr weltoffen und dich ...", er hält inne, „... als zugeknöpftes Christenmädchen ohne Humor." Damian geht leicht in Deckung. Er hat wohl Angst vor meiner Reaktion. „Deshalb entschied ich mich, auf Zoey zuzugehen, auch wenn ich weiß, dass es echt blöd von mir war, die Kleine da zuerst mit reinzuziehen."

Bei dem Wort *klein* runzelt Zoey die Stirn.

Damian wirft einen Blick auf die Armbanduhr. „Wollen wir etwas essen? Ich lade euch ein."

Das alles drückt mir so sehr auf den Magen, dass mir nach allem ist, nur nicht nach essen.

„Wir übernachten heute hier. Wie lange hast du denn noch Zeit?", erkundigt sich Zoey bei unserem neugewonnen Bruder.

„Den ganzen Abend. Ich will euch doch richtig kennenlernen", deutet er ihre Angst richtig, ihn gleich wieder zu verlieren.

Ja, er scheint ein einfühlsamer Kerl zu sein, ganz anders als ich ihn mir vorstellte.

„Kann ich mich kurz entschuldigen und euch für einen Moment alleine lassen? Ich brauche kurz frische Luft."

Damian sieht mich verständnisvoll an. „Klar, wir kommen hier so lange alleine zurecht."

Zoey legt ihren Arm um seine Schultern. „Ich bin doch bei meinem großen Bruder, der passt schon auf mich auf." Wie schnell sie sich damit abfand, ist wirklich beachtlich.

„Ihr könnt ruhig schon bestellen. Ich esse später", teile ich ihnen noch mit und verlasse dann das Diner.

Nun habe ich nicht nur eine kleine Schwester, sondern auch noch einen großen Bruder. Ich bin ein Sandwichkind. Prima!

Dass es bereits dämmert, fällt mir erst jetzt auf. Ich nehme mehrere Atemzüge frischer Luft und gehe dann in unser Domizil. Vollkommen erschöpft lasse ich mich aufs Bett sinken. Ob Zoey sich der kompletten Konsequenzen bewusst ist, die jetzt auf uns zukommen, wage ich zu bezweifeln. Sie freut sich einfach nur. Dafür hämmern in meinem Kopf verschiedenste Zukunftsvisionen. Eine kühle Dusche könnte meinem überhitzten Leib ein wenig Abkühlung verschaffen.

Nachdem ich mich eine halbe Stunde lang mit eiskaltem Wasser übergoss, kehre ich mit einem hellblauen Handtuchturban und in ein gleichfarbiges, großes Frotteetuch gehüllt in den Schlafraum zurück. Gerade als ich in der Reisetasche nach frischer Unterwäsche suche, klopft es.

„Hallo, wer ist denn da?", rufe ich.

Ich erhalte keine Antwort, stattdessen klopft es erneut. Das ist sicher Zoey, die es lustig findet, mich zu erschrecken.

Mit den Worten: „Sehr witzig, Schwesterlein", reiße ich die Tür auf und erstarre augenblicklich zu einer Salzsäure. Ian!

„Was ist das denn für eine Begrüßung?", amüsiert er sich und grinst dabei schief. Seine blauen Augen funkeln und sein Blick wandert über meinen kaum bedeckten Körper.

„Was ... was tust du hier?", stammele ich unsicher.

Er deutet hinter sich. „Soll ich lieber wieder gehen?"

Nein, bloß nicht! Ich trete ein Stück beiseite und gebe den Weg frei. „Komm doch rein."

Unbeholfen bleibe ich mitten im Raum stehen. Als Ian sich mir nähert, beginnt mein Puls zu rasen. „Damian ist also wirklich euer Bruder."

„Sieht wohl so aus."

Wenige Zentimeter vor mir bleibt er stehen und sieht mich entschuldigend an. „Es tut mir leid, dass ich dir nichts gesagt habe, aber ich wollte dich nicht verunsichern, und noch weniger wollte ich mich in etwas einmischen, das mich absolut nichts angeht."

„Ist schon in Ordnung. Ich bin dir deswegen nicht böse, und ich bin froh, dass sich die Sache mit den Drogen endlich aufgeklärt hat."

Ian atmet erleichtert aus und kommt noch ein wenig näher. Seine Nähe lässt mein Herz aufblühen, und kleine Bauarbeiter in gelben Anzügen beginnen, die Löcher in meiner Seele zu stopfen.

„Ich freue mich, dass du hier bist."

Er legt eine Hand flach auf meine Wange und fixiert mich durchdringend. „Ich habe dir doch gesagt, dass wir uns wiedersehen."

Ich schließe die Augen und genieße seine Zärtlichkeit. Als seine Lippen meine berühren, wird mir klar, dass es genau das ist, wonach ich mich in den letzten Tagen sehnte. Egal wie sehr ich versuchte, unsere Verbindung von mir zu schieben, es gelang mir nicht. Ian spukte mir ständig durch den Kopf. Ihn zu spüren, ihn zu berühren, bei mir zu haben und die Intimität mit ihm zu genießen, war mein größter Wunsch. So fremd es sich für mich selbst noch anhört, muss ich es mir eingestehen: Ich will ihn, mit allen Folgen. Die Erörterung, wie das alles mit uns weitergehen soll, schiebe ich weit von mir weg, werfe meine Prinzipien für ihn über Bord und schmiege mich an ihn.

Ian begreift sofort, was ich von ihm will. Er gibt mir noch ein Küsschen, ehe er sich einen Schritt von mir entfernt. „Bist du dir wirklich sicher?", fragt er und wirkt dabei sichtlich nervös. Er weiß nicht wohin mit seinen Händen, fährt sich zuerst durchs Haar, kratzt dann an seinem Dreitagebart und wischt sich durchs Gesicht.

Ich hole tief Luft und öffne den Knoten am Frotteetuch. Als es hinter mir zu Boden fällt, reißt Ian die Augen weit auf.

„Ich möchte lieber mit dir zusammen alles versauen, als es mit einem anderen richtig zu machen", antworte ich mit gedämpfter Stimme, greife nach Ians Hand und führe ihn zum Bett.

„Du bist eine unglaubliche Frau, Virginia", raunt er mir gegen die Lippen und küsst mich leidenschaftlich.

Als seine Hände ganz vorsichtig meine bisher unberührte Haut ertasten, jagt es mir dutzende kalte Schauer über den Rücken. Die Kopfhaut kribbelt, mein Herz rast, der Verstand schaltet auf Pause.

Meine Fingerkuppen kribbeln, als ich Ians schwarzes Shirt anhebe und es ihm ausziehe. Er schmiegt seine unbehaarte, muskulöse Brust gegen meine. Ein Endorphinrausch überkommt mich, weicht meine Knie so stark auf, dass ich das Gleichgewicht verliere und mich nach hinten sinken lasse.

Ian legt sich zu mir und bedeckt jeden Millimeter meines Körpers mit sanften Küssen …

## Achtzehn

Der gestrige Abend beinhaltete alle Gefühle, die ein Mensch nur durchleben kann. Zoey unterbrach durch ihr Klopfen an der Tür Ians und meine Zweisamkeit schneller, als mir lieb war. Ihr fiel das zerwühlte Bett natürlich auf, doch sie ließ es unkommentiert und warf mir nur ein verschmitztes Grinsen zu.

Trotzdem verbrachten wir danach noch schöne Stunden miteinander. Ich lernte Damian besser kennen, erfuhr vieles über die Band und natürlich auch neue Sachen über Ian.

Wir vier saßen bis spät in die Nacht hinein im Diner und quatschten. Als die beiden Männer uns schließlich zu unserem Zimmer brachten und sich von uns verabschiedeten, blutete mein Herz. Ian gab mir ein züchtiges Küsschen und steckte mir seine Nummer zu. Ja, das war sie, unsere Verabschiedung. Nicht wirklich der Rede wert.

Wie es nun weitergeht? Keine Ahnung. Das wird sich zeigen. Zuallererst müssen wir unsere Familienangelegenheit in Ordnung bringen, da waren wir uns alle einig.

In wenigen Minuten erreichen wir unser Elternhaus, und Ians Duft liegt mir noch immer in der Nase und seine zärtlichen Hände spüre ich noch immer auf meiner Haut.

„Und was tun wir jetzt?", entreißt Zoey mich meiner unchristlichen Gedanken.

„Na, was schon? Wir werden ihn zur Rede stellen, und zwar sofort."

„Gut", stöhnt sie leise.

Als wir zu Hause sind, begrüßt unsere Mutter uns sofort mit einem zufriedenen Lächeln. „Da seid ihr ja wieder, wohlbehalten und putzmunter."

„Wir müssen mit Dad reden. Weißt du, wo er ist?", frage ich sie, nachdem ich sie ausgiebig herze.

„Ist etwas passiert?", will sie erschrocken wissen.

„Nein, Mum, alles gut", lügt Zoey.

Sie runzelt die Stirn. „Wirklich?"

„Ja, alles in Ordnung", flunkere ich und verspüre augenblicklich einen leichten Schmerz im Herzen. Sie hat es nicht verdient, so behandelt zu werden. Doch diese Sache muss unser Dad ihr erklären, dafür sind wir absolut nicht zuständig.

„Er ist in seinem Arbeitszimmer."

Ich packe meine Schwester am Unterarm und ziehe sie mit mir.

„Was haltet ihr davon, wenn ich uns eine schöne Tasse Tee koche?", ruft Mum uns hinterher.

„Gute Idee", antwortet Zoey noch, ehe wir ohne anzuklopfen die heiligen Hallen meines Vaters stürmen.

„Schön, dass ihr wieder da seid. Wie war es denn?", begrüßt er uns freundlich.

Dir wird dein Lachen gleich vergehen! „Es wird sich noch rausstellen, ob es schön ist", knurre ich.

„Was ist das denn für ein Tonfall, Virginia?", entrüstet er sich.

„Du hast uns die ganzen Jahre über aufs Übelste belogen und nicht nur uns, sondern auch Mum", fauche ich ihn an.

Zoey geht währenddessen hinter mir in Deckung und krallt sich an meinem Shirt fest.

„Ich verstehe nicht, was du meinst", stellt er sich dumm.

„Du hast einen Sohn!", schreie ich.

Die eben noch frische Gesichtsfarbe meines Vaters wandelt sich in kalkweiß. Er springt hinter seinem Schreibtisch hervor und wedelt mit den Armen. „Geht's auch etwas leiser?"

Ich nehme eine abwehrende Haltung ein. „Ach ja, und warum?"

„Können wir uns nicht setzen und in Ruhe darüber reden?", fleht er.

Zoey schleicht mit gesenktem Kopf zu einem der Stühle.

„Aber nur, wenn du mir versprichst, dass du uns endlich die Wahrheit sagst."

Dad geht wieder hinter seinen Schreibtisch, und ich nehme neben meiner Schwester Platz. Abwartend sehen wir ihn an.

„Ich hatte vor eurer Mum ..." Nach nur wenigen Worten unterbricht er sich selbst und fährt sich übers Gesicht. „Ich habe vor eurer Mum eine andere Frau geliebt, und sie wurde schwanger. Als ich sie heiraten wollte, gab sie mir zu verstehen, dass sie das ebenso wenig will wie das Kind. Sie wollte das heranwachsende Leben ihrem Körper entreißen, das konnte ich nicht mit ansehen und wechselte die Universität. Es war schwer für mich, mit dieser Bürde zu leben. Das könnt ihr mir glauben."

„Aber sie hat nicht abgetrieben", wendet Zoey ein.

„Ja, ich weiß, aber davon erfuhr ich erst Jahre später. Da war ich bereits mit eurer Mum verheiratet und du warst gerade unterwegs", sagt er in meine Richtung.

„Und dann hast du es nicht für nötig gehalten, deinen Sohn zu suchen oder deiner Frau etwas davon zu sagen? Ich fasse es nicht. Wer bist du eigentlich?"

„Nicht jeder ist so eine starke Persönlichkeit wie du, Virginia. Ich habe Schwächen und begehe Fehler wie jeder andere Mensch auch."

Will er mich damit einlullen, oder was soll das? „Stell mich doch nicht auf ein Podest, auf das ich nicht gehöre. Ich bin auch nicht fehlerfrei und das will ich auch gar nicht sein, aber ich stehe im Gegensatz zu dir zu meinen Taten, und da wir gerade beim Thema sind: Ich habe mich in Ian verliebt." So jetzt ist es raus! Nun kann er es schlucken oder auch daran ersticken, mir egal!

„Du hast dich in deinen Bruder verliebt?" Nach Luft japsend reißt er den Mund weit auf.

„Ian ist nicht dein Sohn. Wie kommst du überhaupt darauf?", reißt Zoey das Wort an sich.

„Ist er nicht?" Mein Vater runzelt die Stirn.

„Ian ist nur zwei Jahre älter als Virginia, wie bitte sollte das denn gehen? Hast du Mum etwa betrogen?", kreischt meine Schwester erschrocken.

„Nein! Um Gottes willen", wehrt er sich. „Ich dachte, Ian lügt, was sein Alter angeht."

„Ian hat nicht gelogen, und du weißt auch ganz genau, dass es Jacksons Drogen waren, die bei ihm gefunden wurden. Er war also immer völlig unschuldig. Warum hast du uns das verheimlicht? Und warum hast du ihn nie darauf angesprochen, wenn du schon dachtest, er sei dein Sohn?"

„Ich habe immer nach dem richtigen Zeitpunkt und den richtigen Worten gesucht, aber als ich die hatte, habe ich euch im Garten gesehen und ... Er musste verschwinden, verstehst du das nicht?"

„Ehrlich gesagt verstehe ich kein Wort. Du hast uns zur absoluten Ehrlichkeit erzogen und selbst bist du ein armseliger Heuchler, der mit aller Macht versucht, seinen leiblichen Sohn vor der Familie zu verheimlichen. Das ist wirklich widerlich."

„Ich habe Ian und Zoey sprechen gehört und dachte ..."

„Ich kann es nicht mehr hören, und es interessiert mich auch nicht, was du dachtest. Ich will nur wissen, was du jetzt zu tun gedenkst? Warum fragst du nicht mal, wer dein Sohn ist?", unterbreche ich ihn.

Mein Vater wird in seinem Stuhl immer kleiner. Er weiß, dass er der Realität nun endlich ins Auge sehen muss.

„Damian Hunter ist unser Bruder", klärt Zoey ihn schließlich auf.

Er sieht uns verwirrt an, scheint nicht zu wissen, wer das ist.

„Er ist der Sänger von *Evil and the virtual Parents*", fügt sie noch an.

„Das alles war Gottes Werk, Dad. Er hat Ian zu uns geführt, damit du endlich deinen Sohn annehmen kannst."

„Und damit Ian dich verführen kann", schnaubt er wütend.

Mein Geduldsfaden ist kurz vorm Reißen. „Ich bin erwachsen und kann meine eigenen Entscheidungen treffen. Wie wäre es, wenn du dich um dich selbst, deine Frau und um Damian kümmerst und mich mit deinen blöden Unterstellungen in Frieden lässt?" In mir sprudelt unaufhaltsam Wut nach oben. Ich stehe auf, beuge mich über den Schreibtisch und tippe mit dem Zeigefinger auf die Tischplatte. „Erzähl es Mum, oder ich werde es tun!"

Zoey bleibt sitzen, sie scheint mehr Geduld mit ihm zu haben, ich hingegen rausche stocksauer aus dem Zimmer.

Im Flur laufe ich meiner Mum in die Arme. „Was ist denn bei euch los?", will sie besorgt wissen.

„Nur eine Meinungsverschiedenheit mit Dad, nichts weiter. Zoey und er reden noch", tue ich das Ganze ab und beiße mir nebenbei in die Wange. Der Schmerz, der dabei entsteht, lähmt mein loses Mundwerk. Denn die Wahrheit liegt mir bereits auf der Zunge.

Meine Mutter legt den Arm um mich. „Wollen wir zwei dann in der Zwischenzeit einen Tee trinken und du erzählst mir, wie es bei Juttas Enkeln war?"

Ich haue mir mit der flachen Hand gegen die Stirn. „Jutta, die habe ich ja ganz vergessen! Ich habe ihr gestern versprochen, heute gleich bei ihr vorbeizukommen, sobald wir wieder da sind", entziehe ich mich der Ausfragerei meiner Mutter. Ich müsste sie doch nur noch mehr anlügen und das will ich nicht.

Sie drückt mir ein Küssen auf die Wange. „Dann reden wir später, Engel."

Auf dem Weg zum Haus der Lips ereilt mich eine Einsicht, die ich Jutta unbedingt mitteilen muss.

Bereits nach dem ersten Klingeln öffnet Heinz-Jörg mir die Tür. „Hallo Virginia, Jutta ist in der Küche", sagt er und bedeutet mir, einzutreten.

Im Türrahmen zwischen Ess- und Wohnbereich bleibe ich stehen. „Hallo, wir sind wieder da."

Jutta, die gerade ein Glas poliert, dreht sich zu mir um und lächelt. „Und?"

„Darf ich mich setzen?", frage ich und deute auf die Tischgruppe.

„Da brauchst du doch nun wirklich nicht zu fragen, Schätzchen." Sie schenkt uns zwei Gläser Limonade ein und setzt sich dann zu mir. „Hier, sauer macht lustig", versucht sie, die leicht angespannte Situation aufzulockern, und hält mir die Limo direkt vor die Nase.

Ich nehme ihre Aufforderung an und genehmige mir einen Schluck. Wirklich sauer! Nachdem sich meine Geschmacksknospen wieder beruhigten, entschuldige ich mich zuerst bei ihr. „Es tut mir leid. Ich weiß jetzt, wie du dich die ganze Zeit gefühlt hast. Mir geht es jetzt mit Mum nicht anders, und ich komme mir total dumm vor, dass ich dich so behandelt habe."

Sie ergreift über den Tisch hinweg meine Hand. „Ist schon gut, Schätzchen. Es ist eine sehr schwierige Situation, und ich habe lange mit Heinz-Jörg diskutiert, wie wir uns am besten Verhalten, denn nicht nur du und deine Schwester sind uns wichtig, sondern vor allem auch deine Mutter. Sie ist eine sehr gute Freundin. Ihr etwas verschweigen zu müssen, fällt mir wahrlich nicht leicht, das kannst du mir glauben, aber das ist eine Sache zwischen deinen Eltern. Da dürfen wir uns keinesfalls einmischen, und dir wollte ich das alles nicht zumuten, ehe wir keine Gewissheit haben."

„Ihr tut alle so, als sei ich so zart besaitet, das bin ich aber gar nicht."

„In dieser Sache schon. Deine Eltern waren immer dein großes Vorbild. Du wolltest immer genauso werden wie dein Vater und sein Leben nachleben. Ich wusste, dass es dir das Herz brechen wird, wenn du davon erfährst."

Noch letzten Monat wäre ich wahrscheinlich tatsächlich daran zerbrochen. Aufgrund der Erfahrung aber, die ich vor Kurzem machte, weiß ich jetzt, was es heißt, sich Hals über Kopf in jemanden zu verlieben. In der Beziehung mache ich meinem Vater nicht mal einen Vorwurf. Einzig und allein die Tatsache, dass er seiner Frau nichts sagte und somit nicht zu seinem Sohn steht, machen mich so wütend. „Ich habe mittlerweile erkannt, dass es um einiges besser ist, meine eigenen Lebenserfahrungen zu sammeln, anstatt etwas nachzueifern, das in Wirklichkeit sogar nur nach außen hin perfekt ist."

„Weise Erkenntnis, Schätzchen." Jutta zwinkert mir zu. „Und ich weiß auch schon, wer dich aus deiner Traumwelt in die Realität geküsst hat."

„Ich habe mich in ihn verliebt", gebe ich zu.

„Das ist doch schön. Ich freue mich sehr für dich."

Ich nicke in die Richtung, in der in etwa mein Elternhaus steht. „Das ist jetzt aber erst einmal zweitrangig. Zuerst müssen wir das mit Dad klären."

„Es hat sich also bestätigt?"

„Ich habe es gestern schwarz auf weiß gelesen. Damian ist Dads Sohn."

Jutta bläst die Wangen auf und lässt die Luft langsam entweichen. „Harte Nummer."

„Und wie."

„Wie geht es jetzt weiter?"

„Ehrlich gesagt, habe ich keine Ahnung. Als wir vorhin zurückkamen, haben wir sofort mit Dad gesprochen, aber anstatt endlich dazu zu stehen, suchte er weiter nach Ausflüchten. Er muss endlich zu Damian stehen. Der arme Kerl hat ein Recht auf seinen Vater und Mum hat ein Recht auf die Wahrheit."

„Was sagt denn Damians Mutter zu der ganzen Angelegenheit?"

Ich beiße mir auf die Unterlippe. „Gar nichts mehr, denn sie ist tot. Sie gab Dads Namen auch erst in ihrem Sterbebett preis, und Damian, den ich ja nun gestern besser kennengelernt habe, will sich nicht in unsere Familie drängen oder irgendwas zwischen meinen Eltern kaputtmachen. Er sucht einfach nur nach ein wenig Halt. Er hat sonst niemanden mehr. Deshalb schickte er auch die Konzertkarten an Zoey, in der Hoffnung, dass wir dort auftauchen und er uns kennenlernen kann. Dass Jacksons Drogenlieferung dazwischenkommt, konnte ja keiner ahnen."

„Dann waren Ians Sozialstunden, die er durch einen - wie soll ich es nennen? - Wink des Schicksals gerade bei euch ableisten musste, ja gar nicht mal so schlecht", stellt Jutta fest.

Ich deute nach oben. „Da hat der Herr da oben wohl ganze Arbeit geleistet."

Sie lacht leise. „So kann man es auch nennen."

„Ich habe Dad die Pistole auf die Brust gesetzt, Mum endlich alles zu erzählen, oder ich würde es tun."

„Und wie hat er reagiert?"

Ich verziehe das Gesicht. „Nicht sonderlich gut. Er beschwerte sich, dass Ian mich verführt hätte. Der spinnt doch komplett. Ich habe ihm dann gesagt, er soll sich lieber um seinen eigenen Kram kümmern."

Jutta neigt den Kopf leicht zur Seite und beäugt mich kritisch. „Und hat er?"

„Wer?"

„Na, Ian dich verführt?"

„Du bist ja wohl mal gar nicht neugierig, oder?", beschwere ich mich.

„Dann ist das ein Ja", liest sie zwischen den Zeilen.

„Das habe ich nicht gesagt."

Jutta reibt sich das Kinn. „Diesen Blick kenn ich von mir selbst, und er sagt mir, dass du dich ihm hingegeben hast."

Was meint sie denn? „Ich habe nicht mit ihm ... Nein, ich werde auf deinem Küchentisch sicher keine Details ausbreiten."

„Das musst du auch nicht", grinst sie.

„Meinst du nicht, Heinz-Jörg könnte mal mit Dad reden und ihn zur Vernunft bringen?", wechsele ich wieder das Thema, ehe es für mich noch peinlicher wird.

„Heinz!", ruft sie in einem ohrenbetäubenden Ton nach ihrem Mann.

Der eilt in Windeseile herbei, denn er weiß, dass es irgendwo brennt, sobald Jutta nur einen Teil seines Doppelnamens benutzt. „Hase? Was ist los?"

„Damian ist Charles' Sohn", teilt sie ihm mit, doch ihr Mann behält die Fassung. Er setzt sich zu uns an den Tisch und blickt uns fragend an.

„Du musst mit Dad reden und ihm klarmachen, dass er endlich mit Mum sprechen muss", flehe ich ihn an.

„Meinst du nicht, dass er da selbst drauf kommt?"

Jutta presst ein leises „Männer" zwischen den Lippen hervor, bevor sie ihrem Ehemann einen auffordernden Blick zuwirft.

„Oder … ich habe noch eine bessere Idee. Ich habe Damians Nummer, vielleicht kannst du Dad ja wenigstens davon überzeugen, ihn anzurufen", schlage ich vor.

„Das ist doch mal eine gute Idee", stimmt Jutta mir zu und fixiert dabei Heinz-Jörg eindringlich.

Der räuspert sich und schluckt sein Unwohlsein hörbar hinunter. „Wir wollten uns doch nicht einmischen."

„Nun sei nicht so kleinlich. Wir schubsen Charles lediglich in die richtige Richtung."

Da Heinz-Jörg genau weiß, dass er gegen den starken Willen seiner Frau absolut keine Chance hat, erhebt er sich. „Also gut, ich rufe ihn an, und du lässt mir bitte Damians Nummer da, bevor du gehst." Er klopft mir auf die Schulter. „Das wird schon alles, mach dir keine Sorgen."

„Siehst du, das ist doch schon ein Anfang. Heinz rückt ihm den Kopf zurecht, und dann geht alles seinen Gang", sagt Jutta, nachdem ihr Mann die Küche verließ.

„Ich finde es schlimm, dass man einem Pastor überhaupt den Kopf zurechtrücken muss", murmele ich.

„Kein Mensch ist unfehlbar, Schätzchen, nicht mal dein Vater, und wenn du mich fragst, ist er nur gelähmt vor Angst. Wäre er von Anfang an ehrlich zu deiner Mutter gewesen, wäre er jetzt nicht in dieser Position. Das ist es, was ihm gerade bewusst wird und ihn so handlungsunfähig macht."

„Vermutlich hast du recht."

Sie steht auf und nimmt mich in den Arm. „Und was lernen wir daraus, Schätzchen?"

„Dass jede Lüge einen irgendwann einholt."

„Gut aufgepasst", lobt sie mich.

„Ich glaube, ich muss mal wieder rüber und nach Zoey sehen. Die hab ich vorhin nämlich vor lauter Wut bei Dad im Büro vergessen."

Jutta schüttelt lachend den Kopf. „Wie sich das anhört ... vergessen."

Ich verabschiede mich von ihr, bedanke mich für alles und mache mich auf den Heimweg.

Nach dem Abendessen, dem mein Dad nicht beiwohnte, verzog ich mich ohne Umschweife in mein Zimmer. Mum erklärte uns, dass er etwas Wichtiges mit Heinz-Jörg zu besprechen hätte, und ich bin seitdem voller Hoffnung, dass es bald die gewollten Früchte trägt.

Zoey half noch dabei, die Küche aufzuräumen, und ließ sich sogar auf die Bitte unserer Mum ein, sich mit ihr gemeinsam durchs Abendprogramm zu zappen.

Gerade als ich den letzten Knopf meines rosa Pyjamaoberteils, das mit weißen Schäfchen bedruckt ist, schließen will, vernehme ich komische Geräusche an meinem Fenster. Was ist das? Ich lasse von der Knopfleiste ab und schiebe den weißen Vorhang beiseite ...

# Neunzehn

Kleine Kieselsteine fliegen gegen die Glasscheibe. Vorsichtig öffne ich eine Seite des Fensters und werfe einen Blick nach unten. Was ich da zu sehen bekomme, lässt meinen Puls in die Höhe schnellen. Ian!

Zwischen den Zähnen hält er eine Rose, in den Händen die Holzleiter, die normalerweise hinter dem Gartenhäuschen deponiert ist. Er stellt sie an die Mauer und klettert langsam zu mir nach oben.

„Was ...? Ich bin überwältigt", stottere ich, als er durch das Fenster steigt und mir die duftend rote Blume hinhält.

Ian begutachtet meinen Schlafanzug und lacht leise. „Sehr sexy."

Für einen kurzen Augenblick schäme ich mich für mein Outfit, nehme ihm dann aber die Rose ab und rieche daran. „Die ist wunderschön."

„Genauso wie du ..." Er unterbricht sich selbst und zeigt auf mich. „Na ja, ohne dieses Schäfchenkostüm."

Ich boxe ihm gegen die Schulter und werfe ihm einen gespielt wütenden Blick zu. „Witzig."

„Wir sollten besser abschließen", ignoriert er meinen körperlichen Angriff, geht an mir vorbei und dreht den Schlüssel um.

„Wieso bist du hier?", will ich wissen, denn so sehr ich mich auch darüber freue, ihn zu sehen, so sehr baut sich auch ein leicht mulmiges Gefühl in mir auf.

Ian nimmt mir die Blume aus der Hand und legt sie auf den Nachttisch. „Ich hatte Sehnsucht nach dir."

„Und deshalb steigst du wie in einem Teeniefilm bei mir ein", fasse ich das merkwürdige Geschehen zusammen.

„Mit einer Rose im Mund, nicht zu vergessen", scherzt er, nimmt mich in den Arm und haucht mir einen zärtlichen Kuss auf die Lippen. „Weißt du eigentlich, dass du mich bereits bei unserer ersten Begegnung mitten in Herz getroffen hast?"

Seine Worte erstaunen mich. „Meinst du das ernst?", frage ich leicht irritiert.

„Sehe ich aus, als würde ich scherzen?"

Ich neige den Kopf leicht nach hinten, um ihm besser in die Augen sehen zu können. Das Blau in seiner Iris funkelt. Sein Blick ist feurig, herausfordernd und verführerisch.

Ian umfasst mein Kinn, zieht mich näher an sich und bedeckt meinen Mund mit sanften Küssen. Als er mein Oberteil aufknöpft, überschlägt sich mein Herz. Mir entweicht ein leises, ungewolltes Stöhnen.

„Schscht", haucht er mir ins Ohr, knabbert nebenbei an meinem Ohrläppchen und schiebt mir den weichen Stoff über die Schultern.

Sprudelnde Blasen steigen in mir auf und bringen mein Blut in Wallung. Mir wird heiß und kalt gleichzeitig. Ich schiebe Ians weißes Shirt nach oben, lege eine Hand auf seine Brust und nehme den Takt seines wild pochenden Herzens in mir auf, während Ian sich das Shirt über den Kopf zieht.

Ich schmiege meine heiße Wange gegen seine Brustmuskeln und sauge seinen Geruch in mich ein. Er riecht so verdammt gut! Er streicht mir über den Rücken, umklammert mich fest und atmet hörbar aus.

In diesem Moment weiß ich, dass ich mich nach nichts anderem sehne außer nach ihm - ihm, dem Rockstar, den ich bis vor wenigen Tagen noch nicht einmal leiden konnte, ihm, dem Mann, der mein Herz mit seiner offenen und liebenswerten Art berührte wie kein anderer zuvor und ihm, dem Kerl, der mir völlig den Kopf verdrehte.

Als ich mich an der Knopfleiste seiner Jeans zu schaffen mache, legt er seine Hand auf meine zittrigen Finger und sieht mich durchdringend an. „Hast du dir das gut überlegt?" Schwer schluckend nicke ich wortlos, woraufhin er mein glühendes Gesicht umfasst und ein „Okay" gegen meine kribbelnden Lippen wispert.

Mir jagt es augenblicklich einen eiskalten Schauer über den Rücken. Etwas unbeholfen mache ich mich wieder an seiner Jeans zu schaffen.

„Ich mach das schon", flüstert er, schiebt mir mein Höschen von der Hüfte und drängt mich zum Bett.

Das Geräusch meines rasenden Pulses setzt sich in meinem Gehörgang fest und wandelt sich dort in leises Meeresrauschen, als würde ich mir eine große Muschel ans Ohr halten.

Als Ian sich die Hose auszieht und noch etwas aus der Tasche zieht, ehe er die Jeans unachtsam hinter sich wirft, stockt mir ein weiteres Mal der Atem. In seiner weißen Boxerbrief zeichnet sich bereits jetzt eine gut sichtbare Beule ab, die mir einen Heidenrespekt einflößt.

Wie gebannt sitze ich auf der Kante meines Bettes und lasse meinen Blick über seinen nackten Körper schweifen. Seine glatte, leicht gebräunte Haut, der Sixpack und die kleinen, dunklen Warzen, die mir entgegenstehen, lassen mich erneut schwer schlucken. Er ist unglaublich schön!

Als er sich katzenartig auf mich zubewegt, lasse ich mich in die Kissen sinken und versteife mich für eine Sekunde, als sein Unterleib meinen berührt.

Ian legt die goldene, quadratische Verpackung neben meinem Kopf ab. Mir entweicht erneut ein leises Stöhnen. Er verschließt meinen Mund mit seinen Lippen und fährt mit nur einem Finger die Rundungen meiner Brüste nach. Ganz vorsichtig und langsam befühlt er jeden Millimeter meines Körpers. Die Berührungen, mit denen er mich bereits gestern verzauberte, endeten allerdings oberhalb meiner Schamgrenze.

Ich würde so gern irgendetwas tun, doch ich weiß nicht, wohin mit meinen Händen. Leicht überfordert bleibe ich wie ein verunglückter Marienkäfer auf dem Rücken liegen und traue mich kaum mehr, zu atmen.

Ian spürt die aufkeimende Unsicherheit in mir wohl und wirft mir einen beruhigenden Blick zu.

„Lass dich einfach fallen", flüstert er, streift mir einige Haarsträhnen aus dem Gesicht und küsst meine Stirn. Danach spreizt er meine Beine leicht, kniet sich dazwischen und winkelt sie an.

Mein Herzschlag friert ein. Um Rat suchend sehe ich ihn an.

„Vertrau mir einfach." Das Blau in seinen Augen wird gletscherkühl. Er wirft mir noch einen letzten fragenden Blick zu, und als ich nickend zustimme, umkreist er meinen Bauchnabel mit der Zunge. Ein Endorphinblitz trifft meine Leibesmitte und löst Gefühle in mir aus, die mich überwältigen. Ian nähert sich Stellen an meinem Körper, die ich selbst noch nicht erkundete. Als er meine Schamlippen ganz vorsichtig mit der Zunge auseinander schiebt und meine Klit umkreist, fällt es mir schwer, nicht laut loszuschreien.

Ian bemerkt meine Erregung, gibt meinem Lustpunkt noch ein kleines Küsschen und schiebt dann seine warme, weiche Haut über meine. Sein harter, noch verhüllter Unterleib verharrt auf meinem.

Ian krallt sich in meinen Haaren fest und bedeckt mein Gesicht mit vielen kleinen Küssen. „Du bist nicht nur wunderschön, sondern auch verdammt sexy."

Diese Worte lösen endlich den Knoten in meinen Fingern. Ich schiebe ihm die Boxerbrief über die apfelrunden Pobacken, und Ian zieht sich die Unterhose ganz aus. Als seine nun unverpackte Männlichkeit auf mir verweilt, japse ich nach Luft und reiche ihm die Verhütung, als Zeichen, dass ich mich wirklich bereit dazu fühle.

Über Ians Gesicht huscht ein vorfreudiges Lächeln. Er lehnt sich kurz zur Seite, und als er wieder auf mir liegt, sieht er mich eindringlich an. „Ich bin auch ganz vorsichtig", sagt er und verweilt direkt vor meinem Eingang.

„Ich weiß", gebe ich noch zurück, und nur wenige Sekunden später dringt Ian behutsam in mich ein ...

\*

...Völlig erschöpft rolle ich mich auf die Seite und lege den Kopf auf seine Brust. „Es war wunderschön", flüstere ich mit zittriger Stimme.

Ian legt den Arm um mich und streichelt meinen Rücken. „Ja, das war es."

Nachdem sich mein Körper wieder abkühlte, beginne ich zu frösteln.

„Frierst du etwa?"

„Ein wenig."

Ian kuschelt sich fest an mich. „Komm her, ich wärme dich."

Unsere innige Umarmung und die Tatsache, dass Ians Unterleib direkt an meinen stößt, löst ein wohlig warmes Kribbeln zwischen meinen Schenkeln aus. Angespannt reibe ich die Beine gegeneinander.

Ian legt den Kopf in den Nacken und sieht mich an. „Du willst doch nicht etwa noch einmal?", knurrt er.

Ich ziehe die Mundwinkel nach oben und zeige ihm meine blank polierte Zahnreihe. „Und was, wenn doch?"

Die Frage habe ich noch nicht ganz Ende gesprochen, schon fühle ich, wie sich Ians Männlichkeit zu regen beginnt. Er legt die Stirn in Falten und grinst. „Wer bist du und was hast du mit Virgin...ia gemacht?"

Ich kneife ihm in die Pobacke und ziehe ihn auf mich. „Nicht reden, du verdirbst die ganze Stimmung."

Ian sieht mich begierig an und zwirbelt dann meine Brustwarze zwischen zwei Fingern, was mich sofort wieder in das Land der körperlichen Hingabe katapultiert, aus dem wir gerade erst zurückkehrten ...

\*

Ein wildes Pochen an meiner Zimmertür reißt mich aus den süßen Träumen. Ich kneife die Augen zusammen und reibe sie mir. Draußen ist es bereits hell, Sonnenstrahlen, die durchs Fenster fallen, wärmen meine nackte Haut. Nackt! Verdammt. Es war gar kein Traum, sondern es passierte wirklich. Rechts neben mir entdecke ich den selig schlummernden Ian.

„Virginia, was ist hier los? Mach sofort die Tür auf", dringt die säuerlich klingende Stimme meiner Mutter zu uns herein.

Ich hauche Ian einen Kuss auf die Wange und stupse ihn leicht an. „Du musst aufwachen."

Er reckt und streckt sich und blinzelt mich mit nur einem Auge an. „Guten Morgen."

„Ob der gut wird, weiß ich noch nicht", flüstere ich und deute in Richtung Tür.

Ian legt die Stirn in Falten und sieht mich verständnislos an.

„Virginia, es reicht jetzt!", schimpft es von draußen, nun versteht er, was ich eben mit meiner Aussage meinte, und springt wie von der Tarantel gestochen aus dem Bett. Während er seine Sachen zusammensammelt und sich anzieht, öffne ich ihm den Fluchtweg, sehe an der Hausmauer nach unten und ... Mist! „Sie ist weg."

„Wer ist weg?"

„Die Leiter. Und jetzt?"

Ian zuckt die Schultern. „Dann spring ich eben", sagt er und knöpft sich die Hose zu.

„Bei dir piept es wohl", schimpfe ich zu laut.

„Was ist da bei dir los? Virginia, ich komm jetzt rein."

Ian deutet hinter sich und schmunzelt. „Sie ist ganz schön aufgebracht."

Plötzlich herrscht Ruhe im Gang.

„Soll ich mich im Schrank verstecken? Unterm Bett? Oder wie stellst du dir das vor?"

Ich gebe ihm ein Küsschen. „Du tust nichts dergleichen. Wir sind erwachsene Menschen, und sie hat sich damit abzufinden. Basta. Wir werden jetzt gemeinsam dieses Zimmer verlassen, und du nimmst die Haustür wie jeder normale Mensch. Soweit kommt es noch, dass du aus dem Fenster springst."

„So bin ich aber gestern Nacht auch hier rein gekommen."

Ich tippe mir mit dem Finger gegen die Stirn. „Nichts gibt's."

„Da ist sie wieder, die bestimmende Virginia", brummt er.

„Du hast doch nicht etwa Angst vor meiner Mum?", komme ich ihm auf die Schliche.

Er sieht mich verächtlich an. „Keine Ahnung. Was, wenn sie gleich mit dem Nudelholz kommt?"

„Sag mir, dass du scherzt."

Ian umarmt mich von hinten, küsst meinen Hals und legt das Kinn auf meine Schulter. „War nur Spaß."

In diesem Moment fliegt hinter uns die Tür auf. Ich zucke erschrocken zusammen, kralle mich an Ians Unterarmen fest und drehe mich langsam mit ihm zusammen um.

Meine vollkommen perplex dreinblickende Mutter sowie mein bei Weitem nicht so überrascht wirkender Vater stehen im Türrahmen und starren uns an.

„Was tut ihr hier und wie kommt er hier rein?", findet meine Mum zuerst die Sprache wieder.

„Wieso brecht ihr bei mir ein?", stelle ich ihr eine Gegenfrage.

„Ich habe mir Sorgen gemacht, du sperrst sonst nie ab, und ich dachte, dir ist etwas passiert." Sie wirft einen verstohlenen Blick auf mein zerwühltes Bett und schlägt sich dann die Hände vors Gesicht. „Das ist ... mir fehlen die Worte."

Mein Vater legt den Arm um sie. „Virginia ist erwachsen und wird wissen, was sie tut", stellt er sich auf meine Seite.

Meine Mutter deutet auf Ians nackte Füße. „Sag mir nicht, dass er hier übernachtet hat."

„Doch, das hat er."

Ian löst sich aus unserer Umarmung, nimmt meine Hand und stellt sich neben mich. „Ich habe mich in ihre Tochter verliebt, Mrs. Olden."

Während mein Vater, ohne eine Miene zu verziehen, seine Aussage in sich aufnimmt, bricht meine

Mutter fast vor uns zusammen. Mein Vater muss sie stützen.

„Haben wir dir nicht etwas ganz anderes vorgelebt? Du kannst dich doch nicht ..." Sie hält inne und schüttelt den Kopf. „Von wem hast du nur dieses zügellose Verhalten?", jammert sie.

„Wir haben uns gern, Mum, das hat doch nichts mit ...", will ich mich zur Wehr setzen, doch mein Vater fällt mir ins Wort. „Das hat sie von mir."

Seine Frau reißt die Augen weit auf. „Wie bitte?"

Die beiden haben wirklich einen Stock im Hintern. Wenn man sich jemandem hingibt, weil man etwas für ihn fühlt, ist man doch nicht gleich ein schlechterer Christ oder gar Mensch. Man sollte die Liebe feiern und nicht verpönen. Hass gibt es schließlich schon genug auf dieser Welt.

Mein Vater greift nach ihrer Hand. „Schatz, wir müssen dringend reden."

Na, endlich! Wurde auch langsam Zeit.

Als Ian und ich wieder allein sind, schmiege ich mich fest an ihn. „Siehst du? War doch gar nicht so schlimm."

„Wie wird deine Mutter wohl auf Damian reagieren?", fragt er, während er mir über den Rücken streicht.

„Sie wird ihn akzeptieren", antworte ich, wohlwissend, dass meine Mutter ein großes Herz hat und genau weiß, dass Damian genau wie sie auch nichts für diese Situation kann.

„Das klingt beruhigend." Ian umarmt mich noch einmal fest und zeigt dann auf die Rose, deren Kopf bereits hängt. „Du solltest sie ins Wasser stellen."

„Und du musst los?"

Er atmet tief durch. „Ja, leider. Wir haben heute Abend einen Auftritt in L.A. Unser Flug geht in wenigen Stunden."

„Sex, Drugs & Rock'n'roll also", scherze ich.

Ian zwinkert mir zu. „Rock'n'roll reicht. Auf Drogen stehe ich nicht so, wie du weißt und ..." Er kneift mir ins Hinterteil. „Mit Sex warte ich, bis wir uns wiedersehen."

„Heißt das, du bist treu?"

Ian legt die Stirn in Falten. „Was ist das denn für eine Frage?"

„Eine wichtige."

Er beantwortet sie mir nicht, sondern gibt mir stattdessen die vor sich hinwelkende Rose in die Hand. „Ich hab dir doch gestern schon gesagt, dass du mich mitten ins Herz getroffen hast, reicht das nicht?"

Ich schenke ihm ein Lächeln. „Doch, das tut es."

Wenige Sekunden später wird unsere Innigkeit von Ians klingelndem Handy unterbrochen. Er holt es aus der Hosentasche und nimmt das Gespräch an. „Ja, ich bin gleich da. - Bei Virginia." Dann sieht er mich an und grinst frech. „Alles klar, Alter, bis gleich."

„Wer war das?", erkundige ich mich, nachdem er auflegte.

Ian haucht mir ein Küsschen auf die Wange. „Dein Bruder, der mir gedroht hat, mich zu verprügeln, sollte ich dir das Herz brechen."

Ich kann mir ein Schmunzeln nicht verkneifen. „Es ist gar nicht so schlecht, einen großen Bruder zu haben."

„Ich weiß nicht, wann wir uns wiedersehen können. Es wird nicht leicht, aber irgendwie bekommen wir das schon hin", spricht er etwas an, was ich bis zur jetzigen Sekunde von mir schob.

Ich presse die Lippen aufeinander. „Das war mir klar."

Ian scheint meine Verstimmung zu spüren und nimmt mich noch einmal in den Arm. „Alles kommt, wie es kommen soll."

„Wir werden sehen, wohin uns die Zukunft führt", stimme ich ihm zu und begleite ihn noch bis zu seinem Wagen.

\*

Nachdem er winkend davonfuhr und mir noch eine Kusshand zuwarf, ehe er um die Straßenecke bog, schließe ich die Augen, lege den Kopf in den Nacken und genieße die wärmende Sonne auf meiner Haut.

„Schätzchen, alles klar? Willst du einen Kaffee? Zoey ist auch bei uns", entreißt Jutta mich meiner Trance.

„Ja, ich komme", stimme ich ihrer Einladung zu.

Sie führt mich in den Garten. Meine kleine Schwester sitzt auf einem Gartenstuhl und scheint völlig vertieft in ihr Smartphone. Als ich mich neben sie setze, zischt sie mich jedoch leise von der Seite an, ohne vom Display aufzusehen: „Ich hab dir den Arsch gerettet."

„Wie bitte?"

Sie sieht zu mir hoch und feixt. „Wie alt seid ihr eigentlich? Durchs Fenster einsteigen, das macht man in meinem Alter."

„Du hast die Leiter weggeräumt?"

„Was dachtest du denn? Mum vielleicht?"

Ich winke ab und rolle die Augen. „Hat auch nichts gebracht. Sie haben mein Zimmer gestürmt."

Zoey legt das Handy auf den Tisch und sieht mich erschrocken an. „Und dann?"

„Dann kam eins zum anderen, und Dad hat Mum gesagt, dass er mit ihr reden muss."

Sie sackt im Stuhl zusammen und atmet erleichtert aus. „Na, endlich."

Jutta kehrt mit einem Tablett zurück, auf dem zwei Tassen Kaffee und eine Tasse Kakao stehen. „Euer Vater hat sich gestern Abend noch mit Damian getroffen."

Zoey hüpft in die Senkrechte. „Ehrlich?"

„Die beiden haben sich sehr gut verstanden, und Heinz erzählte mir heute Morgen, dass euer Vater nun endlich mit Christel sprechen wird."

„Ich glaube, das tut er gerade."

Jutta teilt die Tassen aus. „Seht ihr, ich habe doch gesagt, es wird alles gut."

Zoey tritt unruhig von einem Bein aufs andere. „Meint ihr, Mum verkraftet das? Und warum hat

Damian mir nicht Bescheid gesagt, dass er sich mit Dad getroffen hat?"

„Christel ist eine starke Frau. Sie wird es verkraften", beruhigt Jutta meine Schwester. „Und dein Bruder ..." Der ohrenbetäubende Klingelton von Zoeys Handy unterbricht sie.

Die kleine Zappeline greift hastig nach ihrem Smartphone und sieht aufs Display. „Damian", freut sie sich, nimmt ab und eilt in eine ruhige Ecke des Gartens, um zu telefonieren.

Jutta sieht ihr nach. „Die Kleine liebt ihn."

„Oh ja, und wie."

Sie reicht mir die Zuckerdose. „Du siehst glücklich aus."

„Das bin ich auch."

Jutta schenkt Milch in ihre Tasse. „Also, durch mein Fenster ist noch kein Mann gekrochen."

„Hast du das etwa beobachtet?"

„Na, hör mal, Schätzchen, Mrs. Lips bekommt alles mit", brüstet sie sich.

Ich muss lachen. „Und er hatte eine Rose im Mund."

Jutta verfällt in lautes Gelächter. „Wie süß ist das denn?"

Als jedoch Heinz-Jörg mit starrer Miene auf uns zukommt, verstummt sie.

„Virginia, dein Vater hat eben angerufen. Du und Zoey sollt rüber kommen. Familienaussprache."

„Wie klang er denn?", informiere ich mich.

„Gefasst würde ich mal sagen", antwortet er.

Ich nippe an meinem Kaffee.

„Du musst dir keinen Sorgen machen. Es wird schon alles werden." Das sagt er immer.

„Zoey, wir müssen gehen ... Familienaussprache", rufe ich meiner immer noch telefonierenden Schwester zu.

Sie nickt, legt auf und kommt auf uns zu. „Er hat es also wirklich endlich geschafft, mit der Wahrheit rauszurücken."

Jutta steht auf und nimmt sie in den Arm. „Nichts wird so heiß gegessen, wie es gekocht wird."

„Außer die Lasagne meiner Frau", versucht Heinz-Jörg, die angespannte Stimmung ein wenig zu lockern.

Ich trinke meine Tasse aus, bedanke mich für die Bewirtung, verabschiede mich und nehme dann meine Schwester an die Hand. „Zusammen schaffen wir das schon."

Zoey krallt sich an meinem Arm fest und legt den Kopf auf meine Schulter. „Ich hab dich sehr lieb, Virginia."

Es ist das erste Mal überhaupt, dass sie sich mir so offenbart. Mein Herz blüht auf und macht einen kleinen Hüpfer. „Ich habe dich auch sehr lieb, Schwesterlein."

Hand in Hand stellen wir uns gemeinsam der Zukunft unserer Familie, mit allen dazugehörigen Konsequenzen.

# Epilog

## Ein Jahr später ...

„Virginia bist du hier?", höre ich die helle, hallende Stimme meiner kleinen Schwester. „War mir ja so was von klar, dass du wieder hier rumkriechst", merkt Zoey leicht ironisch klingend an und stolziert mit einem breiten Grinsen auf mich zu.

„Und wieso drückst du dich mal wieder vor der Arbeit?", frage ich.

Sie bleibt vor den drei Stufen, die zum Altar führen, stehen und zuckt die Schultern. „Du bist doch jetzt wieder da."

Vor ziemlich genau einem Jahr begann hier an diesem Ort unsere Familienodyssee, und die jetzige Situation lässt mich an ein Déjà-vu denken. Zoey klimpert mit den Wimpern ihrer rehbraunen Augen. Sie fordert mich heraus, will, dass ich auf ihr kleines Spielchen eingehe.

Also gut, wenn sie es so will! „Hast du dich an unsere Abmachung gehalten oder musste Dad das alles alleine machen?", frage ich sie und bedenke sie mit einem strafenden Blick. Ich weiß nämlich noch ziemlich genau, wie alles begann und welche fatalen Fehlentscheidungen zu diesem wuchtigen Eklat führten.

„Natürlich", kreischt sie entrüstet.

Ich streiche die weiße Decke glatt, die über dem Gottestisch hängt, und stelle die Kerzen an die richtige Position. „Dann ist ja gut."

Zoey stellt sich neben mich und muss sich ein Grinsen verkneifen. „Kommst du nachher mit zu Ashley?"

„Du gehst zu Ashley, seit wann denn das?"

Zoey legt beide Hände auf meine Schultern und sieht mich gespielt mürrisch an. „Seit Langem ... und ich könnte mir an einem Samstagabend nichts Schöneres vorstellen." Sie schluckt hörbar, bevor sie in einen markerschütternden Lachkrampf verfällt. Sie lässt von mir ab, hält sich den Bauch und geht in die Knie. Nachdem sie sich wieder beruhigte, sieht sie zu mir hoch. Sie hat Tränen in den Augen. „Okay, ich habe es versucht, und die Situation eben war wirklich eine Steilvorlage, aber ich kann das nicht."

Meine kleine Schwester veränderte sich im letzten Jahr sehr stark. Sie wurde reifer, noch erwachsener, hat ein oder besser gesagt gleich mehrere Ziele vor Augen. Seit Kurzem darf sie sogar Autofahren und unterstützt unseren Dad bei dem Projekt Essen auf Räder für Prestons Bürger. Wir telefonieren fast täglich, sie erzählt mir alles, was in ihrer wirren Teenagerwelt passiert, und ich höre ihr zu. Ja, meistens lausche ich einfach nur ihren Erzählungen. Das tut ihr gut. Und wenn sie ab und zu meinen Rat sucht, gebe ich ihr Antworten, die sie zum Nachdenken bringen.

Ich möchte ihr nichts vorbeten, nicht, wie sie sein soll, und nicht, was sie tun soll. Zoey ist eine starke, junge Frau, die ihren Weg gehen wird, egal welche Umwege sie dafür eventuell nehmen muss. Ich vertraue ihr. Voll und ganz. Dass sie seit etwa drei Wochen schwer verliebt ist, wissen Mum und Dad natürlich noch nicht, aber ich bin mir sicher, dass sie es ihnen sagen wird, sobald sie es für richtig erachtet.

Ich greife nach ihrer Hand und ziehe Zoey nach oben. „Gut, lassen wir das, denn irgendwie sind wir doch ganz anders als vor einem Jahr."

Sie beäugt mich von Kopf bis Fuß und spitzt die Lippen. „Ja, du hast recht. Sag mal, hast du deine Nonnenkluft eigentlich verbrannt, oder warum trägst du neuerdings Jeans und Shirt in der Kirche?", feixt sie.

„Man sollte sich immer so kleiden, wie man sich fühlt, und im Moment fühle ich mich eben nach legerer Kleidung", antworte ich augenzwinkernd.

Natürlich verbrannte ich meine Bluse und meinen geliebten dunkelblauen Rock nicht. Beides hängt feinsäuberlich im Schrank und wartet auf den morgigen Einsatz.

„Bist du dann hier fertig?" Zoey macht einen großen Schritt über alle drei Treppenstufen in den Mittelgang und winkt mich zu sich.

„Ja, bin ich, aber warum hast du es denn so eilig?" Ich sehe auf meine Armbanduhr. „Bis es bei Ashley losgeht, haben wir noch ewig Zeit."

Sie schüttelt den Kopf. „Wir haben was viel Besseres vor."

Ich stemme die Hände in die Hüften und runzele die Stirn. „Was Besseres? Das gibt es nicht an einem Samstagabend."

Zoey reißt die Augen weit auf. „Das ist jetzt nicht dein Ernst!"

Mit dunklem Blick stelle ich mich neben sie. „Nein, nur Spaß."

Sie bohrt mir den Finger zwischen die Rippen. „Mann, erschreck mich doch nicht so."

Ich zucke die Schultern. „Du hast doch damit angefangen."

Wenn ich in Preston bin, besuche ich Ashelys Treffen tatsächlich noch immer sehr gern, zumindest sofern es meine Zeit zulässt.

„Spaß beiseite, wir sind schon spät dran." Sie nimmt meine Hand und zieht mich mit sich.

„Für was denn?", erkundige ich mich.

„Das wirst du gleich sehen."

Die Sonne geht bereits unter, als wir das Gotteshaus verlassen, und doch ist die Luft noch angenehm warm. Vögel zwitschern leise von den Bäumen, die Straßen sind kaum befahren. Ab und an vermisse ich diese Ruhe, wenn ich in der Uni bin. Als wir unsere Straße erreichen und ich zwei fremde Wagen vor unserem Elternhaus entdecke, bleibe ich stehen. „Ist das jetzt etwa immer so?"

Zoey bewegt den Kopf langsam auf und ab. „Jup."

„Stört dich das denn gar nicht?"

„Man gewöhnt sich an alles, und manchmal ist auch keiner da", erklärt sie unbeeindruckt.

Seitdem die Presse von Damians regelmäßigen Besuchen in Preston Wind bekam, tummeln sich vor unserem Haus fast zu jeder Tages- und Nachtzeit Paparazzi. Mum berichtete, dass sie ihr sogar bis in den Supermarkt folgen. Vielleicht wäre eine offizielle Mitteilung, in der man alles aufklärt, ganz gut, dann geben sie womöglich Ruhe und heften sich an andere Fersen. Den Vorschlag machte ich meinen Eltern bereits dreimal. Bis zum jetzigen Zeitpunkt äußerten sie sich aber nicht dazu.

„Erwarten die heute hier jemanden oder warum blicken die sich ständig wie gefräßige Aasgeier um?"

Zoey verschließt ihren Mund und legt den Zeigefinger darüber.

„Soll das heißen, du sagst es mir nicht?"

Sie zwinkert mir zu und geht weiter.

Als die Paparazzi uns erkennen, bricht ein Blitzlichtgewitter über uns herein. Meine kleine Schwester bleibt stehen, dreht sich in ihre Richtung und winkt ihnen zu. „Hey, Jungs, na alles klar? Ist euch nicht langweilig?"

„Zoey, lass den Mist", zische ich und fordere sie mit Blicken auf, mit mir ins Haus zu kommen.

Von der anderen Straßenseite vernehme ich plötzlich Jutta. „Schätzchen, wie schön, dass du wieder da bist", freut sie sich und überquert im Eiltempo die Straße. In der Hand trägt sie eine dunkelblaue Schüssel. Ihr Mann folgt ihr wie ein bepackter Esel mit zwei großen Bastkörben.

„Ist euch Brad Pitt zu langweilig geworden, oder warum geht ihr uns auf die Nerven?", wendet sich Jutta an die beiden Männer, die uns weiterhin mit den Blitzen ihrer Kameras beschießen. „Kommt, lasst uns reingehen, die gehen mir echt auf die Eierstöcke", knurrt sie und rennt in Richtung unseres Gartens.

„Gibt es etwa ein Fest?", erkundige ich mich.

Zoeys Mundwinkel ziehen sich nach oben. „Eine Grillparty. Ist das nicht klasse? Und alle werden da sein", jubelt sie.

„Alle, was meinst du mit alle?"

Auf meine Frage antwortet sie mir nicht, sondern läuft voraus und hält Jutta das Gartentor auf.

„Soll ich dir was abnehmen?", wende ich mich an Heinz-Jörg.

Er hält mir einen der Körbe hin. „Echter deutscher Kartoffelsalat à la Lips."

Seine Worte lassen mir bereits jetzt das Wasser im Mund zusammenlaufen. „Und in dem anderen Korb?"

„Nudelsalat."

„Warum habt ihr mir denn nichts von der Party erzählt?", frage ich meine Mutter, als sie mir den Korb abnimmt. „Ich hätte doch bei den Vorbereitungen geholfen."

„Weil es eine Willkommens-Überraschungs-Party für all meine Kinder sein soll." Sie schenkt mir ein warmherziges Lächeln und begibt sich samt Korb ins Haus. Alle Kinder?

Im Garten tummeln sich bereits etliche bekannte Gesichter. Polizeichef Harper mit Familie, Richter Franklin und sogar seine Tochter Ashley sind da.

Heinz-Jörg gesellt sich zur Männerrunde, die an einem der beiden länglichen Tische sitzt. Jutta folgte meiner Mutter ins Haus, sicher, um ihr in der Küche behilflich zu sein. Mein Dad steht am Grill und schürt gerade die Kohle an. Zoey zappelt wie ein kleines Duracell-Häschen neben mir hin und her.

„Was meinte Mum mit alle Kinder?"

Gerade als Zoey antworten will, hält ein schwarzer Wagen in unserer Einfahrt, und die Reporter rufen lauthals Damians Namen. Er ist hier!

Meine kleine Schwester fällt ihm sofort um den Hals, als er den Garten betritt. Nachdem sie sich innig begrüßten, atmet er erleichtert aus. „Zum Glück habt ihr hier hinten noch eure Ruhe, das da vorn ist echt nervig."

„Ach, nicht so schlimm." Zoey grinst wie ein Honigkuchenpferd. Die beiden sind ein Herz und eine Seele. Sie sind sich wirklich nahe, manchmal sogar näher als ich es ihr je war und das, obwohl wir sogar die gleiche Mutter haben.

„Damian, ich freu mich, dich zu sehen", begrüße ich ihn.

Er scheint mich erst jetzt zu bemerken, kommt schnurstracks auf mich zu und nimmt mich in den Arm. „Hey, Schwesterherz, alles klar bei dir?"

„Alles super."

Damian und ich näherten uns zwar um einiges langsamer an, dennoch mögen wir uns sehr. Wir schreiben uns fast täglich Whats-App-Nachrichten, er schickt mir Bilder von den Konzerten oder einfach nur blöde Smileys, um mich zu ärgern. Ja, ab und zu ist er mit Zoey auf einer geistigen Stufe.

*Evil and the virtual Parents* brachten vor Kurzem ein neues Album heraus, das über Nacht die Spitze der Charts stürmte. Seitdem sind sie ausgebuchter denn je.

„Bin ich froh, endlich mal wieder hier zu sein", freut Damian sich und wuschelt mir mit der Faust über den Kopf.

„Hey, muss das sein, davon bekomme ich Nester", beschwere ich mich und boxe ihm in die Seite.

Er gibt mir ein Küsschen aufs Haar. „Zu Hause. Wie schön."

Kurz darauf kommt Dad auf uns zu, nimmt Damians Hand und klopft ihm mit der anderen männlich auf die Schulter. „Sohn, ich freu mich, dass du es geschafft hast."

Jutta und Mum kehren mit den angerichteten Salaten in den Garten zurück, und als unsere Nachbarin Damian entdeckt, flüstert sie meiner Mutter etwas in Ohr. Die stellt nur noch die Schüssel auf den Tisch und eilt zu uns.

„Damian, wie schön!" Sie drückt ihn fest.

Er streicht ihr zart über den Rücken. „Hallo Mum."

Nachdem Dad ihr alles erzählte, dauerte es nur wenige Tage, bis sie sich wieder beruhigte und ihm alles verzieh. Sie wollte Damian damals so schnell wie möglich kennenlernen. Nach, ich glaube, es waren drei Treffen, war er schon wie ein eigener Sohn für sie. Wie Mum und Dad das untereinander klärten, weiß ich nicht so genau, das geht mich aber auch nichts an. Das einzige, was zählt, ist, dass Damian seitdem ein vollwertiges Mitglied der Familie Olden ist, und neuerdings nennt er Mum sogar Mum. Was die offensichtlich sehr freut. Es hätte also alles kaum besser laufen können. Seit diesem - nennen wir es mal - Vorfall sind unsere Eltern auch um einiges lockerer geworden, was natürlich Zoey am meisten zugutekommt. Selbst Damians Homosexualität akzeptierten sie ohne mit der Wimper zu zucken.

Mum sieht uns alle nacheinander an. „Endlich sind alle meine Kinder vereint, das muss gefeiert werden."

„Damian, hilfst du mir beim Fleisch wenden?" Mein Vater wirft seinem Sohn einen männlich enthusiastischen Blick zu.

„Klar, Dad, lass uns das tun."

Nachdem die beiden Männer sich an den Grill verzogen, gehen Zoey, Mum und ich zu den anderen.

Die Stimmung ist auch zwei Stunden später noch ausgelassen und heiter. Alle schwatzen angeregt durcheinander, Damian baut ein paar kleine Gesangeinlagen ein und unterhält unsere Gäste mit seinen Erzählungen vom Leben eines Rockstars.

Zoey, die nicht von seiner Seite weicht, erhebt sich plötzlich von der Bank und hält ihr Limonadenglas in die Luft. Sie klopft mit einer Gabel dagegen, woraufhin alle verstummen und ihre Blicke auf sie lenken. „Ich habe euch eine wichtige Mitteilung zu machen ... Ich habe mich dazu entschlossen, sobald ich meinen Abschluss in der Tasche habe, Virginia ans College von Idaho zu folgen, um Philosophie und Religionswissenschaften zu studieren."

Ein großes Schweigen setzt ein.

„Meinst du das ernst?", hake ich nach einer Weile vorsichtig nach, denn ich bin mir nicht sicher, ob sie uns bloß auf den Arm nehmen will.

„Und ob!", untermauert sie ihren Plan mit sicherer Stimme.

Meine Mutter, die neben ihr sitzt, steht ebenfalls auf und nimmt sie in den Arm. „Das ist ja wirklich eine tolle Neuigkeit."

Bill Harper und Richter Franklin nicken zufrieden und erheben ihre Gläser. „Auf die Oldens und auf dass sie uns als geistliche Familie in Preston noch lange erhalten bleiben", erklingen ihre dunklen Stimmen im Duett.

Meine Mutter sieht meinen Vater bittend an, woraufhin er aufsteht. „Christel und ich haben gestern mit Damians Management gesprochen und uns dazu entschlossen, eine Pressekonferenz zu geben."

„Wir fanden Virginias Idee, der Öffentlichkeit die Wahrheit zu erzählen, gut und hoffen, dass dann endlich wieder etwas mehr Ruhe vor unserer Haustür einkehrt", fügt Mum noch hinzu.

„Ihr müsst euch wohl daran gewöhnen, in der Öffentlichkeit zu stehen. Ihr habt nun mal einen prominenten Sohn", meint Jutta und nippt an einer Bierflasche.

„Das Ganze könnte aber auch noch mehr Hype um euch auslösen." Richter Franklin sieht zu Bill Harper.

Der zuckt die Schultern. „Und wenn schon, das bekommen meine Jungs und ich auch noch gestemmt. Die Horde Paparazzi soll ruhig kommen", lacht er. „Charles und Christel wollen sich zu ihrem Sohn bekennen, etwas Schöneres gibt es doch nicht - und Angriff ist noch immer die beste Verteidigung. Lange können sie das meiner Meinung nach sowieso nicht mehr geheim halten, und wer weiß, was die Presse mit ihrem Halbwissen und den Vermutungen aus der ganzen Geschichte macht. Sie tun das Richtige."

Richter Franklin sieht zu Damian. „Junge, eins müssen wir aber noch klären: Der Name deiner Band ist wirklich ... wie kann ich es am besten beschreiben? Ich würde ihn zu lebenslanger Haft verurteilen, verstehst du, was ich meine?"

Alle am Tisch brechen in lautes Gelächter aus. Nur mir ist nicht mehr nach lachen, seitdem die Sprache zurück auf Damians Band kam. Ich verlasse den Tisch und setze mich fernab auf die kleine Bank, auf der ich einst mit Ian saß und sehe in den Sternenhimmel. Was Ian wohl gerade treibt?

Es dauert nur wenige Minuten, bis sich Jutta zu mir gesellt. Sie legt vorsichtig ihren Arm um meine Schultern. „Du vermisst ihn sehr."

„Ja, und wie", gebe ich zu. „Schade, dass er heute nicht hier sein kann."

Ian und ich sind seit einem Jahr ein Paar. Leider sehen wir uns viel zu selten. Und die geheimen Treffen, damit ich nicht auch noch ins Kreuzfeuer der Presse gerate, nagen mit jeder Woche, die vergeht, stärker an mir.

Er stellte es mir frei, sich zu outen, doch bisher lehnte ich ab. Nicht, weil ich mich für unsere Liebe schäme, sondern weil ich meiner Familie nicht noch mehr zumuten wollte. Meine Eltern wissen von Ian und akzeptieren ihn auch, keine Frage, und doch habe ich den Eindruck, es würde ihnen gefallen, bald einen Ring an meinem Finger zu sehen. Doch davon sind wir nun wirklich noch weit entfernt.

„Weißt du denn, warum er nicht hier ist?"

„Ich habe ihn seit gestern nicht mehr erreicht, und Damian meinte vorhin nur kurz, dass er auch keine Ahnung hat, wo er ist."

Jutta setzt ihren Spürblick auf. „Das kann ich mir nicht vorstellen. Die beiden verbringen den ganzen Tag miteinander. Ich glaube, er lügt."

„Und warum sollte er das tun?"

„Er wird schon einen Grund haben."

Ich werfe einen Blick zu den anderen. „Ich glaube, ich geh ins Bett."

Jutta kneift mir in die Wange. „Sei nicht traurig, Schätzchen, versprichst du mir das?"

„Ich verspreche es." Ihre Aussage hinterlässt jedoch einige Fragezeichen in meinem Kopf. Damian würde mich allerdings nie ohne wichtigen Grund anlügen, so gut kenne ich ihn nun schon. Was läuft hier? Was ist, wenn Ian es sich doch anders überlegte und er der Meinung ist, dass ich nicht die Richtige für ihn bin? Wäre ein öffentliches Geständnis unserer Liebe womöglich doch besser gewesen? Mir wird leicht schwummerig.

„Weißt du was? Ich rede mal mit deinem Bruder. Ich kann bestimmt was aus ihm rauskitzeln, und morgen kommst du dann auf eine schöne Tasse Kaffee bei mir vorbei, und wir zwei reden in Ruhe."

„Klingt nach einem Plan", stimme ich ihr zu und verabschiede mich von ihr. „Dann bis morgen."

„Schlaf gut, Schätzchen", ruft sie mir noch nach.

In meinem Zimmer nehme ich sofort mein Handy vom Nachttisch. Kein Anruf, keine Nachricht, nichts! Er ist wie vom Erdboden verschluckt.

Meine Finger beginnen zu zittern. Da hat Jutta mir aber einen schönen Floh ins Ohr gesetzt! Bis eben war ich nur traurig, dass er heute nicht hier sein kann, und jetzt überkommen mich plötzlich Trennungsängste. Ich presse die Zahnreihen aufeinander und wähle Ians Nummer. Beim ersten Klingeln schlägt mir das Herz bereits bis zum Hals. Die Ungewissheit macht mich verrückt, angespannt laufe ich im Zimmer auf und ab, während sich das Tuten in mein Ohr brennt. Als die Mailbox anspringt, werfe ich das Telefon aufs Bett und bin gerade im Begriff, mit meinem Körper das Gleiche zu tun, da vernehme ich ein mir bekannt vorkommendes Geräusch an der Glasscheibe ...

Ich schiebe den weißen Vorhang beiseite, öffne die rechte Seite und sehe nach unten. In diesem Moment erklingen die ersten leisen Gitarrenklänge. Ich beuge mich weiter nach vorne und sehe ihn!

Zuerst sagt mir die Melodie nichts, doch als er zu singen beginnt, muss ich schmunzeln. Er singt *Jet Lag* von *Simple Plan*. Ich kenne zwar das Lied, doch bisher schenkte ich dem Text keine Aufmerksamkeit ... bis jetzt. Immer wieder singt er, wie sehr er mich vermisst und wie sehr sein Herz unter einem Jet Lag leidet. Dass ein, für meinen Geschmack sehr rockiges, Lied doch so wunderbar romantisch klingen kann und kribbelnde Gefühle in mir auslöst, lässt mich erschaudern. Ich lehne mich gegen den Fensterrahmen und genieße seine Überraschung.

Als er verstummt, gibt er die Gitarre an jemanden. Ist das etwa Zoey? Das kleine Biest, sie wusste es! Und als dann auch noch Damian mit der Leiter um die Ecke kommt, kann ich nur noch den Kopf schütteln. Meine beiden Geschwister verschwinden wieder in der Dunkelheit, und Ian steigt zu mir nach oben.

„Du hättest auch einfach die Tür nehmen können", lache ich.

Ian wirkt angespannt. Was hat er denn? Mit starrem Blick kommt er auf mich zu. „Nein, ich wollte dich erobern." Seine blauen Augen funkeln so wild wie noch nie. Er spannt die Kaumuskeln so sehr an, dass seine Wangen zittern. Mit zwei Fingern fährt er in die Seitentasche seiner Hose und zieht eine kleine, schwarze Schachtel heraus.

Was ... zum .... ist das? Meine Gedanken und Gefühle überschlagen sich.

Ian geht vor mir auf die Knie und sieht zu mir hoch. „Virginia, ich liebe dich, und ich war mir bisher bei nichts in meinem Leben so sicher wie bei dir." Er öffnet die Schatulle, und mir strahlt ein sehr feiner, silberner Ring mit einem winzigen Diamanten entgegen.

Mir verschlägt es die Sprache, ich weiß nicht, was ich sagen soll. Ein klebriger Kloß verschließt mir die Luftröhre.

Ian steht auf und legt eine Hand auf meine glühende Wange.

Ich nicke und ziehe ihn an mich. „Ich liebe dich auch", hauche ich gegen seine Lippen, bevor wir uns unserer Leidenschaft hingeben und zu einem Ganzen verschmelzen ...

\*

Wie sehr ein einziger Tag, eine klitzekleine Entscheidung, ein kurzer Augenblick doch alles verändern kann! Das Leben ist zu kurz, um sich Gelegenheiten, die sich einem bieten, nicht hinzugeben.

*Wir sollten rocken ...*
*und ab und zu auch beten,*
*aber vor allem müssen wir eines:*
*lieben!*

## ENDE

Printed by Amazon Italia Logistica S.r.l.
Torrazza Piemonte (TO), Italy